中國語言文字研究輯刊

二三編

許 學 仁 主編

第 10 冊

《道教靈驗記》詞彙研究

張 學 瑾 著

花木蘭文化事業有限公司

國家圖書館出版品預行編目資料

《道教靈驗記》詞彙研究／張學瑾 著 -- 初版 -- 新北市：花
木蘭文化事業有限公司，2022〔民111〕

目 2+222 面；21×29.7 公分

（中國語言文字研究輯刊　二三編；第 10 冊）

ISBN 978-626-344-024-1（精裝）

1.CST：道教　2.CST：詞彙　3.CST：研究考訂

802.08　　　　　　　　　　　　　　　111010177

ISBN-978-626-344-024-1

9 786263 440241

中國語言文字研究輯刊

二三編　第 十 冊　　　　　　　ISBN：978-626-344-024-1

《道教靈驗記》詞彙研究

作　　者　張學瑾

主　　編　許學仁

總 編 輯　杜潔祥

副總編輯　楊嘉樂

編輯主任　許郁翎

編　　輯　張雅淋、潘玟靜、劉子瑄　美術編輯　陳逸婷

出　　版　花木蘭文化事業有限公司

發 行 人　高小娟

聯絡地址　235 新北市中和區中安街七二號十三樓

　　　　　電話：02-2923-1455 ／傳真：02-2923-1452

網　　址　http://www.huamulan.tw 信箱 service@huamulans.com

印　　刷　普羅文化出版廣告事業

初　　版　2022 年 9 月

定　　價　二三編 28 冊（精裝）新台幣 96,000 元　　版權所有・請勿翻印

《道教靈驗記》詞彙研究

張學瑾 著

作者簡介

張學瑾，女，1991 年生，山東沾化人，文學博士，現為揚州大學中國語言文學博士後流動站研究人員。主要從事漢語史、訓詁學與道教文獻整理研究，在《漢語史學報》《古籍研究》《山東大學中文論叢》《國學學刊》等刊物發表論文十餘篇。近年來所參與的項目有：國家社科基金重大項目「中國古代方言學文獻集成」；國家社科基金一般項目「道經故訓材料的發掘與研究」；山東省社科規劃項目「魏晉南北朝道教文獻詞彙研究」；教育部人文社科研究青年基金項目「魏晉南北朝道經詞彙研究」等。

提　要

《道教靈驗記》是唐末五代著名道士杜光庭（850～933）所撰的仙道小說。該書不見單本流傳，原本二十卷，今存十五卷，收於《正統道藏》洞玄部記傳類，《雲笈七籤》亦節錄六卷，分別記述了宮觀靈驗、尊像靈驗、老君靈驗、天師靈驗等各類靈驗事蹟。該書語言通俗易懂，故事性強，在一定程度上反映了晚唐五代語言的實際面貌，是研究近代漢語的寶貴語料，但尚未引起漢語史界的關注。

本書以羅爭鳴《杜光庭記傳十種輯校》（中華書局 2013 年）所收錄整理的《道教靈驗記》為底本，以《道教靈驗記》中的詞彙為研究對象，屬於近代漢語專書詞彙研究範疇。在對該書詞語進行具體考釋時盡可能地將其置於中古、近代漢語詞彙史的背景下展開。全書共分為六章：

第一章「緒論」，包括四節。首先簡要介紹了杜光庭的生平和《道教靈驗記》的版本著錄與成書年代等情況。第二節對《道教靈驗記》語言學研究成果作出綜述。第三節討論了選題緣起與研究意義。最後說明了本文的研究材料與研究方法。

第二章「《道教靈驗記》口語詞研究」，分兩類探討了《道教靈驗記》中的口語詞，一類是源自前代典籍，一類是源自現實語言。

第三章「《道教靈驗記》道教語詞研究」，主要包括九大類，分別是有關天神地祇、符籙圖讖、法術祝咒、科教儀式、服食煉養、經書簡牘、制度名物、天堂仙境與五行術數的詞語。

第四章「《道教靈驗記》新詞新義研究」，首先明確了新詞新義的界定標準，然後分為兩節對《道教靈驗記》中的新詞與新義從詞彙史的角度作了分析。其中新詞分為結構新詞與詞義新詞。

第五章「《道教靈驗記》詞彙對《漢語大詞典》的補充」，分別從收詞、釋義與書證三個方面闡述了《道教靈驗記》中的詞彙對《漢語大詞典》的補充與完善作用。

第六章「羅本《道教靈驗記》校理」，分為兩部分。一是對羅本《道教靈驗記》在文本整理中出現的訛、脫、衍、倒等現象予以校正，一是對該本點校中的失誤展開商討，包括句讀訛誤、失校與誤校誤注三方面。

本書出版受江蘇省「卓博計劃」資助
（Jiangsu Funding Program for Excellent
Postdoctoral Talent）

目次

主題詞索引

按首字音序

凡　例

一、文章所引《道教靈驗記》例證原文均據《杜光庭記傳十種輯校》（中華書局 2013 年），依次標出頁碼、卷數與篇名。個別文字或標點作了必要的訂正，並隨文加以說明。引文用楷體字與按語相別，例如：

> 曳薪炷火，而雷電大震，風雨總至。（159 頁，卷一，《洋州素靈宮驗》）

二、本文所採用的《道藏》版本為文物出版社、上海書店、天津古籍出版社 1986 年聯合影印本。若引文在《道藏》第 10 冊第 829 頁第 1 欄，本文則用「10／829a」表示，「a、b、c」分別表示「1、2、3」欄。所引佛經以相同格式標出，若無特殊說明，版本即為日本大正一切經刊行會編《大正新修大藏經》。如「10／520c」指的是《大藏經》第 10 冊第 520 頁下欄。若為其他底本則注明。

三、為方便起見，羅爭鳴《杜光庭記傳十種輯校》所收《道教靈驗記》簡稱羅本，陶敏《全唐五代筆記》所收《道教靈驗記》簡稱陶本，《雲笈七籤》簡稱《雲笈》，《道教靈驗記》簡稱《靈驗記》，《漢語大詞典》簡稱《大詞典》，《漢語大字典》簡稱《大字典》。

四、為求行文簡潔，書中稱引前修時賢之說，皆直書其名，不贅先生字樣，敬請諒解。

第一章 緒 論

第一節 杜光庭與《道教靈驗記》

杜光庭（850～933），唐末五代著名道士，字賓聖，號東瀛子，京兆杜陵人，寓居處州。〔註1〕少習儒學，博通經史。唐咸通（860～874）年間應九經試不中，後入天台山學道。唐僖宗聞其名聲，召之入宮，賜以紫袍，充麟德殿文章應制，為內供奉。時人譽為「學海千尋，辭林萬葉，扶宗立教，海內一人而已」。約自乾符四年（877）遊蜀多年，光啟元年（885）正月僖宗自蜀還京，光庭扈從。後跟隨前蜀王建，任為光祿大夫、尚書戶部侍郎、上柱國、蔡國公，賜號「廣成先生」。王衍繼位後，親在苑中受道籙，以杜光庭為「傳真天師」、崇真觀大學士。杜光庭晚年辭官，於青城山白雲溪潛心修道。綜觀其一生，杜光庭對道教教義、齋醮科範、修道方術等諸多方面作出了較為系統的整理與研究，對後世道教影響深遠，是唐末五代道教學術的集大成者。王瑛評述道：「他喜讀經、史，學問淵博，詩、文及書法並皆精妙；一生著述頗豐，對道教學說的發展所

〔註1〕 查閱相關資料，杜光庭的字共有三種說法，分別為賓聖、賓至與聖賓，籍貫也有三種說法，為處州、括蒼與長安。有關下文杜光庭入蜀時間，學界也有爭議。如卿希泰《中國道教史》（修訂本）第二卷，四川人民出版社，1996年，第415頁言中和元年（881）杜光庭隨僖宗入蜀。對於上述問題，本文均採納的是李劍國（2020）的觀點。見李劍國《〈杜光庭小說六種校證〉前言》，劉懷榮編《中國傳統文化研究》，中國海洋大學出版社，2020年第2輯，第96～97頁。

作貢獻尤其巨大，在道教史上是承唐啟宋的重要歷史人物。」〔註2〕

《道教靈驗記》，書名下題「廣成先生杜光庭集」，書前有「宋徽宗御製」序（《雲笈七籤》本作「真宗皇帝御製敘」）〔註3〕，稱「杜光庭所集《道教靈驗記》二十卷」。宋《秘書省續編到四庫闕書目》卷二有「杜光庭撰《道教靈驗記》二十卷」。南宋陳振孫《直齋書錄解題》亦有「《道教靈驗記》二十卷，蜀道士杜光庭撰」。南宋鄭樵《通志·藝文略第五·道家·記》云：「《道教靈驗記》二十卷，杜光庭撰。」《宋史·藝文四·道家》云：「杜光庭《道教靈驗記》二十卷。」今《道藏》洞玄部記傳類常字號存十五卷〔註3〕，已有佚失。另，北宋張君房《雲笈七籤》卷一一七至一二二節錄六卷，有些靈驗事蹟為《道藏》十五卷本所無，可以互相補足。此為該書現存最重要的兩個版本。

該書所記均為唐代道教神靈顯現報應諸事，分為宮觀靈驗、尊像靈驗、老君靈驗、天師靈驗等類，是一部典型的道教小說。石娜娜對比佛、道著作後認為：「相較於道教，佛教卻極度重視宣驗類作品的創作，在六朝時期創造了大量的釋氏輔教神話，《金剛經靈驗記》《金剛經報應記》等靈驗類小說，更是通行於佛教內部，並很讓社會人士喜聞樂見。在晚唐五代佛道相爭激烈的現實情況下……杜氏所創《道教靈驗記》是現存最早可以與佛教比肩的道教靈驗類作品，在道教仙話中影響深遠。」〔註4〕可見其地位。

關於《道教靈驗記》的成書年代，學界尚有爭議。羅爭鳴認為該書出現的最晚年號為天佑元年，故將其成書下限定在哀帝天佑元年（905）〔註5〕，似可商。李劍國考證認為該書：「稱王建為蜀王、太尉平陽公、相國琅琊公，顯然王建時未稱帝。王建天佑四年（907）九月稱帝，書成必在此前也，唐猶未亡。而《襄州北帝堂驗》條稱楚王趙匡凝，匡凝封楚王在昭宗天佑元年六月，《龍鶴山老君驗》條稱乙丑年，乙丑年乃哀帝天佑二年，是則書成必在天佑二年至四年

〔註2〕王瑛《杜光庭事蹟考辨》，《宗教學研究》，1992 年第 1～2 期合刊，第 31 頁。

〔註3〕《道藏》本「徽宗」為「真宗」之誤。

〔註3〕本文所據底本《杜光庭記傳十種輯校》（中華書局 2013 年）第 152 頁言《道教靈驗記》收於《正統道藏》洞神部傳記類，實屬訛誤。

〔註4〕石娜娜《晚唐五代道士形象研究——以〈道教靈驗記〉為中心的考察》，《老子學刊》，2020 年第 2 期，第 123 頁。

〔註5〕（前蜀）杜光庭撰，羅爭鳴輯校《杜光庭記傳十種輯校》，中華書局，2013 年，第 152 頁。有兩點問題要說明。其一，哀帝天佑元年為 904 年，而非 905 年。其二，既然書中出現的最晚年號為天佑元年，則天佑元年當為成書上限而非下限。

間也。」〔註6〕頗可信從。

　　本文以羅爭鳴整理的《杜光庭記傳十種輯校》（中華書局 2013 年）中所收錄的《道教靈驗記》為研究底本。羅爭鳴在《輯校說明》中指出：「此次輯校，以《道藏》十五卷本為底本，且校以《道藏》本、《四部叢刊》本、《道藏輯要》本、《四庫全書》本《雲笈七籤》之節錄部分。以上四個版本的《雲笈七籤》，校勘記中未提及版本者，均指《道藏》本。十五卷本《道教靈驗記》後附輯自《雲笈七籤》篇目，分為兩卷。」〔註7〕由此可了解其輯校依據。

第二節　《道教靈驗記》語言學研究概況

　　目前國內外學者主要是從宗教學或文學的角度對杜光庭《道教靈驗記》加以研究，探討其道教思想或敘事手法，如詹石窗（1992）〔註8〕、〔日〕遊佐昇（1999）、〔法〕傅飛嵐（2001）、孫亦平（2004）、譚敏（2005、2006）、黃勇（2005）、周西波（2009）等，石娜娜（2020）對上述兩類成果進行了十分全面的綜述，並在此基礎上探討了《道教靈驗記》中道士形象的旨趣與功用。涉及到文獻學、語言學領域的研究，亦是以版本著錄居多，真正語言學意義上的很少。現將《道教靈驗記》文獻學、語言學方面的研究成果羅列如下。

一、國內研究成果

　　國內研究成果可以按照研究的側重點分為以下兩類。

（一）對《道教靈驗記》版本著錄的考證

　　《靈驗記》十五卷與六卷兩個版本既有重合之處，又為互補關係。學者就該問題展開了細緻的對比分析。主要有：

　　羅爭鳴《杜光庭道教小說研究》第七章《〈道教靈驗記〉研究》對照分析了該書《道藏》十五卷本與《雲笈七籤》六卷本的篇目差異，並據此推測其原本面貌，深入探討了其成書年代、編撰背景等問題。其後所撰《〈道教靈驗記〉之

〔註6〕李劍國《〈杜光庭小說六種校證〉前言》，劉懷榮編《中國傳統文化研究》，中國海洋大學出版社，2020 年第 2 輯，第 100 頁。

〔註7〕（前蜀）杜光庭撰，羅爭鳴輯校《杜光庭記傳十種輯校》，中華書局，2013 年，第 152 頁。

〔註8〕為行文方便，在列舉有關學者研究成果時僅說明出版時間或僅舉書名、篇名等，其餘具體信息可見參考文獻。

文學、文獻學考論》一文，對該書兩個版本的差別與其寫作時間等問題作出了更進一步的考察。

周西波《道教靈驗記考探——經法驗證與宣揚》第二章《各類靈驗故事的集結——杜光庭〈道教靈驗記〉》介紹了《道教靈驗記》的存佚與版本概況，特點在於以表格形式將兩個版本的篇數與篇名作了詳細的對照，從而更加明晰地比較其異同。

李劍國新作《〈杜光庭小說六種校證〉前言》對包括《道教靈驗記》在內的杜光庭的六部小說進行了校證，主要是通過文獻互證、多方輯佚等方法來確定寫作年代與篇目。其材料最為詳實，結論可信。

（二）對《道教靈驗記》的點校注釋

點校注釋類成果雖非詞彙學研究，但也涉及到對個別詞語的詮釋與對該書內容的理解。分三種。

或為單篇論文。如林金泉《〈道教靈驗記〉今譯（一）》與《〈道教靈驗記〉今譯（二）》將《道教靈驗記》現存二百餘篇故事中的十篇譯為現代白話。

或是收錄於唐五代小說叢集中。如蔣力生與李永晟兩版《雲笈七籤》均整理、點校了六卷本《道教靈驗記》，特別是蔣版還對文中部分詞語進行了詮解。值得注意的是，陶敏《全唐五代筆記》所輯錄的《道教靈驗記》在文字校勘、句讀點斷、史實考訂等方面多有創見，整理質量較高。

或是專類研究，注解更為詳備。如羅爭鳴《杜光庭記傳十種輯校》收錄了杜光庭十部記傳類作品，其中包括《道教靈驗記》。該書以十五卷本為底本，同時校以四種版本《雲笈七籤》之節錄部分，其版本比照最為齊全，用功甚多，為文本利用、文意理解提供了很大便利。

以上兩類成果為研究主流，尚無基於《道教靈驗記》的嚴格意義上的語言學研究。

二、海外研究成果

Benn, Charles. D. 編寫的詞條「Daojiao lingyan ji.（《道教靈驗記》）」收入了 Fabrizion Pregadio 所編 The Encyclopedia of Daoism（《道教百科全書》）中，對《靈驗記》作出了介紹，對該書有一個基本的認識。

其餘海外研究以日本學者居多，尤以遊佐昇為首，相關著述甚豐〔註9〕。同樣可以分為版本對比與點校注釋兩類。

遊佐昇《〈道教靈驗記〉語彙索引稿》《〈道教靈驗記〉考1（1）》《〈道教靈驗記〉考1（2）》《〈道教靈驗記〉について》與《〈道教靈驗記〉文獻檢討──および語彙索引》，宮沢正順《〈道教靈驗記〉について》等文章主要考索了《道教靈驗記》的歷代著錄情形，比較《道藏》十五卷本與《雲笈七籤》六卷本所收條目的差異。後者還討論了杜光庭書中表現與佛教爭勝意圖的故事內容。

中嶋隆藏在其研究成果報告書《〈雲笈七籤〉の基礎的研究》中將《道藏》十五卷本《道教靈驗記》與《雲笈七籤》所收六卷本進行了對照。荒尾敏雄《杜光庭〈道教靈驗記〉の応報觀について》則認為《雲笈七籤》本所收篇目多不可靠，不予列入探討範圍。

遊佐昇《道觀と中國社會──〈道教靈驗記〉宮觀靈驗訳注（1）》《道觀と中國社會──〈道教靈驗記〉宮觀靈驗訳注（2）》《道觀と中國社會──〈道教靈驗記〉宮觀靈驗訳注卷二（1）》等數篇文章重點研究了《道教靈驗記》中的宮觀靈驗，並對其文本內容進行了注釋，由此討論杜光庭所處時代道教思想的發展演變。

總的來說，《道教靈驗記》研究雖已取得一定成果，仍存在不少研究空間，其深度與廣度尚可再進一步深入與拓展。

從研究角度來看，該書語言學方面的研究很薄弱。《道教靈驗記》語言生動活潑，平實易懂，對話與動作描寫較多，口語化程度較高，保留了唐五代時期許多的新詞新義，具有較高的語言研究價值，但尚未引起學界重視，當大力加強這方面的研究。

從研究基礎來看，仍要做好《道教靈驗記》的校勘整理工作，才能為進一步研究打下基礎。現雖有羅爭鳴點校本，然其中仍有不免有文本整理錯訛、失校誤校等問題，所以對《道教靈驗記》進行精校、注釋與翻譯是十分必要的，可為研究提供便利可靠的依據。

從研究視野來看，要注意吸收各相關學科的研究成果，注重各個學科的交

〔註9〕這部分的寫作主要參考了周西波《道教靈驗記考探──經法驗證與宣揚》，文津出版社有限公司，2009年，第18頁；孫亦平《杜光庭評傳》，南京大學出版社，2005年，第418頁；羅爭鳴《杜光庭道教小說研究》，巴蜀書社，2005年，第272頁。

又與融合，如宗教學、文學、哲學與史學等，從各個切面入手全面而深入地對《道教靈驗記》展開研究。

第三節　選題緣起與研究意義

《道教靈驗記》作為一部靈驗故事集，其宣講對象是廣大民眾，為宣傳教義教理，該書採用筆記體寫成，故事短小，淺顯易懂，包含了許多口語成分，能夠較好地反映晚唐五代時期語言的真實面貌，是研究晚唐五代語言珍貴的語料。

關於如何判斷一種語料價值的高低，汪維輝曾指出：「判定一種語料的價值高低，不外乎這麼幾個標準：一是反映口語的程度；二是文本的可靠性，包括時代和作者是否明確，所依據的版本是否最接近原貌；三是反映社會生活的深廣度；四是文本是否具有一定的篇幅。一般來說，上述四個方面的正面值越高，語料的價值也就越大。」〔註10〕具體到《道教靈驗記》而言：第一，《道教靈驗記》情節複雜，對話較多，具有較強的口語性。第二，《道教靈驗記》的作者十分明確，經李劍國（2020）等學者考證，寫作年代可確定到晚唐天祐二年至四年。第三，《道教靈驗記》涉及到民眾生活的各個領域，內容豐富駁雜。第四，《道教靈驗記》現存兩個版本整合約七萬字，篇幅適中。綜合以上四個方面，該書不失為研究唐五代語言的寶貴材料。

以《道教靈驗記》為對象展開詞彙研究，有以下幾個方面的意義：

（一）可促進漢語詞彙史研究的發展。殷孟倫（1985）肯定了古漢語詞彙的研究應該從專書、斷代的角度進行研究的觀點。不僅如此，只有先從專書詞彙研究然後逐漸擴展到專人詞彙研究，再逐漸擴展到斷代詞彙研究，最後才能談得上對整個漢語詞彙史的研究。因此，選取某一時代的典型人物的典型作品進行詞彙研究，是比較有效的研究方法。近代漢語詞彙的發展變化在道經中有充分體現，應當對這些道經語料加以留心利用。例如，對《道教靈驗記》中的口語詞（如「僅」「全」「較」「勾當」「支吾」等）、新詞（如「看驗」「莊戶」「土團」「稍稍」等）、新義（如「掩閉」之隱瞞義、「制度」之製作義等）、道

〔註10〕汪維輝《〈周氏冥通記〉詞彙研究》，收入其所著《漢語詞彙史新探》，上海人民出版社，2007年，第98頁。

教語詞（如「章格」「符禁」「陰影煉形」等）等展開研究，有助於揭示近代漢語詞彙包括道經詞彙的特點，探索漢語詞彙古今發展的內在規律，對近代漢語乃至整個漢語史都具有重要的意義。

（二）可促進道經語言學的建立。劉祖國（2010）首次提出建立道經語言學，認為這將是未來道教學研究及中國語言學研究的新趨勢，具有廣闊的發展前景，對學界啟發良多。目前道教文獻語言是漢語史研究的薄弱環節，對其進行專書詞彙研究有助於改善這一局面，可為道經語言學提供良好的素材與範式。

（三）有助於促進語文辭書的修訂與完善。《漢語大詞典》《近代漢語詞典》收詞量大，權威性高。此類大型語文辭書對道教文獻利用不多，《道教靈驗記》詞彙研究可為不少相關詞條，尤其是晚唐五代時期詞語的立目、釋義和書證等提供參考。

（四）有利於道籍的整理與道教學的研究。道教典籍獨具特色，但學界對其利用較少缺乏系統的整理。劉祖國指出，「數量龐大的道教文獻尚未得到足夠的重視，較之佛經詞彙研究，還存在諸多空白」〔註11〕，可見這一領域的研究亟待加強。以羅爭鳴點校的《道教靈驗記》為例，該本存在一些訛、脫、衍、倒與失校誤校等問題，如書中「忽忌」為「忽忘」之形訛，「瑞息」為「喘息」之形訛等。今補正該點校本的疏誤，可為進一步研究利用《道教靈驗記》打下堅實基礎，亦可推動其他相關道經的整理。從而有助於更好地釋讀道教文獻，梳理道教思想。

（五）也可推動其他相關領域如文學、哲學、歷史等的研究與發展。對《道教靈驗記》詞語的考釋可為晚唐五代的衣食住行、生產勞動、文化娛樂和宗教信仰研究等提供寶貴的佐證，例如通過卷十五《張郃奏天曹錢驗》我們可以瞭解到燒化紙錢在唐時已成民俗。

本文選題的創新之處有：

（一）研究對象上，本文是對晚唐五代時期道門領袖杜光庭的代表性語料《道教靈驗記》首次較為全面系統的詞彙研究。相比同時期的筆記小說，《道教靈驗記》還未受到較多關注，材料新穎。

〔註11〕劉祖國《新世紀以來道教文獻詞彙研究述評》，《漢語史研究集刊》，2017 年第 2 期，第 131 頁。

（二）研究角度上，目前學界關於《道教靈驗記》的研究多立足宗教學或文學，語言學方面較少。為宣傳道義，杜光庭的記傳類作品用語相對通俗，具有較高的語言學價值。詞彙學研究是目前較為獨到的角度。

（三）研究方法上，較之以往的研究，本文更注重探源溯流的分析，追蹤一個詞在漢語史上的產生、發展與消亡；重視多角度的比較，如佛教與道教、道教語言與全民語言的對比等；重視語言的聚合性與組合性，從語義學的角度進行多層次的發掘。

（四）研究視野上，要對杜光庭《道教靈驗記》展開研究，就需要吸收利用各相關學科的研究成果。較之一般的世俗小說研究，本文更加注重各個學科的交叉與融合，有意識地將宗教、文化、歷史等語言外部因素與語言內部系統有機結合，力求更加全面而深入地進行詞彙研究。

第四節　研究材料與方法

本文的研究材料即《道教靈驗記》十五卷本與《雲笈七籤》節錄六卷本，以中華書局 2013 年羅爭鳴點校《道教靈驗記》為研究底本。

本文所採用的研究方法有：

（一）共時分析與歷時比較相結合

程湘清指出，研究漢語詞彙不能僅僅滿足於靜態的描寫，「還必須抓住某一斷代的漢語的某一現象上探源、下溯流，作縱向的歷史比較和動態分析。」〔註12〕本文在對《道教靈驗記》詞彙進行靜態的共時描寫的基礎上，進一步與其他時代的文獻作動態的歷時比較。將共時研究與歷時研究結合起來，上溯源頭，下探流變，深入分析唐五代時期漢語詞彙繼承和演變的脈絡。

（二）描寫與解釋相結合

中國傳統語言學一直重事實描寫、輕理論分析，這種現象直至 20 世紀 80 年代以來才有所轉變，蔣紹愚《古漢語詞彙綱要》作出了可貴的嘗試。借鑒前賢時彥的經驗，本文力圖在對《道教靈驗記》詞彙進行客觀描寫的基礎上，嘗試運用語法化、詞彙化等語言學相關理論，探討唐五代時期漢語詞彙產生、發

〔註12〕程湘清《漢語史專書複音詞研究》，商務印書館，2003 年，第 13 頁。

展與演變的特點和規律。

（三）注意比較分析

董琨有言：「比較是學術研究的基本方法之一，語言方面的比較可以發現語言現象的同中之異和異中之同。」〔註13〕只有明辨異同才能認清各個時代詞彙系統的特點。本文在研究時，注意多角度展開比較，既有共時的比較，如與同期筆記小說或其他異質文獻的比較，與佛經語言的比較等；也有歷時的比較，如與中古文獻的對比等。

（四）注意詞彙系統

蔣紹愚在《近代漢語研究概況》中指出：「在我們還無法描寫一個時期的詞彙系統的時候，只能從局部做起，即除了對單個詞語進行考釋之外，還要把某一階段的某些相關的詞語（包括不常用的和常用的）放在一起，作綜合的或比較的研究。」〔註14〕本文將杜光庭《道教靈驗記》中各個層面的相關語詞置於一個大的系統中，考察某個詞時聯繫其他成員綜合考慮，以使研究結論更加可靠。

〔註13〕董琨《魏晉南北朝文與漢文佛典語言比較研究·序一》，載陳秀蘭著《魏晉南北朝文與漢文佛典語言比較研究》，中華書局，2008年，第2頁。

〔註14〕蔣紹愚《近代漢語研究概況》，北京大學出版社，1994年，第287頁。

第二章 《道教靈驗記》口語詞研究

判斷一部文獻的語料價值，很重要的一個方面就是考察其口語化程度的高低。蔣禮鴻有言：「古代口頭語言的真實面貌，反映在『正統』的文言文裏的非常之少，而在民間的創作以及文人吸取民間口語的作品中可以窺見其一部分。民謠、詩、詞、曲、小說、隨筆、語錄等，其中或多或少地保存著口語的材料。」〔註1〕《靈驗記》作為一部仙道小說，採用靈驗故事的形式，意圖向民眾宣揚道教的神聖與罪福報應的理念。其故事情節豐富，描寫中包含了許多具有時代特徵的口語成分，是頗具價值的語言材料，對研究唐五代乃至整個近代漢語史都大有幫助，值得研究者足夠的重視。下面分兩類探討《靈驗記》中的口語詞，一類是源自前代典籍的詞語，一類是源自現實語言的詞語。

第一節　來源於前代典籍的口語詞

中古漢語中口語詞已經有了一定程度的發展。《靈驗記》從前代中古典籍中沿用了一些已經定型的口語詞，也有一些詞偶見於中古，到了《靈驗記》所處的時代進一步定型，行用開來，應用漸多，這也可算作《靈驗記》口語詞的一部分。以下舉例論述。

　　【著】忽夢一道士，年可四十餘，著舊山水帔。（190頁，卷四，

〔註1〕蔣禮鴻《敦煌變文字義通釋·序目》，浙江大學出版社，2016年，第10頁。

《常道觀鐵天尊驗》）

青城山丈人真君像，冠蓋天之冠，著朱光之袍，佩三亭之印，以主五嶽，威制萬神。（194 頁，卷四，《青城山丈人真君驗》）

按：「著」義為穿、戴，中古已有。汪維輝指出：「從東漢佛經起，『著』就佔了絕對優勢，幾乎在各類文獻中都普遍使用。」〔註2〕古書用例如《後漢書·東夷傳·高句驪》：「大加、主簿皆著幘，如冠幘而無後；其小加著折風，形如弁。」《晉書·宣帝紀》：「帝使軍士二千人著軟材平底木屐前行。」唐韓愈《河南少尹李公墓誌銘》：「呂氏子炅棄其妻，著道士衣冠，謝母曰：『當學仙王屋山。』」元馬彥良《一枝花·雨》：「穿一領布衣，著一對草履。」

【將】有興教市鑄冶鐵工父子二人，夜入觀中，欲毀鐵像以益其鎔鑄。二童子已搋毀，將去。（212 頁，卷六，《昌明縣靈集觀鐵老君驗》）

一旦暴雨，有老嫗避雨於其門，持物授之曰：「苦李泉白衣老人令將此簡來。」（225 頁，卷七，《楊文簡老君賜金驗》）

按：「將」為攜帶、帶領義。《淮南子·人間訓》中已見，其文曰：「居數月，其馬將胡駿馬而歸。」他書用例如《三國志·魏志·裴潛傳》「諡曰貞侯」裴松之注引三國魏魚豢《魏略》：「每之官，不將妻子。」南宋陸游《夜與兒子出門閒步》詩：「家住黃花入麥村，閒將稚子出柴門。」

《靈驗記》中有「將領」一詞，亦為帶領義。原文為：「廣明中，黃巢將領徒伴，欲焚其宮，亦有黑霧遍川，迷失行路。」（164 頁，卷一，《亳州太清宮驗》）該詞為同義並列結構。

【噀】即見神人取壇中禁壇水，向西南噀之，曰：「雨至即疾愈，無煩聖慮也。子日進軍，必當克蜀。」（290 頁，卷十四，《隋文帝黃籙齋驗》）

按：「噀」同「潠」，即含在口中而噴出，中古已見。《龍龕手鑒·口部》：「噀，俗；潠，正。與潠同。」《古今韻會舉要·願韻》：「潠，噴水也。亦作噀。」《資治通鑒·後晉紀五》：「但於殿上噀水散豆。」胡三省注：「含水而噴之為噀。」其他古籍用例如唐元稹《春分投簡明洞天作》詩：「投壺憐玉女，噀飯笑麻姑。」

〔註2〕汪維輝《東漢—隋常用詞演變研究》（修訂本），商務印書館，2017 年，第 112 頁。

元明施耐庵《水滸傳》第一零一回：「王慶那敢則聲，抱頭鼠竄，奔出廟門來，嗍一口唾。」清褚人獲《堅瓠餘集・嗍水縛盜》：「頃之，盜二十餘人至。景春盡腹中水嗍之，盜俱僵臥，如被縛者。」

【叩頭】忽見一僧，攜油香於老君前禮拜<u>叩頭</u>懺悔，泣而有請杯筊，擲之三二十擲，終無吉應。（211頁，卷六，《蜀州鐵老君驗》）

（劉圖）復入十一重之內，見圖死父共三百男子更相鞭打，圖便於天上平康獄邊大噪吁，<u>叩頭</u>曰：「圖父有何罪？死遭此苦。」（297頁，卷十四，《劉圖佩籙靈驗》）

按：「叩頭」即磕頭。中古漢譯佛經尤為多見。吳康僧會《六度集經》卷五：「疾邁，見道士若茲，叩頭問曰：『何由致此？』道士具陳厥所由然。」（3／28b）後世沿用，用例如金董解元《西廂記諸宮調》卷一：「臨壇揖了眾僧，叩頭禮下當陽。」明楊瑄《復辟錄》：「上再不可，吾等皆免冠叩頭，辭職乞還田里。滿朝若是，上亦心動，事無不可。」明馮夢龍纂《醒世恒言・薛錄事魚服證仙》：「我偶然游到東潭，變魚耍子，你怎麼見我不叩頭，到提著我走？」

【處分】有朱衣吏一人進曰：「此事不煩躬親指說，但<u>處分</u>₁刺史溫璋。」實時忽見令人往傳<u>處分</u>₂，言訖升空而去。（331頁，卷十七，《婺州開元觀蒙刺史復常住驗》）

官人責曰：「大道經教，聖人之言，關汝何事，輒敢改易！決痛杖一百，令其依舊修寫，填納觀中。填了報來，別有<u>處分</u>₂。」（267頁，卷十二，《僧法成改經驗》）

按：「處分₁」為動詞，叮囑、吩咐義。中古開始萌芽，例如南朝宋劉義慶《世說新語・尤悔》：「（謝安）曾送兄征西葬，還，日莫雨駛，小人皆醉，不可處分，公乃於車中手取車柱撞馭人，聲色甚厲。」至唐以後大量使用。如唐白居易《過敷水》：「垂鞭欲渡羅敷水，處分鳴驪且緩趨。」南宋楊萬里《晚興》詩：「處分新霜且留菊，辟差寒日早開梅。」

「處分₂」是由動詞引申出的名詞義，吩咐、命令的意思。後世用例如元鄭廷玉《後庭花》第一折：「我奉著廉訪夫人處分，留不到一更將盡，則登時將你來送了三魂。」

【周旋】是夜稍寒，產婦安臥，少女以錦衣履之，存恤再三，留

蠟炬去。婦以感其周至，謝之既畢，忽思：我夫至貧，素無親屬，何人如此憂我也？因問曰：「明日夫壻還家，即令辭謝，不知誰家使來如此周旋爾？」（239頁，卷九，《荊南開元觀南帝神驗》）

按：「周旋」為照顧、幫助義。中古始見，用例如《三國志·魏志·臧洪傳》：「每登城勒兵，望主人之旗鼓，感故友之周旋。」後世用例漸多，如南宋徐夢莘《三朝北盟會編》卷一百一十：「此事郎君以為是，孰敢以為非？郎君以為非，孰敢以為是？全在郎君矜念周旋此段祈禱之情。」明馮夢龍纂《古今小說·裴晉公義還原配》：「當朝裴晉公每懷惻隱，極肯周旋落難之人。」清朱素臣《翡翠園》二齣：「幾年函丈賴周旋，此日言旋意惘然。」

【難說】明日刺史忽入觀行腳，登尊殿上顧望，問道流：「此觀形勢布置〔註3〕，不合隘窄如此，何得側近便有戶人居住？」道流逡巡未敢祗對。溫郎中曰：「固應難說。」即令懸榜發遣居人，四面以官街為界，並還常住。（331頁，卷十七，《婺州開元觀蒙刺史復常住驗》）

按：「難說」即難以形容、解說或表述等。西漢戴德《大戴禮記·文王官人》：「不學而性辨，曰有慮者也，難投以物，難說以言。」王聘珍解詁：「難說以言，不可以言喻也。」

後世用例多見，如北宋李昉《太平廣記》卷一一五引《報應記》：「亦兼有湯鑊鐵床，來至，夫人尋被燒煮，酷毒難說。」南宋黎靖德《朱子語類》卷一：「根既在此，又卻能引聚得他那氣在此，此事難說。」清曹雪芹《紅樓夢》二八回：「雲兒笑道：『下兩句越發難說了，我替你說罷。』薛蟠道：『胡說！當真我就沒好的了？』」

【杯筊】忽見一僧，攜油香於老君前禮拜叩頭懺悔，泣而有請杯筊，擲之三二十擲，終無吉應。（211頁，卷六，《蜀州鐵老君驗》）

按：「杯筊」同「杯珓」。「杯珓」中古已見。如《搜神記》卷四：「宋紹興金主亮欲渡江，乞杯珓不從，亮怒令焚廟。」「杯筊」的寫法唐已降始見。

「筊」同「珓」，為占卜用具。《正字通·竹部》：「筊，卜筊。」《集韻·效

〔註3〕「置」羅本原作「署」，據《道藏》原文改。為撰文方便，本書前五章所舉羅本原文均已校正。校勘詳情請見第六章「羅本《道教靈驗記》校理」。

韻》：「珓，杯珓，巫以占吉凶器者。」《廣韻·效韻》：「珓，杯珓，古者以玉為之。」「杯珓」是古代占卜吉凶所用的器具，用玉、蚌殼或竹木片製成，兩片可分合，占卜時擲於地，據其俯仰斷其凶吉。有關「杯珓」，古人解釋最詳的當屬南宋程大昌。其所著《演繁露》卷三言：「卜教：後世問卜於神，有器名曰『珓』者，以兩蚌殼投空擲地，觀其俯仰，以卜休咎。自有此制後，後人不專用蛤殼矣。或以竹，或以木。略斫削使如蛤形，而中分為二。有仰有俯，故亦名『杯珓』。『杯』者，言蛤殼中空，可以受盛，其狀如杯也。『珓』者，本合為教，言神所告教，現於此之俯仰也。」

「杯筊」文獻用例屢見。如南宋洪邁《夷堅志》夷堅丁志第五：「朋友勉以應鄉舉，公雖行而心不樂。過廟入謁，祝杯筊曰：『某家貧，今非費數千不可動，亦無所從出，敢以決於靈侯。』舉三投之，皆陰也，意愈不樂。」明郭勛《雍熙樂府》卷十一：「（慶東原）清耿耿將明香來爇，骨碌碌將杯筊擲。」清福格《聽雨叢談》卷十一：「按宋太祖微時，嘗被酒入南京高辛廟，香案有竹杯筊，因取以占己之名位，一俯一仰為聖筊，自小校至節度使，一一擲之，皆不應。」

【鄰近】遂志心朗誦神呪，至夜不歇。廟堂之上寂然無聲，亦
　　無光透簾幕，唯聞自撲呻吟之聲。至明，呼喚鄰近居人視之，唯見
　　老野狐二頭，並小野狐五頭，皆頭破，血流滿地，已斃。（253頁，
　　卷十，《王道珂天蓬呪驗》）

按：「鄰近」在該例中為名詞，義為附近。中古已有。如梁沈約《宋書》卷九一：「未葬，為鄰火所逼，恩及妻栢氏號哭奔救，鄰近赴助，棺櫬得免。」

近代典籍用例屢見。如北宋包拯《請令提刑親案罪人》：「又鄰近春州禁勘罪人，追捕甚眾，縲繫二百餘日。」《英烈傳》第十四回：「鄰近有個土地廟。」清宋犖《請察道府錢糧疏》：「責成該管各道察盤轉報，如無道員管轄之府，委令鄰近道員察盤。」

【陪填】其妻子就東明大殿上焚香祈乞，請買淨土五千車，填
　　送所穿坑處。設齋告謝，求賜寬赦，疾乃稍定。一早又自言曰：「天
　　符有敕，穿掘觀土，修築私家，雖已陪填，尚未塞責。有十二年祿
　　命，並宜削奪，所連累子孫，即可原赦。」（174頁，卷二，《劉將軍
　　取東明觀土驗》）

按：「陪填」義為賠償填補。「陪」用同「賠」，賠償、償還義。如唐處默《織婦》詩：「成縑猶自陪錢納，未直青樓一曲歌。」唐白居易《判題》：「甲牛抵乙馬死，請償馬價。甲云：『在放牧處相抵，謂陪半價。』」元《殺狗勸夫》第二折：「我指望行些孝順圖些賞，他劃的不見了東西倒要我陪。」「填」亦有償還義。《說文·土部》：「填，塞也。」由填塞義引申出補充、償還義。如明羅懋登《西洋記》九一回：「今日頃刻之間接下三十二宗告你們填人命的狀詞。」清《醒世姻緣傳》五九回：「一命填一命，小素姐要償了婆婆的命。」《靈驗記》中亦見用例。如：「決痛杖一百，令其依舊修寫，填納觀中。填了報來，別有處分。」（267頁，卷十二，《僧法成改經驗》）「陪填」同義連言。

馮利華撰文指出：「道書中表示『償還、賠償』義的還有『陪填』。如：『科曰：常住財物，不得貸借充私房中用，其有病患切急，白眾求請，後一陪填還。』（《洞玄靈寶千真科》34／372／b）此『陪填還』即同義語詞的複合連用，『陪』『填』『還』都具有『償還』之義。」〔註4〕可見中古已見該詞。

「陪填」用例如唐李隆基《禁重徵租庸敕》：「或自為停滯，因此耗損；兼擅將貿易，交折遂多。妄稱舉債陪填，至州重徵百姓。」北宋歐陽修《乞罷刈白草箚子》：「及草場中不耐停留，專副有損爛陪填之患。」南宋洪邁《夷堅志》三辛卷二：「我是汝爺，以紹興二年二月某日賒了張小八公大麥，失於還錢，令責罰作犬，陪填宿債。」

《靈驗記》中另有「陪填」的同素異序詞「填陪」，意義相同。如：「我以無知，犯暴道法，取東明觀土修築私舍，地司已奏天曹，罰令運土填陪，不知車數。」（174頁，卷二，《劉將軍取東明觀土驗》）他書用例如《全宋文》卷一五九九《乞蠲放天下坊場通欠奏》：「伏願特降睿旨，霈發渙恩，應今日已前，天下坊場拖欠及保人代納，並出賣抵產填陪不足，及破賣抵產未得者，盡與蠲放。」

【棹船】觀側古柏貞松，巨材嘉木，皆被誅斫。營使馬述採伐尤甚……因校斗棹船，戲於江上，溺水而死。（174頁，卷二，《樂溫三元觀基驗》）

按：「棹船」即划船。「棹」本義為船槳，亦可寫作「櫂」。《說文新附》：「棹，

〔註4〕馮利華《中古道書詞語輯釋》，《宗教學研究》，2010年第2期，第52頁。

所以進船也。從木，翟聲。或從卓。」《釋名・釋船》：「在旁撥水曰棹。」《廣韻・效韻》：「棹，楫也。」漢曹操《船戰令》：「整持櫓棹，戰士各持兵器就船。」引申為動詞義，表划船。如晉陶潛《歸去來兮辭》：「或命巾車，或棹孤舟。」

「棹船」他書用例如晉陶淵明《搜神後記》卷三：「少頃，見一掘頭船，漁父以楫棹船如飛。」唐元結《宿丹崖翁宅》：「兒孫棹船抱酒甕，醉里長歌揮釣車。」元明施耐庵《水滸傳》七五回：「當日阮小七坐在船梢上，分撥二十餘個軍健棹船，一家帶一口腰刀。」清趙執信《吳中多見故人》：「不愁落日還聞笛，肯向空江卻棹船。」

以上內容論述了「著」「將」「將領」「嘆」「叩頭」「處分」「周旋」「難說」「杯茭（珓）」「鄰近」「陪填」「填陪」與「棹船」等數例唐以前已經使用的詞，是《靈驗記》中出現的承襲前代文獻的口語詞。由此可以窺見《靈驗記》之口語性，另一方面也可以觀察到這些口語詞在晚唐文獻中的使用情況。

第二節　來源於現實語言的口語詞

《靈驗記》中有一些詞語，其意義或用法在較早的典籍中沒有用例，但在同時代或時間上略早如初唐、中唐的文獻，尤其是口語色彩較濃厚的典籍中可以發現用例，這部分詞語應是與現實口語基本一致的，即為當時的口語詞。以下列舉數例。

【你】聞堂上有人呵責曰：「你何得恃酒入我廟內念呪，驚動我眷屬？」（252 頁，卷十，《王道珂天蓬呪驗》）

【他】吾殺降兵，被他冤訟，於地獄下，受諸罪苦。（312 頁，卷十六〔註5〕，《赫連寵修黃籙齋解父冤驗》）

按：據吳福祥研究，「『你』字在唐代成書的《北齊書》《周書》等史書中已能見到，唐代口語性較強的材料中已有許多用例。」〔註6〕而「他」真正成為第三人稱代詞，「較早的例子初唐已見，中晚唐以後就比較常見了。」〔註7〕《靈

〔註5〕《道教靈驗記》主要分十五卷與六卷兩個版本。此處及下文有「卷十六」「卷十七」的說法，是羅本將六卷中與十五卷互補之內容分成兩卷，命為「卷十六」與「卷十七」，在此作一說明。

〔註6〕吳福祥《近代漢語語法》，中國社會科學出版社，2015 年，第 31 頁。

〔註7〕吳福祥《近代漢語語法》，中國社會科學出版社，2015 年，第 35 頁。

驗記》中出現了這兩個人稱代詞，是其口語化的表現之一。

【炷】工人揭瓦，皆有毒蛇，居於溜中，莫知其數，竟無所措手。以事白焉，馮子怒，使吏焚之。曳薪炷火，而雷電大震，風雨總至。（159 頁，卷一，《洋州素靈宮驗》）

公夢覺流汗，驚駭久之。乃躬詣雲林，炷香禱福。（176 頁，卷二，《韋臬令公修葛璝化驗》）

時因登洞，炷香稽首，祝於二真曰：「苟使官達，粗脫棲遲，必有嚴飾之報。」（186 頁，卷三，《段相國修仙都觀驗》）

按：「炷」，點、燒義。本義為燈中火炷、燈心。《玉篇·火部》：「炷，燈炷也。」《集韻·噳韻》：「主，《說文》：『鐙中火主也。』或作炷。」後由名詞引申出動詞義。唐代文獻常見。例如唐王建《和元郎中玩月》之四：「夜深盡放家人睡，直到天明不炷燈。」後世用例也很多。如北宋王安石《金陵郡齋》詩：「深炷爐香閉齋閣，臥聽簷雨瀉高秋。」清蒲松齡《聊齋誌異·董生》：「家人潛窺香滅，又炷之。」清曹雪芹《紅樓夢》六二回：「已有李貴等四五個人在那裡設下天地香燭，寶玉炷了香。」

【僅】又於白鶴山觀掘地，得鐵數萬斤，鑄三尊鐵像，僅高二丈，今謂之聖像。（178 頁，卷三，《果州開元觀驗》）

相與視之，大駭曰：「此谷中干戈之前，人戶比屋。頃值離亂，奔竄諸山，驚毒伏藏，蹊路僅絕，固無居人助殲巨焰矣。假使人力所救，當有撲滅之跡，今則周爇壇庭，深達階阤，非人力之所能。蓋真靈保持，神明嚴衛耳。」（180 頁，卷三，《金州盤龍觀野火不侵驗》）

按：「僅」為幾乎達到、將近。唐宋文獻多見。如《晉書·趙王倫傳》：「自兵興六十餘日，戰所殺害，僅十萬人。」唐白居易《草堂記》：「夾澗有古松、老杉，大僅十人圍，高不知幾百尺。」北宋范仲淹《上資政晏侍郎書》：「某官小祿微，然歲受俸祿僅三十萬……以豐歉相半，則某歲食二千畝之入矣。」北宋沈作喆《寓簡》卷六：「自祖宗以來，所藏祭服，充牣不毀，凡數屋。若以給戰士袍襖，僅可足用也。」後世用例如元辛文房《唐才子傳·陳摶》：「（陳摶）時居雲臺四十年，僅及百歲。」

該「僅」含有多義。郭在貽指出：「僅字在唐代有多、餘、頗、甚之義，此清人王士禎、段玉裁、姚範等均已言之。『今僅千載矣』，是說至今已有了上千年的時間，僅字以言其多。」〔註8〕需注意與「少義」用例的區分。

【莊】樊令言者，汴州人也。莊在外縣，因晚歸莊，僕從行遲，
其馬駿疾，不覺獨行三二十里。（323頁，卷十六，《樊令言修北帝道
場誅狐魅驗》）

文鍊者，長安人也。父母令於別業讀書為學，於莊前堆阜之上
置書堂焉。（161頁，卷一，《城南文鍊臺驗》）

按：「莊」指鄉間住所。唐代文獻中屢見。用例如《敦煌變文集》〔註9〕卷
一《伍子胥變文》：「川中又遇一家，牆壁異常嚴麗，孤莊獨立，四迴無人。」
又卷三《燕子賦》：「大宅居山所，此乃是吾莊。」唐杜甫《懷錦水居止》詩之
二：「萬里橋西宅，百花潭北莊。」唐段成式《酉陽雜俎》前集卷八：「元積在
江夏襄州賈塹有莊，新起堂，上樑才畢，疾風甚雨。」

劉紅運對隋唐五代民間文獻中「莊」的含義進行了考證，認為：「絕大部分
莊內設備很少，除糧食可以自給有餘外，其他必需品未必都能自給，以上各莊
均不是基本的獨立的生產和經營單位，莊園主和莊客間也不一定有較強的人身
依附關係。」〔註10〕可資參考。

【全】太陽山是此縣福地，全利鎮中，緣有觀舍鐵像壓卻岡脈，
此鎮無由興盛。若除得鐵像及觀，明公即受符竹節鉞，世世榮貴，
可以立待矣。（205頁，卷五，《梓州飛烏白鴉觀驗》）

按：「全」為甚、極義。「全利鎮中」即十分利於鎮中。李小軍研究認為，
「全」作為典型的程度副詞出現於唐代，「全」從範圍副詞演變為程度副詞，存
在整體的語義對應性，即「總括——高程度」，這既是一個語義虛化的過程，也
是一個句法功能變化的過程〔註11〕。

文獻用例頗多。如唐杜甫《南鄰》詩：「錦里先生烏角巾，園收芋粟不全貧。」

〔註8〕郭在貽《俗語詞研究與古籍整理》，載於國務院古籍整理出版規劃小組編《古籍點
　　　校疑誤匯錄》，國務院古籍整理出版規劃小組，1984年，第28頁。
〔註9〕本文所引敦煌變文均據王重民等編《敦煌變文集》，人民文學出版社，1957年。
〔註10〕劉紅運《隋唐五代傳世文獻中所見「莊」「莊田」「莊宅」「莊園」釋義》，《中國社
　　　會經濟史研究》，2002年第4期，第89頁。
〔註11〕李小軍《試論總括向高程度的演變》，《語言科學》，2018年第5期，第522頁。

唐元稹《和樂天題王家亭子》：「都大資人無暇日，泛池全少買池多。」北宋周邦彥《醜奴兒·詠梅》詞：「南枝度臘開全少，疏影當軒。一種宜寒，自其清蟾別有緣。」元任昱《水仙子·幽居》：「食祿黃齏甕，忘憂綠酒鍾。未必全窮。」

【較】功用既畢，劉忽得疾沈綿，旬日稍較，忽如風狂，於其階庭之中，攫土穴地，指爪流血，而終不已。（173頁，卷二，《劉將軍取東明觀土驗》）

忽夢一道流，長八九尺，來至其前，以大袖〔註12〕布衣拂其面目之上，頓覺清涼，謂之曰：「自此較矣，勿復憂也。」（226頁，卷八，《昭成觀天師驗》）

按：「較」為病情減輕或痊癒，唐代口語詞。張相《詩詞曲語辭彙釋》卷二：「較，猶瘥也。」「瘥」即痊癒。「較」可見他書用例。如北宋歐陽修《與王懿恪公書》之五：「某自過年，兒女多病，小女子患目，殆今未較，日頗憂煎。」南宋楊萬里《久病小愈雨中端午試筆》：「病較欣逢五五辰，宮衣忽憶拜天恩。」金董解元《西廂記諸宮調》卷五：「小詩便是得效藥，讀罷頓然痊較。」明湯顯祖《牡丹亭·拾畫》：「日來病患較些，悶坐不過。」徐朔方等校注：「較，病好一些。」

在病癒義上，「校」可通「較」。《靈驗記》原文：「居人范彥通忽患風癩，瘡痍既甚，眉鬢漸落，因入觀於王母前發願：『但所疾校損，即竭力修裝。』」（237頁，卷九，《西王母驗》）其中「校」即痊癒。「損」謂病情減輕。古籍用例如南朝宋劉義慶《世說新語·方正》：「周伯仁為吏部尚書，在省內，夜疾危急……良久小損。」唐韓愈《故金紫光祿大夫檢校尚書董公行狀》：「上喜曰：董某疾且損矣。」「校損」乃同義連文。

「校損」他書用例如北宋李昉《太平廣記》卷四五三《李令緒》：「欲至京，路店宿，其主人女病，云是妖魅。令緒問主人曰：『是何疾？』答云：『似有妖魅，歷諸醫術，無能暫愈。』令緒云：『治卻何如？』主人珍重辭謝，乞相救：『但得校損，報效不輕。』」

《靈驗記》中另有「效」字，借作「較」，亦為痊癒義。原文為：「故側近有馭鶴觀，井傍有天師堂，井上塑為巨鶴。三年一淘井，獲錢極多，以資香火修

飾。人有疾苦，取水服之多效，瘡癬以井水洗之即愈。」（229 頁，卷八，《蜀州天師井驗》）他書用例如杜光庭《錄異記》卷三：「忽見一老人，髭鬢雪白，著白衣，來謂曰：『病已效矣，何不速起？』即以手抬其頭，便能起坐。」關於「效」「校」「較」的關係，蔣禮鴻論述較詳〔註13〕，可參看。

【輒】速將功德送於本處，戒後來子孫，大道威靈，不可輒犯。
（188 頁，卷四，《南平丹竈臺金銅像驗》）

　　有一官健把弓箭告眾曰：「我射老君前橫金一條，若中即眾人為我置酒。」人或止之曰：「橫金是老君曲几也，正當功德，必不可輒射。」（207 頁，卷六，《蜀州壁畫老君驗》）

　　太上有明科，常住法物，供養三寶，傳於無窮之世，固不可輒有隱盜。（332 頁，卷十七，《杭州餘杭上清觀道流隱欺常住驗》）

按：「輒」義為隨便、隨意，是唐代表示不拘的副詞。《靈驗記》中多次出現。他書用例如《敦煌變文集》卷二《葉淨能詩》：「太一傳語，因何輒娶他生人婦！」又卷四《難陀出家緣起》：「何處愚夫至此，輒來認我為妻。」《元典章·聖政一》：「公吏人等，非必須差遣者，不得輒令下鄉。」清《隋唐演義》八四回：「又輒作妄想，殊為可笑可惡！」

【藩帥】每因良宵奏醮，則仙磬吟於空中；藩帥投龍，則卿雲凝於林表。（161 頁，卷一，《青城山宗玄觀驗》）

按：「藩帥」為「唐節度、觀察等使」〔註14〕，《大詞典》失收。「藩」可指封建王朝的侯國或屬國、屬地。如《後漢書·明帝紀》：「（永平五年）驃騎將軍東平王蒼罷歸藩。」唐朝初年在重要各州置都督府，後在邊陲各地置節度使，稱為藩鎮，略稱藩。「帥」即將帥。《廣韻·質韻》：「帥，將帥也。」

文獻用例頗多。如北宋李昉《太平廣記》卷一六八《發冢盜》：「冢中有盜發冢墓者，經時搜索不獲，長吏督之甚嚴。忽一日擒獲……藩帥躬自誘而問之。」北宋薛居正《舊五代史》卷一百三：「初，朝議以諸道方鎮皆是勳臣，不諳政理，其都押衙孔目官，令三司軍將內選才補之，藩帥不悅，故洪信因朝廷多故，誣奏加害焉。」北宋釋文瑩《玉壺野史》卷一：「為藩帥，中途遇朝紳，必引車為避。」

〔註13〕蔣禮鴻《敦煌變文字義通釋》，浙江大學出版社，2016 年，第 211 頁。
〔註14〕龔延明《中國歷代職官別名大辭典》，上海辭書出版社，2006 年，第 762 頁。

【要鬧】信果觀在要鬧之所，每有失火，止於觀之四隅，尋即
　　滅矣。或反風拒焰，或密雨交至，未嘗有焚灼之害。(193頁，卷四，
　　《洪州信果觀木天尊驗》)

按：「要鬧」即熱鬧。「要」，重要，主要。古書用例如《孝經·開宗明義》：
「先王有至德要道，以順天下。」明何景明《贈胡君宗器序》：「故蒞官之則，
莫要廉以修身也。」「鬧」，嘈雜，不靜。凡熱鬧之地，多為交通要衝。該詞同
義複用。「鬧」字《說文解字》與《玉篇》未收，字書用例首見於《說文新附》，
釋為「不靜也。從市、鬥。」張湧泉（1996）認為「鬧」出現於《說文新附》
時期。之後陳朝陽、胡建（2004）據出土材料，認為「鬧」的產生不晚於西漢
時期，可備一說。

唐宋文獻用例多見。如唐韓愈《順宗實錄》卷二：「末年不復行文書，置『白
望』數百人於兩市，並要鬧坊，閱人所賣物，但稱『宮市』，即斂手付與。」北
宋孟元老《東京夢華錄·馬行街鋪席》：「夜市直至三更盡，才五更又復開張。
如要鬧去處，通曉不絕。」北宋司馬光《乞開言路劄子》：「仍頒下諸路州軍於
所在要鬧處出榜曉示。」

【論理】其時鄰家馮老人父子二人差赴軍前，去時留寄物，直
　　三十千，在某處。馮父子歿陣不回，物已尋破用卻。近忽於冥中論
　　理，某被追魂魄對會，經今六年。(300頁，卷十五，《張郃奏天曹錢
　　驗》)

按：「論理」，爭訟；爭論是非。「論」為說明事理。《說文·言部》：「論，議
也。」段玉裁注：「凡言語循其理得其宜謂之論。」「理」有申訴、訴訟義。《莊
子·盜跖》：「鮑子立乾，申子不自理，廉之害也。」成玄英疏：「（申生）遭麗姬
之難，枉被讒謗，不自申理，自縊而死矣。」《後漢書·馮緄傳》：「應奉上疏理
緄等，得免。」唐韓愈《唐正議大夫尚書左丞孔公墓誌銘》：「下邽令笞外按小兒，
繫御史獄。公上疏理之，詔釋下邽令。」北宋王辟之《澠水燕談錄·讜論》：「明
年，元昊果反，禹逃歸京，上書自理。」明凌濛初《二刻拍案驚奇》卷十三：「昨
夜鬼扣山庵，與小生訴苦……要小生出身代告大人臺下，求理此項。」《靈驗記》
中亦有「理」該用法之例：「無何，有僧於其鄰近置院，侵觀地，置倉及溷。神
璘陳牒理之，州差官吏往驗其地。」(173頁，卷二，《靜福山分界驗》)

「論理」為近義連文。在契約文書中常見。如《唐乾寧四年張義全賣宅舍契》：「其上件捨價，立契當日交相分付訖，一無懸欠……或有恩赦赦書行下，亦不在論理之限。」又《丙子年沈都和賣宅舍契》：「或遇恩赦大赦流行，亦不在論理之限。」〔註15〕其餘如清俞萬春《蕩寇志》七九回：「這廝既是這種人，枉是勸化不轉，同他論理無益。」

【支吾】婺州居人葉氏，其富億計，忽中癲狂之疾，積年不瘳，數月尤頓，後乃叫號悲笑，裸露奔走，力敵數人。初以絹索縻縶之，俄而絕絆，出通衢，犯公署，不可支吾。(260頁，卷十一，《玉〔註16〕霄葉尊師符驗》)

按：「支吾」為對抗、抵擋義。又作「支捂」「支梧」「枝梧」等，至晚是唐代就已出現的聯綿詞〔註17〕。可見其他用例。如唐戴孚《廣異記‧李氏》：「（李氏）忽見其夫亡姊，身衣白服，戴布襆巾，徑來逐己……乃出門絕騁，崎嶇之中，莫敢支吾救援之者。」南宋徐夢莘《三朝北盟會編》卷二三：「金人已渝盟入寇，當在大王勾集諸路軍馬，並力支吾。」元《凍蘇秦》第二折：「逼得得他忍饑受冷，並不敢半句支吾。」

【勾當】妻王氏，死已逾年，忽一日還家，約勒大小，勾當家事，言語歷歷，一如平生。(306頁，卷十五，《李約黃籙齋驗》)

按：「勾當」，料理；做、幹。文獻用例頗多，如唐元稹《趙真長戶部郎中兼侍御史等制》：「應可某官，充戶部巡官，勾當河南、淮南等道兩稅，餘如故。」北宋范仲淹《與朱氏書》：「大郎來此，既不修學，又無事與他勾當，必難久住。」南宋黎靖德《朱子語類》卷五九：「某嘗見一種人汲汲營利求官職，不知是勾當甚事。」清蒲松齡《聊齋誌異‧嬌娜》：「生入城，勾當數日，遂連夜趨裝；既歸，以閒園寓公子。」

郭建花簡要勾勒了該詞的詞義演變過程：「『勾當』一詞，約始見於唐代，本義指『主管，料理』，如《北史‧敘傳》『事無大小，士彥一委仲舉，推尋勾

〔註15〕以上兩例轉引自江藍生，曹廣順編著《唐五代語言詞典》，上海教育出版社，1997年，第241頁。兩例出自中國科學院歷史研究所資料室編《敦煌資料》第一輯，中華書局，1961年。
〔註16〕「玉」羅本作「雲」，據《道藏》原文改。
〔註17〕陳明娥《朱熹口語文獻詞彙研究》，廈門大學出版社，2011年，第443頁。

當，絲髮無遺，於軍用甚有助焉。」近代漢語中，『勾當』既可作名詞，也可作動詞，元曲及明清小說中多見。今多作貶義詞，指『壞事情』。」〔註18〕

【撝解】忽夢為親友所招，出門乘馬，其行極速，疑為冥司所攝。有一人乘馬奔來，所在留滯，必為撝解遮救，言旨懇切。及到所司，此人又懇為請託，因得卻還。（310頁，卷十六，《范陽盧蔚醮本命驗》）

按：「撝」同「揮」。《說文·手部》：「撝，裂也。」《後漢書·馬融傳》：「撝介鮮，散毛族。」引申為揮散、分散義。清段玉裁《說文解字注》言：「撝，《易》『撝謙』馬曰：『撝，猶離也。』」按：撝謙者，溥散其謙，無所往而不用謙，裂義之引申也。」按：《易》「撝謙」王弼注：「指撝皆謙。」荀爽注：「撝，猶舉也。」在「撝解」一詞中表疏散、疏解。

「撝解」即「揮解」，勸解、排解義。唐宋用例頗多。《舊唐書·刑法制》：「以菢角抵力人，不敢揮解，遂持木錘擊菢之首。」北宋陸游《老學庵筆記》卷三：「此道人蓋永嘉人林靈噩也。旋得幸，貴震一時，賜名靈素……而老何以嘗罵之，朝夕憂懼。若水為揮解，且以書慰解之，始少安。」北宋胡仔《苕溪漁隱叢話前集·石曼卿》引宋蔡絛《西清詩話》：「曼卿官冊府時，五鼓趨朝，見二舉子繫邏舍，望曼卿號呼請救……曼卿力為揮解，卒長勉從之。」

【好好】長史張敬忠具以上聞，敕內官林昭隱就川迎取像柱，令作寶輿，好好豎安。（191頁，卷四，《木文天尊驗》）

按：「好好」義為努力、認真、妥善。敦煌變文中已見，吳福祥指出：「『好』『好生』『好好』表示盡力或耐心地實施某種行為。」並舉變文用例，如：「行座（坐）專專共保持，睡眠好好相分付。」〔註19〕

其他典籍用例如唐李商隱《送崔珏往西川》詩：「浣花箋紙桃花色，好好題詩詠玉鉤。」金《董解元西廂記》卷六：「怕你個冤家是廝落。你好好承當，咱好好的商量，我管不錯。」清曹雪芹《紅樓夢》第十回：「倘或後日這兩日一家子要來，你就在家裏好好的款待他們就是了。」

【以來】大中初，忽暴雨迅雷，溪潭泛溢，壞林摧岸，將及殿

〔註18〕郭建花《漢語音韻詞彙研究論集》，廈門大學出版社，2008年，第174頁。
〔註19〕吳福祥《敦煌變文12種語法研究》，河南大學出版社，2004年，第97頁。

宇，泥波鼓怒，濁浪如山，勢不可避。流至觀，則十步以來，殿中陰雲勃興，大風振發，吹激水勢，蹴過前溪之中。（180 頁，卷三，《明州大寶觀山水不侵驗》）

其像於殿柱中自然而見。高三尺五寸以來，雲冠霞衣，執手爐寶香，右手炷香於煙上。（191 頁，卷四，《木文天尊驗》）

按：「以來」用於數量值後，表示約數，猶言上下、左右。馮玉濤對「以來」的研究指出：「無論『以來』表示從過去直到現在的意義還是以後的意義，都是在時間概念、時間範疇內的發展與變化，沒有脫離開時間概念。但是，大致在兩晉以後，『以來』又發展出一個新的意義，開始表示空間的概念，有空間上對數量進行猜測、估計的大約的意義，更有空間距離上左右、上下、以下、以往的意思。」〔註20〕可參考。

他書用例多見。如北宋李昉《太平廣記》卷七四引《仙傳拾遺·張定》：「即提一水瓶，可受二斗以來，空中無物，置於庭中。」《太平廣記》卷二零五引唐劉恂《嶺表錄異·銅鼓》：「鼓面圓二尺許……其身遍有蟲魚花草之狀，通體均勻，厚二分以來。爐鑄之妙，實為奇巧。」元《武王伐紂平話》卷上：「夜至三更以來，紂王似睡之間，左右別無臣侍。」

【對勘】有王峰者，事潁川王，於小蠻坊創置私第，以基地卑濕，乃使力役者剟觀門土牆及廣掘觀地，取土數千車築基址。土木未畢，已數口凋亡。一旦自衙歸宅，於其門外見二黃衣人，曰：「為觀中取土事，要有對勘。」（172 頁，卷二，《益州龍興觀取土驗》）

按：「對勘」猶對質。唐代口語詞。「對」有校核、對質義。如北魏酈道元《水經注·淇水》：「鮮于冀為清河太守，作公廨，未就而亡。後守趙高計功用二百萬，五官黃秉、功曹劉適言四百萬錢。於是冀乃鬼見白日，道從入府，與高及秉等對，共計校定。」清《醒世姻緣傳》四一回：「前日那枝金耳挖子，我問你，你對著我說是二兩銀子換的，這今日不對出謊來了？」「勘」亦有核對義，如唐白居易《題詩屏風絕句》：「相憶採君詩作障，自書自勘不辭勞。」北宋蘇舜欽《送韓三子華還家》詩：「勘書春雨靜，煮藥夜火續。」

〔註20〕馮玉濤《「以來」的時空轉化和漢語詞義引申規律》，《寧夏師範學院學報》，2007 年第 1 期，第 70 頁。

「對勘」為同義複合詞。用例如唐段成式《酉陽雜俎續集・金剛經鳩異》：「又說對勘時，見一戎王，衛者數百，自外來。」清蒲松齡《聊齋誌異・席方平》：「當堂對勘，席所言皆不妄。」

【採買】而制置之內猶闕大殿。州司差工匠及道流，將泝嘉陵江，於利州上游採買〔註21〕材木。（177頁，卷二，《果州開元觀驗》）

按：「採買」，選購；（批量）購買「採」同「采」。《玉篇・手部》：「採，採摘也。」《廣韻・海韻》：「採，取也。」「採」有選取、搜集義，如唐羅隱《蜂》詩：「採得百花成蜜後，為誰辛苦為誰忙。」在「採買」一詞中具體指選購義。

近代文獻多見用例。如南宋李燾《續資治通鑒長編》卷二六二：「既無急用，即可權住採買，以紓邊費。」元王惲《論開光濟兩河事狀》：「緣石材地丁非民間素有積蓄之物，計其採買工價搬運腳力，上戶已不能辦。」《清史稿・世宗紀》：「撥通倉米十五萬石，奉天米二十萬石，採買米五萬石，運往山東備賑。」

【塑像】鄉里祠之，置廟於山上，號曰白鶴廟。室宇塑像，已千餘年，符驗光靈，累代攸顯。（203頁，卷五，《白鶴廟茅君像驗》）

玉局化西王母塑像多年，頃因觀宇燒焚，廊屋頹壞，而儀像不損，人稱其靈……觀因南詔焚燒，屋宇摧盡，而將軍塑像不壞。（237頁，卷九，《西王母驗》）

按：「塑像」即用泥土或石膏等塑造的人像。「塑」字不見於《說文》。《廣韻・暮韻》：「塑，塑像也。出《周公夢書》。」《資治通鑒・後漢隱帝乾佑三年》：「希廣信巫覡語，塑鬼於江上。」胡三省注：「搏埴為神鬼之形曰塑。」

唐宋典籍多有所見。如唐陳宗裕《敕建烏石觀碑記》：「是歲八月庚午塑像，閱三載，黝堊繢飾咸備。」北宋王讜《唐語林・補遺一》：「北邙山玄玄觀南，有老君廟……神仙塑像，皆開元中楊惠之所制。」亦見後世用例。如清周亮工《書影》卷七：「若塑像面貌衣冠，又逾於影。」

【般運】行魯之吏因疾入冥，數日復活，言見行魯為鬼吏所驅，般運龍興材木，鐵鎖繫械，晝夜不休，木纔積垛，又卻飛去。（172頁，卷二，《益州龍興觀取土驗》）

按：「般運」為口語詞，唐代始見。《玉篇・舟部》：「般，運也。」如唐白居

〔註21〕「買」羅本作「賣」，據《雲笈》原文與文意改。

易《官牛》詩:「官牛官牛駕官車,滻水岸邊般載沙。」後多作「搬」。

「般運」用例如唐元稹《為河南府百姓訴車狀》:「右件草,准元敕令於河次收貯,待河開般運,送至行營。」《續資治通鑑·宋高宗紹興十年》:「俊命諸漕備十日糧,諸漕以水路止於廬州,陸路無夫般運,遂給軍士錢人一千,使之附帶。」寫作「搬運」的用例如北宋李昉《太平廣記》卷二三九引唐胡璩《譚賓錄·裴延齡》:「若市草百萬團,則一方百姓自冬歷夏搬運不了,又妨奪農務。」北宋沈括《夢溪筆談·官政一》:「陝西課鹽,舊法官自搬運,置務拘賣。」

【手爐】忽見道流隱形在殿柱中,隱隱分明。以刀斧削之,益加精好。其像於殿柱中自然而見。高三尺五寸以來,雲冠霞衣,執手爐寶香,右手炷香於煙上。(191頁,卷四,《木文天尊驗》)

按:「手爐」即可用手持的小香爐。王天福考證:「手爐是由火盆逐漸發展演變而來,由爐身、爐底、爐蓋(爐罩)、提梁(提柄)組成,自唐朝始創,到明朝中後期,手爐工藝達到了爐火純青的境界。」〔註22〕

該詞屢見於唐以來古書中,如杜光庭《神仙感遇傳》卷一:「傳言湖州刺史常誦《黃庭經》《度人經》,執手爐於靜室諷經,奄然化去。歸葬滎陽,坐龕中但有手爐、法衣也。」清俞樾《茶香室三鈔·神佛中畫帝後像》引北宋郭若虛《圖畫見聞志》:「景佑中,有畫僧於市中見舊功德一幅,乃慈氏菩薩像,左邊一人執手爐……遂以半千售之,持獻入內,閤都知一見驚曰:『執香爐者,實章聖御像也。』」清郭小亭《濟公全傳》一五二回:「今天由大殿前往外排班,是五十四對,一百零八位和尚各穿扁衫,手拿手爐手盤。口念『真佛,迎接知覺羅漢』。」

【手狀】因令本司檢使君年祿遠近,逡巡有吏執案云:「崔公輔自此猶有三任刺史,二十三年壽。」言訖,公輔留手狀,官人差吏送還。(270頁,卷十二,《崔公輔仙都經驗》)

按:「手狀」義為親筆寫的陳述事實的文字。「手」即親手義。《後漢書·隗囂傳》:「帝報以手書。」惠棟補注:「鄭康成云:『手猶親也。』」《玉篇·犬部》:「狀,書狀。」唐韓愈《論今年權停舉選狀》:「謹詣光順門奉狀以聞。伏聽聖旨。」

唐已降文獻多見。如唐杜佑《通典》卷一百七十:「聖曆元年,武太后謂侍臣曰:往者來俊臣等推按刑獄,朝臣遞相牽引,咸承反逆,中間疑有枉濫。更

〔註22〕王天福《中醫養生新法》,中國醫藥科技出版社,2013年,187頁。

遣近臣就獄親問，皆得手狀，承引不虛。近日俊臣死後，更無聞有反者。然則以前就戮者，不有冤濫者邪？」唐皇甫枚《三水小牘·王公直》：「所由領公直至村，先集鄰保，責手狀皆稱實，知王公直埋蠶，實無惡跡。乃與村眾及公直同發蠶坑，中唯有箔角一死人，而缺其左臂，取得臂附之，宛然若合。」《舊五代史·食貨志》：「今年夏苗，委人戶自通供手狀，具頃畝多少。」

【親跡】上都昭成觀，明皇為昭成太后所立……像設圖繢，皆

吳道子、王仙喬、楊退之親跡。（159 頁，卷一，《上都昭成觀驗》）

按：「親跡」即親筆、手跡。唐朱景玄《唐朝名畫錄》：「又僧彥悰《續畫品》云：『其博贍繁多，未見其親跡，可居妙品。』」由是知唐初已見用例。

該詞近代典籍中多見。如北宋沈括《夢溪筆談·辯證一》：「溥手教所指揮事甚詳，翰墨印記，極有次序，悉是當時親跡。」北宋王辟之《澠水燕談錄》卷七：「陳文惠公善八分書，變古之法，自成一家，雖點畫肥重而筆力勁健。能為方丈字，謂之堆墨，目為八分。凡天下名山勝處碑刻題榜，多公親跡。」明解縉《文毅集》卷十六：「右李邕《永康帖》，米芾家故物也。上有親跡等印具在，芾以模本刻之，甚為寶惜。」

【寢味】咸通秋中，蝗蟲害稼，江浙彌甚。里閭田畝之間，相聚

驅之。或震警革，擊銅器，籤彩纈之衣，晝以及夕，忘其寢味，驚

呼斥逐。（179 頁，卷三，《剡縣白鶴觀蝗蟲不侵驗》）

按：「寢味」為唐代始見，義同「寢食」，指睡覺與吃飯。

「寢」為睡覺義。《論語·公冶長》：「宰予晝寢。」皇侃疏：「寢，眠也。」「味」有吃、進食之義。如《韓非子·難四》：「屈到嗜芰，文王嗜菖蒲菹……所味不必美。」唐元稹《祭亡妻韋氏文》：「人之生也，選甘而味，借光而衣。」北宋王讜《唐語林·夙慧》：「（緇郎）年七歲，尚不食肉。一日有僧請見，乃掌其頰，謂曰：『既愛官爵，何不食肉？』自此方味葷血。」

該詞於其他文獻亦有所見，如《全唐文》卷七七五：「不審近日尊體何如？考履納祥，為善降福，伏料寢味，常保康寧。」北宋歐陽修《歐陽修集》卷一四五：「某啟：哀窮苟活，奄及仲秋，孤苦之心，何以自處？昨急足還府，嘗奉號疏，必達。秋涼，寢味如何？」南宋朱熹《朱熹文集》卷十七：「臣竊聞旱蝗之災，過貽聖慮，夙夜焦勞，至忘寢味。臣雖疏賤，不勝感泣震懼之至。」

【撈攄】玉局化玉像老君，天寶中觀前江內，往往夜中有光，從水而出，高七八尺，上赤下白，其末如煙。眾人瞻之，以為有寶器之物，撈攄求訪，又無所見。（209 頁，卷六，《玉局化玉像老君驗》）

按：「撈攄」同「撈漉」，義為水中撈物。「撈」謂從水中或其他液體中取物。唐玄應《一切經音義》卷五引《通俗文》：「沉取曰撈。」「攄」為撈取義。《改並四聲篇海·手部》引《川篇》：「攄，音祿，揞也。」晉葛洪《抱朴子·至理》：「又以炁禁沸湯，以百許錢投中，令一人手探攄取錢，而手不灼爛。」南宋普濟編《五燈會元·雲峰存禪師法嗣·雲門文偃禪師》：「河裏失錢河裏攄。」

「撈攄」多見於典籍。如明陶宗儀《說郛》卷二十三引初唐《辯疑志》：「雲石老病久，其夕奄然將終。其子以木貫大石縛父屍，沈於桑乾河水，妄指雲中白鶴是父。州縣復差人檢，兼於所沈處撈漉得屍。懷山怒，遂杖殺其子。」後世亦多見。如杜光庭《墉城集仙錄》卷八：「常時多與父母說奇事先兆，往往信驗，聞之固以為然，隨往看水，果洶湧不息，乃自投水中，良久不出。父母撈攄得一木像天尊，古昔所製，金彩已駁，狀貌與女無異，水即澄清如舊，無復他物，便以木像置於路側，號泣驚異而歸。」北宋蘇軾《奏浙西災傷第一狀》：「聞舉家田苗沒在深水底，父子聚哭，以船筏撈攄。」北宋梅堯臣《宣州雜詩》之十：「小鱗隨水至，三月滿江邊。少婦自撈攄，遠人無棄捐。」《全金詩》卷七七：「火風地水沒來由，聚則成形散即休。半紙功名虛費力，百年撈攄水中漚。」

本節舉例討論了《靈驗記》中出現的「你」「他」「炷」「僅」「莊」「全」「較（校／效）」「校損」「輒」「藩帥」「要鬧」「論理」「支吾」「勾當」「撝（揮）解」「好好」「以來」「對勘」「採（采）買」「塑像」「般運」「手爐」「手狀」「親跡」「寢味」與「撈攄（漉）」等多個源自現實語言的口語詞。有的口語詞的用字是唐時才產生的，有的口語詞所表示的事物是唐時所發明的。

本章「口語詞」與第四章「新詞新義」難免有交叉重合之處。「新詞新義」包含了一些口語詞，而其側重點更在於「新」，具體可參看第四章。

第三章　《道教靈驗記》道教語詞研究

　　葛兆光曾對道教語言作出過這樣的論述：「道教比較強調神靈的力量對人的拯救的意義，即比較重視人生解脫與超越中神力的作用，它的追求目標之一就是成為神仙，因此，為了宣揚神跡、樹立神權，道教經典常常用各種極盡想像力的華麗辭藻來反覆重疊地描寫仙境、仙人的美妙，鬼怪、陰間的恐怖……這樣，道教語言就和佛教語言、儒家語言大不相同。」〔註1〕由此可見道教語詞的特點是十分鮮明的。道教語詞是漢語詞彙中不可缺少的一部分，在漢語史研究中應當佔據一席之地，對其加以探討，對道教學與詞彙史的發展都大有裨益。

　　杜光庭在道教史上起到了承前啟後的作用，其所撰《道教靈驗記》包含了大量的道教語詞。本文所談的「道教語詞」並非絕對意義上的「專用詞語」，只要是與道教教義或道教文化有直接或間接關係的詞語便可在討論之列。關於道教語詞的分類，葉貴良以敦煌道經為研究對象，分為十五類〔註2〕。本文參考葉書的分類，並結合《靈驗記》中道教語詞的具體特點，將其分為九大類，分別是有關天神地祇、符籙圖讖、法術祝呪、科教儀式、服食煉養、經書簡牘、制度名物、天堂仙境與五行術數等方面的詞語。

〔註1〕葛兆光《道教與唐代詩歌語言》，《清華大學學報》，1995 年第 4 期，第 11 頁。
〔註2〕葉貴良《敦煌道經寫本與詞彙研究》，巴蜀書社，2007 年，第 673 頁。

第一節　天神地祇類

　　道教在發展的過程中形成了自身比較完備的神仙系統。劉祖國研究指出：「神仙信仰對中國哲學、大眾心理、社會風尚及語言文學都有很深的影響，研究漢語不能忽視對道教神仙信仰的考察。」〔註3〕《靈驗記》中涉及天神地祇的詞語有不少。從詞性上講，數量最多的是神鬼名詞，同時也涉及相關的動作行為，有少數動詞。以下分類闡述。

一、天神類

　　【天真】夫嘯儔侶，命儕友者，猶須正席拂筵，整籩洗爵，恭

敬以成禮，嚴恪以致事。或懼其誚讓，責其不勤，況感降天真，禱

求福佑，豈可陸然而買罪乎？（317 頁，卷十六，《胡尊師修清齋

驗》）

　　按：「天真」義為天神，天仙。「真」，道家稱「修真得道」或「成仙」的人。《說文·匕部》：「真，僊人變形而登天也。」《字彙·目部》：「真，真人。」北宋魏野《尋隱者不遇》詩：「尋真誤入蓬萊島，香風不動松花老。」

　　該詞中古已見，如南朝梁陶弘景《周氏冥通記》卷一：「得補吾洞中之職，面對天真，遊行聖府，自計天下無勝此處。」後代用例如明湯顯祖《牡丹亭·幽媾》：「敢人世上似這天真多則假，險些兒誤丹青風影落燈花。」

　　《靈驗記》中相關的詞還有「登真」，指登仙、成仙。原文：「天師葉法善，括州人也，三世為道士，皆有神術攝養登真之事。（295 頁，卷十四，《葉法善醮靈驗》）其餘古籍用例如唐元稹《酬樂天早春閒遊西湖頗多野趣》詩：「墨池憐嗜學，丹井羨登真。」清趙翼《茅山紀遊》詩：「其身已登真，傳又千萬年。」

　　【道君】臺側山上石龕中有金銅像，皆天尊、道君、老君、真人

之形。大者三二尺，小者八九寸。（188 頁，卷四，《南平丹竈臺金銅

像驗》）

　　按：「道君」為道教神系中的高位仙官。南朝梁陶弘景《登真隱訣》記述：「三清九宮，並有僚屬，列左勝於右，其高總稱曰道君。」其他用例如北宋蘇轍《欒城集》卷三十四：「謹上啟元始天尊、太上道君、太上老君、混元上德皇

─────────────────────

〔註3〕劉祖國《〈太平經〉詞彙研究》，華東師範大學博士學位論文，2009 年，第 107 頁。

帝：伏以嗣守丕業，於今四年，躬祀總章，方期再見。」

【太上玄祖】於其沒處，掘獲古磚一口，有古篆六字云：「太上平中和災。」……自是明年，收宮闕，後年誅黃巢，乙巳年駕還京師。斯則太上玄祖為中和聖孫蕩寇平災之驗，信矣。（171 頁，卷二，《青羊肆驗》）

按：「太上玄祖」指太上老君，即老子。唐朝崇信道教，高祖尊老聃為祖。據《舊唐書·高宗紀》言，唐高宗於乾封元年（666）二月至亳州（今河南鹿邑）敬謁老君廟祭祀老子，追封其為「太上玄元皇帝」。〔註4〕本文所述為太上老君為其聖孫（唐僖宗）平災之事。譚敏指出，《道教靈驗記》的許多道教神話故事具有政治化色彩，「唐王朝把渡過危難看作是聖祖老君的顯靈，他們認為，神靈無時無刻不在保佑著唐朝王室，有了神靈的護佑，唐朝的政權就牢不可破了。故事裏的祥瑞其實就是神話與政治結合的反映。」〔註5〕

又稱為「聖祖」。《靈驗記》用例甚多，如：「亳州真源縣太清宮，聖祖老君降生之宅也。」（164 頁，卷一，《亳州太清宮驗》）又：「代宗皇帝嘗夢為二青童所召，云聖祖命皇帝從遊四海之外。夢中隨二童至老君所。」（208 頁，卷六，《京光天觀黑髭老君驗》）又：「開元年間，玄宗皇帝夢聖祖真像，乘雲冉冉而下至帝之前。」（208 頁，卷六，《終南山玉像老君驗》）

【本命神】將別去，蔚曰：「素未相識，何憂勤之甚也？」答曰：「某乃本命神爾，郎君為冥官所召，大限欲及，某已於天司奏陳，必及中壽，疾亦就瘥，無以為憂也。」蔚愧謝而去，疾亦尋愈。（310 頁，卷十六，《范陽盧蔚醮本命驗》）

按：「本命」舊指同人生年干支相值之年，六十年一甲子循環遇本命年。一說，與人生年生肖相值之年亦稱本命年。而與人出生所屬干支相同之日，稱本命日，亦簡稱本命，道教稱為本命元辰。謂天上每日有值日神，即為其本命神。《黃庭遁甲緣身經》：「於本命日與本命神作大福利，吉慶尤甚。」《太上玄靈北斗本命延生真經》曰：「凡人性命五體，悉屬本命星官之所主掌。本命神將、本宿星官，常垂蔭佑，主持人命，使保天年。」可知本命神的職責是守護相應的人的性命安危。

〔註4〕張岱年《中國哲學大辭典》，上海辭書出版社，2010 年，第 601 頁。
〔註5〕譚敏《唐代道教祥瑞神話故事的政治主題》，《學術論壇》，2006 年第 11 期，第 172 頁。

【北帝】楚王趙匡凝，鎮襄州也。州郭舊有北帝堂，歲久燕毀，在營壘中。（245頁，卷九，《襄州北帝堂驗》）

天蓬將軍是北帝上將，制伏一切鬼神，豈止誅滅狐狸小小妖怪矣。（253頁，卷十，《王道珂天蓬呪驗》）

范希越，成都人。得北帝修奉之術，雕天蓬印以行之。（287頁，卷十三，《范希越天蓬印驗》）

【南帝】荊南開元觀南帝神，不識所製之由，多年塵土昏翳，無人修奉……一旦，有里人家，夫出不還，其妻將產。夜深，鄰人皆臥，無求燈燭之所。忽見蠟炬至其前，有一少女為其燈火溫水，以符與之，令吞符之後，痛楚皆定，安然而產……因問曰：「明日夫壻還家，即令辭謝，不知誰家使來如此周旋爾？」女曰：「開元南帝君令我來也。」（239頁，卷九，《荊南開元觀南帝神驗》）

按：「北帝」是主管人之死的最高神，五天帝之一。《周禮・天官・大宰》「祀五帝」唐公彥疏：「五帝者，東方青帝靈威仰，南方赤帝赤熛怒，中央黃帝含樞紐，西方白帝白招拒，北方黑帝汁光紀。」又稱北斗、北君等，是道教崇拜和信仰的主要神靈。《太上洞玄靈寶無量度人上品妙經》卷二：「東斗主算，西斗記名，北斗落死，南斗上生，中斗大魁，總監眾靈。」葉貴良研究指出：「『北斗』信仰源於五行學說，是五行相生相剋理論宗教化的結果。南方屬火，火有再生之德，俗話死灰復燃也是這個道理。北屬水，水色黑，黑使人聯想到罪惡、陰間等意象，因此道教以北主死，南主生。」〔註6〕

相應地，「南帝」「南斗」為主管人之生的神靈。《靈驗記》用例：「父母拜而請之，因授以醮南斗延生之訣，使五月五日依法祈醮。」（328頁，卷十六，《杜鵬舉父母修南斗延生醮驗》）由文中「延生」可知「南斗」主生。而上文所引《荊南開元觀南帝神驗》一文則講述了南帝派女仙協助孕婦生產之事，與南帝職能正相契。

【太一救苦天尊】行四五里，一無所睹，徐問所驅捕者：「此何處也？與門外所見不同。」或答曰：「此太一天尊宮耳，過此方到本司。」仁表聞太一之名，忽記得平常講說之處，多勸人念「太一救

〔註6〕葉貴良《敦煌道經寫本與詞彙研究》，巴蜀書社，2007年，第694頁。

苦天尊」，今此乃天尊之宮，何可不念？即高聲念「太一救苦天尊」
十餘聲。（197 頁，卷五，《張仁表太一天尊驗》）

按：「天尊」為道教對天神的尊號。「太一救苦天尊」，又稱「太乙救苦天尊」
「尋聲救苦天尊」「十方救苦天尊」。受苦難者只要祈禱或呼喊天尊之名，便可
得到救助。《靈驗記》本篇所描繪的太乙救苦天尊的形象為：

> 「坐五色蓮花之座，垂足二小蓮花中，其下有五色獅子九頭，
> 共捧其座，口吐火焰，繞天尊之身。於火焰中，別有九色神光，周
> 身及頂，光中鋒鋩外射，如千萬鎗劍之形，覆七寶之蓋，後有騫木
> 寶花，照曜八極。真人、力士、金剛、神王、玉女、玉童充塞侍衛，
> 陰陽太一四十六神，自領隊從，亦侍左右。」

這是古籍中少有的對太乙救苦天尊的詳細描寫。傅飛嵐在《靈驗記》研究
中指出，道教中的救苦天尊與佛教中的觀音有緊密的關係，「在密教中，觀音菩
薩被稱作大慈菩薩大悲觀音，她在唐代道教對慈悲典範的吸收中扮演了特別的
角色。道教對救苦天尊的崇拜直接參照了觀音崇拜：救苦天尊的含義就是『救
難者』，這正是觀音的一個稱號。像觀音一樣，救苦天尊在喪葬儀式中被祈請來
救度亡靈。」[註7] 由此我們可以看出，佛教與道教在對立的同時也存在著互相
吸收借鑒的關係。

【青童】相國李福，咸通元年居守東都……至都三日，夢青童
七八人執花香前引，至一山觀。（175 頁，卷二，《李福相公修玄元觀
驗》）

相國劉公瞻南遷交址，道過江陵……是夕，舟中夢青童前導，
登大山之上。（183 頁，卷三，《劉瞻相夢江陵真符玉芝觀驗》）

代宗皇帝嘗夢為二青童所召，云聖祖命皇帝從遊四海之外。夢
中隨二童至老君所。（208 頁，卷六，《京光天觀黑髭老君驗》）

按：「青童」為神話傳說中的仙童。其他文獻亦多有所見。如南朝梁任昉《述
異記》卷上：「（洞庭山）昔有青童秉燭飆飛輪之車至此，其跡存焉。」北宋李
昉《太平廣記》卷十一引宋曾慥《集仙傳・大茅君》：「漢元壽二年，八月己酉，

〔註7〕〔法〕傅飛嵐（Franciscus Verellen）《〈道教靈驗記〉——中國晚唐佛教護法傳統的
轉換》，《華學》第 5 輯，中山大學出版社，2001 年，第 44 頁。

南嶽真人赤君、西城王君及諸青童並從王母降於盈室。」

【降見（現）】興元三泉縣黑水老君，天寶年中，明皇幸蜀，親
見老君降見於崖石之上。下馬禮謁，詔乃敕所司示以所見之狀，塑
於見所。（211 頁，卷六，《三泉黑水老君驗》）

成都玉局化洞門石室，昔老君降現之時，玉座局腳，從地而湧，
老君升座傳道。（337 頁，卷十七，《成都玉局化洞門石室驗》）

按：「降見（現）」義為神仙下凡現形。用例屢見。如北周宇文邕纂《無上
秘要》卷九十二：「三年，甲乙青腰玉女降見，兆身通靈，知東方萬里之事，致
東嶽仙官送自然之廚。」《上清高上玉晨鳳臺曲素上經》卷十七：「服符，又叩
齒九通，咽炁三過止。修此八年，真靈降見，雲輿來迎。」明朱權《天皇至道
太清玉冊》：「元日，天中節會之辰，元始天尊登九玄天，太極金書於天帝君，
太上老君降現，昊天上帝統天神地祇朝三清，東方七宿星君下降，徐來勒真人
於會稽上虞山傳經於葛玄真人。」

類似的詞《靈驗記》中還有「化現」。原文為：「此人得錢媿謝。致於老君
前，負囊而去，出門數步，尋失所在。有識者疑是天師化現，降於人間，自續
其劍。」（286 頁，卷十三，《天師劍驗》）「化現」為神靈變化形象下凡。該例講
述的是天師變為巧匠修綴斷劍的故事。

二、地祇類

【地界】有大官立馬於道中，促喚地界，令捉僧法成來。法成
與奴聞之，未暇奔竄，力士數人就林中擒去，奴隨看之。（266 頁，
卷十二，《僧法成改經驗》）

按：「地界」本義為領土的邊界。古籍用例如漢班固《封燕然山銘》：「夐其
邈兮互地界，封神丘兮建隆嵑。」在《靈驗記》本例中為土地神，即掌管某一地
區的神。他例如唐牛僧孺《玄怪錄・齊推女》：「田先生衣紫帔，據案而坐，左右
解官等列侍。俄傳教嘑地界。」明胡應麟《少室山房筆叢・二酉綴遺中》：「（道
士）厲聲曰：『此處有地界無？』欻有二人，長才三尺，巨首儋耳，唯伏其前。」

【陰君】俄夢二真仙，若平生密友，引公登江渚之山。及頂，乃
陰君洞門矣，二真亦不復見。（186 頁，卷三，《段相國修仙都觀驗》）

按：「陰君」為陰間之主，即閻羅王。北魏酈道元《水經注·睢水》：「水南有《豫州從事皇毓碑》，殞身州牧，陰君之罪，時年二十五。」南宋委心子《新編分門古今類事·潞王當帝》：「陰君曰：『汝無他過，今放還。』」清俞樾《茶香室叢鈔·酆都陰君》：「陰君以煉丹濟人。」

《靈驗記》中有多個表示陰間仙神的詞語。以下一一論之。

「陰神」，陰間神靈。《靈驗記》用例如：「天師經行山中，有十二玉女來謁天師，願奉箕箒。天師知其地下陰神也。」（229頁，卷八，《陵州天師井驗》）其他例子如清王韜《甕牖餘談·白頭教人》：「以陽神為善，而無始終，以陰神為惡，常與陽神相爭，必為所滅。」

「冥官」，陰間官吏。《靈驗記》原文：「吾大限盡矣，食祿竭矣。昨為冥官所追，以小舟載過江北，得馬乘之，但見鞍韉，不睹馬之首尾。」（259頁，卷十一，《劉遷都功籙驗》）又如：「初為冥官所追，牽拽甚急，問其所以，但云為欠債抵諱事。自思身心無此罪犯，必恐誤追。」（264頁，卷十一，《趙業授正一八階籙驗》）他書亦見。如清紀昀《閱微草堂筆記》卷四：「大凡風流佳話，多是地獄根苗。昨見冥官錄籍，故吾得記之。」

「冥司」，陰間的長官。《靈驗記》例：「又成都縣押司錄事姓馮，死已十餘年。其姪為冥司誤追到縣。馮怒，所追吏放其姪。」（300頁，卷十五，《張郃奏天曹錢驗》）另如：「年二十五，寢疾於東都，逾月益困。忽夢為親友所招，出門乘馬，其行極速，疑為冥司所攝。」（310頁，卷十六，《范陽盧蔚醮本命驗》）其他用例頗多。如五代何光遠《鑒誡錄·鬼傳書》：「其書曰：冥司趙奮，謹以幽昧，致書於守禦指揮靖公閣下。」清袁枚《新齊諧·唐配滄》：「長媳郭氏在杭病劇，忽作司馬公語云：冥司念我居官清正，勅為武昌府城隍。」

「地司」，掌管鬼魂的職司。《靈驗記》例：「近奉天符，得酆都縣地司所奏，使君任酆都縣令之日，於仙都觀中取真人陰君寶經四卷，至今不還。」（270頁，卷十二，《崔公輔仙都經驗》）又如：「我以無知，犯暴道法，取東明觀土修築私舍，地司已奏天曹，罰令運土填陪，不知車數。」（174頁，卷二，《劉將軍取東明觀土驗》）又：「劉遷身佩正籙，名繫上天，非地司所攝。」（259頁，卷十一，《劉遷都功籙驗》）他書亦見。如北宋李昉《太平廣記》卷一五：「子愍念生民，形於章真，刳心投血，感動幽冥。地司列言，吾得以鑒躬於子矣。」

「鬼使」，冥司的衙役、雜差。《靈驗記》中用例如：「自是每夜有二鬼使領夜叉數人，舁大鑊於堂中，良久火起湯沸，夜叉又獻於鑊湯之中，痛楚號叫，至五更方息。」（313 頁，卷十六，《唐獻修黃籙齋母得生天驗》）他書多見。例如唐段成式《酉陽雜俎·廣知》：「玉女以黃玉為志，大如黍，在鼻上，無此志者，鬼使也。」《西遊記》第十一回：「第一殿秦廣大王即差鬼使催請陛下，要三曹對案。」

《靈驗記》中另有「冥使」一詞，與「鬼使」義同。原文為：「一旦無疾而終，心上猶暖，三日載蘇，亦即平復。謂其僚佐曰：昨為冥使齎帖見追，隨行三五十里，甚為困憊。」（270 頁，卷十二，《崔公輔仙都經驗》）北宋李昉《太平廣記》卷一零七《魚萬盈》：「唐元和七年，其所居宅有大毒蛇，其家見者皆驚怖。萬盈怒，一旦持巨棒，伺其出，擊殺之，烹炙以食，因得疾，臟腑痛楚，遂卒，心尚微暖。七日後蘇，云：初見冥使三四人追去，行暗中十餘里，見一人獨行，其光繞身，四照數尺，口念經。」

三、人鬼類

【女冠】謝之所病三年，求死不得，醫藥彌甚，廣作功德，亦無濟益。敬宣於永穆觀燒香，女冠杜子霞頗有高行，因以此事問之。

（326 頁，卷十六，《馬敬宣為妻修黃籙道場驗》）

按：「女冠」指女道士。唐代稱男道士為「黃冠」，女道士為「女冠」，因古時男子二十而冠，不指明黃冠，則不能顯示道俗之別，女子本無冠，凡有冠者必是女道士，故可僅稱女冠。唐王建《唐昌觀玉蕊花》詩：「女冠夜覓香來處，唯見階前碎玉明。」南宋劉克莊《紫澤觀》詩：「修持盡是女黃冠，自小辭家學住山。」《宋史·徽宗紀四》：「改女冠為女道，尼為女德。」清孔尚任《桃花扇·棲真》：「你看石牆四聳，盡掩了重門無縫，修真女冠，怕遭俗客闖。」

【虛耗】水之南岸，人逾萬戶〔註8〕，廊閣樓閣，連屬宏麗，為一時之盛。然每至昏暝，則人多驚悸，投礫擲瓦，鬼哭狐鳴。以其喪失墳隴，平劃〔註9〕墟墓，無所告訴，故俗謂之虛耗焉。〔註10〕（305

〔註8〕「戶」羅本原作「尸」，據《道藏》原文改。
〔註9〕「劃」，羅本作「劃」，據《道藏》原文改。
〔註10〕羅本原文斷作「平劃墟墓，無所告訴故俗，謂之虛耗焉」，現據文意改。

頁，卷十五，《韋臯令公黃籙醮驗》）

按：「虛耗」為傳說中鬼名，常作祟，舊時民間除夕於室中多燃燈，謂之照虛耗。此說唐以後廣泛流傳。民俗中又再變而為不祥之鬼。《大詞典》未收該義項。

道經用例屢見。如《太上洞玄靈寶天尊說濟苦經》：「復於宅中有諸穢惡，浮游病鬼，邪魔魍魎，毒氣魑魅，無辜虛耗，驅除遠去。」《太上老君說益算神符妙經》：「甲申將軍扈文長，遣官一百二十人，添弟子某祿算萬二千道，所護人身，為除虛耗。」《太上洞玄靈寶天尊說養蠶營種經》：「告汝虛耗鬼，並及魍魎神。道上飛屍鬼，五土三將軍。汝但共作善，護保諸天人。田蠶獲萬倍，住宅生金銀。」

第二節 符籙圖讖類

一、符籙類

符籙是道士使用的一種文字或圖形，道士稱它們具有神力，可以遣神役鬼、鎮魔壓邪、治病求福等。符和籙尚有細微區別，符的主要內容是祈禳之詞，籙的主要內容是鬼神名字。〔註11〕《靈驗記》中有諸多與符籙相關的詞語。以下分別論之。

【符】【天符】人間命官，須得天符先下，然後授官。近見天司文字，五月二十五日方得符下，必授黃州刺史。可用二十三日，更入中書投狀也。（306頁，卷十五，《李約黃籙齋驗》）

上天有命，萬神奉行。天符下時，先有黃光如日出之象，照地獄中，一切苦惱俱得停歇。（307頁，卷十五，《李約黃籙齋驗》）

按：「符」是道教用以驅役鬼神的秘文。《靈寶無量度人上經大法》卷三六：「符者，上天之合契也，群真隨符攝召下降。」「天符」為上天的符命。如《漢書·王莽傳上》：「天符仍臻，元氣大同。」《舊唐書·崔佑甫傳》：「伏以國家化治理平，天符洊至，紛綸雜杳，史不絕書。」

構成符的主要成分為符字，原題劉宋陸修靜《太上洞玄靈寶素靈真符》卷上言：「凡一切符文皆有文字，但人不解識之。」「符文」一詞《靈驗記》多有

所見，如：「及奇章公在鎮之年，江波泛溢，壞〔註12〕堤犯城，此角摧剝，方見鐵像及所刻符文。」（257頁，卷十一，《襄州城角鐵篆真文驗》）又如：「此錄初以版署三品，各有符文。靈官佩受之者，拜刺入靖以付之。」（259頁，卷十一，《劉遷都功錄驗》）

【符藥】清遠佩授神呪經錄，每行符藥救人，多不受錢，只要少香油供養經錄。（254頁，卷十，《王清遠神呪經驗》）

按：「符藥」指靈符、丹藥。《太上老君中經》卷下對「符」和「藥」有這樣的解釋：「兆汝欲卻邪辟鬼，當佩符，次服神藥。符者，天地之信也；藥者，人之丹也。益其氣力，身輕堅強，即邪氣官鬼不能中人也，即成神仙矣。」其他用例有北宋李昉《太平廣記》卷二九：「弘徽自謂得道者也，用之降志師之，傳其驅役考召之術。既弘徽死，用之復客於廣陵。遂穀巾布褐，用符藥以易衣食。」

【錄】此錄初以版署三品，各有符文。靈官佩受之者，拜刺入靖以付之。（259頁，卷十一，《劉遷都功錄驗》）

按：「錄」又稱「法錄」「寶錄」，是一種道教符書，作為入道憑信與行法依據。通常上列有神吏名號，及相應的符，有的還繪上神像。〔註13〕《隋書・經籍志》：「錄皆素書，記諸天曹官署吏佐之名有多少，又有諸符錯在其間，文章詭怪，世所不識。」其功能在於召役鬼神，得其錄者，方能召喚錄上神吏兵將護衛身形，或役之施行道法。《靈驗記》中「法錄」用例如：「天台道士劉方瀛師事老君，精修介潔，早佩畢法錄，常以丹篆救人。」（234頁，卷八，《劉方瀛天師靈驗》）又如：「三洞法錄，上天寶文，從來不曾護持，多恣輕犯。」（275頁，卷十二，《張融法錄驗》）根據製作法錄的材質又有「版錄」與「紙錄」等。《靈驗記》中有相關表述如：「至十三世天師以版錄所傳，製作勞費，所傳既廣，所製不充，改為紙錄，或絹素寫之。書篆續畫，得以精備。自是紙素之用行焉。」（259頁，卷十一，《劉遷都功錄驗》）

道教規定，入道門者須受師長傳授的法錄，方能成某派弟子，即「受錄」。《靈驗記》見其用例，如：「青城山宗玄觀，古常道觀也，在黃帝受錄壇前六時巖側。」（160頁，卷一，《青城山宗玄觀驗》）又如：「咸通中，左常侍李縉為浙

〔註12〕「壞」羅本作「壤」，據《道藏》原文改。
〔註13〕胡孚琛主編《中華道教大辭典》，中國社會科學出版社，1995年，第648頁。

東觀察使，請玉霄峰葉尊師修齋受籙，於使宅立壇，出此鐘以擊之。」（281 頁，卷十三，《玉霄宮鐘驗》）

入道者受籙後可遞次受標誌更高道階的籙。正一法籙通行說法是共有二十四階。《靈驗記》中見「一階」，原文為：「成都賈瓊，年三歲。其母因看蠶市，三月三日，過龍興觀門，眾齋受籙，遂詣觀，受童子籙一階。」（261 頁，卷十一，《賈瓊受正一籙驗》）還有「八階」，原文為：「汝六歲時，為有疾，受正一八階法籙，名為太玄，豈得沈於俗官，並忘此事耶？」（265 頁，卷十一，《趙業授正一八階籙驗》）

道教要求道士對所受法籙要時常佩帶在身，精心護持，謂之「佩籙」。《靈驗記》中該詞用例有：「太一有命，便令放還，卻須佩籙修真，行功及物，居官理務，勿貪瀆貨財，輕人性命。」（265 頁，卷十一，《趙業授正一八階籙驗》）

法籙與道符常一起傳授，諸符及法籙總稱為「符籙」。《靈驗記》用例如：「隨州道士張融，常修寫符籙。」（274 頁，卷十二，《張融法籙驗》）又：「天師葉法善，括州人也，三世為道士，皆有神術攝養登真之事。法善符籙，尤能劾鬼神。」（295 頁，卷十四，《葉法善醮靈驗》）道經法籙亦多並稱為「經籙」，《靈驗記》原文用例如：「清遠佩授神呪經籙，每行符藥救人，多不受錢，只要少香油供養經籙。」（254 頁，卷十一，《王清遠神呪經驗》）又如：「乞衛法靈官，真經將吏，捨其往罪，許以自新，載得性命，不敢輕於經籙。」（275 頁，卷十二，《張融法籙驗》）

二、圖讖類

「讖」為神之預言，讖書為記載讖語的書，通過神的預言以示人凶吉。《說文解字·言部》：「讖，驗也。有徵驗之書，河洛所出書曰讖。」《後漢書·光武帝紀上》：「宛人李通等以圖讖說光武云：『劉氏復起，李氏為輔。』」李賢注：「讖，符命之書。」緯書是漢代依託儒家經義宣揚符籙瑞應占驗之書。相對於經書，故稱。金春峰言：「（讖緯）因為有圖有書，又稱為『圖書』『圖緯』『圖讖』。讖緯的主要內容是符命、預言，故又叫『符命』『讖記』，或稱『經讖』。」〔註14〕《靈驗記》中也有讖緯相關的詞，試舉一例「符命」，如下。

〔註14〕金春峰《漢代思想史》，中國社會科學出版社，1997 年，362 頁。

【符命】昔人版築之時，於城角鑄鐵仙人像，手執方札，上刻
靈寶真文……及奇章公在鎮之年，江波泛溢，壞〔註15〕堤犯城，此
角摧剝，方見鐵像及所刻符文，下有隸書云：「元始五老敕直符尹豐
奉靈寶真文，以禳水害，如赤書符命。」既而修復城池，泥之如舊，
但不言刻符年月爾。向若無此真文鎮於城壁，巨波泛溢，雉堞頹壞，
襄陽之陷，未可知矣。（257 頁，卷十，《襄州城角鐵篆真文驗》）

按：「符命」為古代神學迷信，指某人得天命的瑞應。符命的形式多端，
各種自然界的奇異之物如連理樹、一禾雙頭等等，都曾被指為符命的象徵。
歷代統治者也多有製造種種祥瑞或天降符書，指為符命之驗。王莽就曾指使
人創造銅符。西漢末迄於隋代，儒生、方士常以讖緯說符命，一部分道教徒
亦曾參與其事。〔註16〕《靈驗記》本例之「符命」是指所預示的尹豐奉靈寶真
文修復城池、以禳水害之事。

第三節　法術祝呪類

法術與祝呪是道教的重要內容，具有豐富多樣的形式與內涵。《靈驗記》中
出現了不少與法術祝呪有關的詞。下面舉例說明。

一、法術類

【符術】王道珂，成都雙流縣南笆居住，當僖宗幸蜀之時，恒以
卜筮符術為業，行坐常誦天蓬呪。（252 頁，卷十，《王道珂天蓬呪驗》）

天台山玉霄宮葉尊師，修養之暇，亦以符術救人。（260 頁，卷
十一，《玉〔註17〕霄葉尊師符驗》）

按：「符術」指道士巫師以符呪役使鬼神的法術。古籍用例如唐谷神子《博
異志・許建宗》：「遷古意建宗得道者，遂求之，云：『某非道者，偶得符術。』
求終不獲。」《明史・宦官傳一・江直》：「成化十二年，黑眚見宮中，妖人李子
龍以符術結太監韋舍私入大內，事發，伏誅。」清曹雪芹《紅樓夢》第七三回：

〔註15〕「壞」羅本原作「壞」，據《道藏》原文改。
〔註16〕胡孚琛主編《中華道教大辭典》，中國社會科學出版社，1995 年，第 635 頁。
〔註17〕「玉」，羅本作「雲」，據《道藏》原文改。

「三姐姐敢是有驅神召將的符術？」

【符禁】丞相高燕公駢，初鎮成都也。樂營之內，有狸魅焉，投瓦擲石，變化衒怪，無所不為。公甚怒之，符禁禳禱皆不能已。（263頁，卷十一，《高相三皇內文驗》）

按：「符禁」為法術名詞，指行符、氣禁召役鬼神的一類法術。「禁」又稱氣禁、禁架、禁呪，是以內炁、呪語施於對象使之產生變化的方術。原為方士、巫師常施之術，後為道教所沿用、發展。「符禁」用例如明胡應麟《玉壺遐覽》卷一：「自云天尊姓樂名靜信，例皆淺俗，故世甚疑之。其術業優者，行諸符禁，往往神驗。」清嚴可均《全後周文》卷二十三：「而張葛之徒，皆雜符禁，化俗怪誕，違爽無為。」

【陰景煉形】咸通末，方瀛無疾而終，戒其門人，使與劍俱葬，莫敢違之。乾符、中和間，台州帥劉文下裨將李生領徒發其墳，欲以取劍，見其屍柔輭，容色不變，如醉臥而已。顧視其劍，哮吼有聲，群黨驚懼，卒不敢取。李生命瘞之而去。不獨劍之有靈，劉方瀛亦陰景煉形得道之流也。（235頁，卷八，《劉方瀛天師靈驗》）

按：「景」即「影」。羅爭鳴認為「陰影煉形」即尸解術中的「太陰煉形」術〔註18〕。「太陰煉形」，道教謂使死者煉形於地下，爪髮潛長，屍體如生，久而成道之術。「太陰」即幽暗之所，地下。《雲笈七籤》卷六二：「將父母遺體，埋於太陰，骨腐於螻蟻，豈不痛哉！」正合陰影之意。

北宋李昉《太平廣記》卷六引《仙傳拾遺·周隱遙》曰：「周隱遙，洞庭山道士……嘗居焦山中，學太陰煉形之道死於崖窟中。」《太平廣記》卷五十八對「太陰煉形」有一段詳細的描述：「若非尸解之例，死經太陰，暫過三官者，肉脫脈散，血沉灰爛，而五臟自生，骨如玉，七魄營侍，三魂守宅者，或三十年、二十年、十年、三年，當血肉再生，復質成形，必勝於昔日未死之容者，此名煉形。太陰易貌，三官之仙也。天帝云：『太陰煉身形，勝服九轉丹，形容端且嚴，面色似靈雲，上登太極闕，受書為真人。』是也。」

【三五飛步】洪州鐵柱，神仙許君所鑄也。晉朝豫章有巨蛟長蛇水獸，肆害於人。許君與其師吳君得正一斬邪三五飛步之術，制

〔註18〕羅爭鳴《杜光庭道教小說研究》，巴蜀書社，2005年，第54頁。

禦萬精。（169 頁，卷二，《洪州鐵柱驗》）

按：「三五飛步」即三五飛步罡。道教認為人有天地貌，分陰陽氣，道備一身，而兼有之，故可以三田孕秀，五臟納靈，手指足履皆可合道，才能產生步罡之法。〔註19〕

他書用例如明宋濂《潛溪集》卷一：「旌陽與西安吳猛世云，用正一斬邪、三五飛步之術，追殄其神於長沙。復懼遺孽浡興，使物治鐵厭其窟宅。一在西山雙嶺南，湮沒已久。一在牙城南井，迄今猶存。」元趙道一《歷世真仙體道通鑒後集》卷二：「姆知其名在圖籍，應為神仙，於是授以孝道明王之教、真仙飛舉之宗，及正一斬邪之法、三五飛步之術。」

【解形】有馮逸人，開元中，棲息焚修進道於此。一旦解形而去，及襄、漢，寓書與其門人。鄉里知其得道，塑像存焉。（182 頁，卷三，《均州白鶴觀野火自滅驗》）

按：文中「解形」猶尸解，道家指人得道後，其魂魄飛昇仙去，將形骸留下。用例屢見。如唐陳子昂《體玄先生潘尊師碑頌》：「遂解形而遺世，乘白雲以上賓。」杜光庭《仙傳拾遺‧張子房》：「子房佐漢，封留侯，為大司徒。解形於世，葬於龍首原。」北宋胡寅《崇正辯》卷二：「道家者流，有修練之訣，共效至於飛空而仙，解形而去。《楞嚴經》猶能斥之，以為外道。」

【隱形】齋畢，道流起入佛殿中，良久不出。人皆異之，爭入殿尋求，無復蹤跡。忽見道流隱形在殿柱中，隱隱分明。以刀斧削之，益加精好。（191 頁，卷四，《木文天尊驗》）

按：「隱形」指借物隱形、遁跡之道術。元趙道一《歷世真仙體道通鑒》卷五：「往建安方山，師白羊公杜必，受玄一之道，能變化隱形，常隨師入東海。暫過吳，吳主孫權禮之，為瑛起靜堂。」清張正茂《龜臺琬琰》：「崔生得隱形符，潛唐玄宗宮禁中，為術士所知，追捕甚急，生逃還山，追者在後，隔澗見妻，告之，妻擲其領巾，成五色虹橋，生過即滅。」

二、祝呪類

【符祝】蘇州鹽鐵院招商官姓王，其家巨富，貨殖豐積，而苦

〔註19〕胡孚琛主編《中華道教大辭典》，中國社會科學出版社，1995 年，第 683 頁。

疾沈痼，逾年不瘥。齋供像設，巫醫符祝，靡不周詣，莫能蠲除。

（301 頁，卷十五，《王招商神呪齋驗》）

按：「祝」與「呪」通用。黃征認為「呪」乃「祝」的後起俗字〔註20〕。「符祝」即符呪，為道士練功或行法事時所用的符籙呪語。用例如北宋蘇軾《僧圓澤傳》：「公當以符呪助我速生。」清紀昀《閱微草堂筆記‧灤陽消夏錄六》：「里有白以忠者，偶買得役鬼符呪一冊。」

【呪祝】可言祝問天師訖，徑往白鶴山下，火井潭邊，立而呪祝。若與人言話爾，行數步卻回，向潭語曰：「待我到舍即雨。」（233 頁，卷八，《邛州趙可言事天師驗》）

按：「呪祝」為祈禱、祝告義。文獻用例如原題天真皇人《靈寶無量度人上經大法》卷六七：「右訣同前，以朱書黃紙，沉北流水中。法師自服一道，亡魂及三年者，可燒符灰，手中擎之，呪祝某人家亡魂。」南宋蔣叔輿《無上黃籙大齋立成儀》卷三三：「今則黃籙遷拔，宜用此文。凶吉合儀，銓量允當。庶幾永劫，可以通行。呪祝焚燒，與真文同耳。」

【呪訣】及還家，道逢老人，授以呪訣及禁水噴灑之法，言：「依我法行之，可轉救他人，何況於己。但務立功，勿貪財帛，他日當有所遇。」（219 頁，卷七，《龍瑞觀老君驗》）

按：「呪訣」為行法所念的呪文口訣。古書用例如南宋儲泳《袪疑說》：「感應乃其枝葉，煉養乃其根本。不知其根本玄妙，而徒倚符印呪訣，為事雖甚靈驗，亦徒法耳。」明馮夢龍《警世通言‧假神仙大鬧華光廟》：「裴道戴上法冠……念動呪訣，把朱砂書起符來。」

【呪水】行端旁附此說，即云讀誦百二十遍，可以呪水飲之，令之不食，名為三停廚經。（267 頁，卷十二，《僧行端改五廚經驗》）

背鐘者已殭死矣，其餘徒黨癡懵凝然，不辨人物，鐘及金帛一無所失。尊師呪水灑之，良久，僧亦稍醒，群賊乃蘇。（282 頁，卷十三，《玉霄宮鐘驗》）

按：「呪水」即對水念呪，呪過的水稱為「法水」「神水」。呪水的起源遠在道教產生之前，一些民族還保留著呪水的巫術。道教則將呪水發展成系統的法

〔註20〕黃征《敦煌語言文字學研究》，甘肅教育出版社，2002 年，第 207 頁。

術，從張道陵起就以呪水書符為治病方法。該詞在佛教文獻中亦見使用。如北宋釋道原《景德傳燈錄》卷二十七：「師造之曰：『貧道自天台來謁使君。』閭丘且告之病。師乃索淨器呪水噴之。斯須立差。」清袁于令《西樓記·巫紿》：「呪水通神，要你夫妻髮數根，還要丹山奇草。」

《靈驗記》中表示類似法術的還有「禁水」，義近「呪水」。《靈驗記》書中用例如：「又新繁人楊志好道，家有疫疾，數口委困。自詣龍瑞觀祈乞保護，精意燃香，泣拜以請。及還家，道逢老人，授以呪訣及禁水噴灑之法。」（219頁，卷七，《龍瑞觀老君驗》）又有：「天台道士劉方瀛師事老君，精修介潔，早佩畢法籙，常以丹篆救人。與同志弋陽縣令劉龘按天師劍法，以五月五日就弋陽葛溪煉鋼造劍，敕符禁水，疾者登時即愈。」（234頁，卷八，《劉方瀛天師靈驗》）

《靈驗記》另有「敕水」一詞，原文為：「良久請乾曜到，告以食卒之事。乾曜素無他術，止於精奉經科而已。情理既切，因請劍水，為敕水噴灑了，焚香念天蓬呪一百餘遍。卒者忽能運動，良久乃蘇。」（264頁，卷十一，《張乾曜天蓬呪驗》）「敕」為道士用於符呪上的命令。「敕水」同「呪水」，即對水念呪語。亦見於其他古籍。如《魏書·釋老志》：「至於化金銷玉，行符敕水，奇方妙術，萬等千條，上云羽化飛天，次稱消災滅禍。故好異者往往而尊事之。」南宋趙與時《賓退錄》卷一：「靈素請急召建昌軍南豐道士王文卿，乃神霄甲子之神兼雨部，與之同告上帝。文卿既至，執簡敕水，果得雨三日。上喜賜文卿，亦充凝神殿侍宸。」

【呪偈】僧行端，性頗狂譎。因看道門五廚經只有五首呪偈，

遂改添題目，云佛說三停廚經，以五呪為五如來所說，經末復加轉

讀功效之詞。（267頁，卷十二，《僧行端改五廚經驗》）

按：「偈」是道教經韻體裁之一，源於佛教。多以四言、五言、七言為句，四句為一偈。道經常見「呪偈」用例。如南宋呂太古《道門通教必用集》卷一：「朱自英，於玉清昭應宮建壇，命從善同壇受籙。上嚴於孝享，遣使諭以先帝忌辰，令於神御前呪食。乃編三洞經內呪偈，尋進呪食文。上嘉之，賜全素之號，仍以文頌諸宮觀。呪食之科，自從善始。」元傅飛卿解《高上月宮太陰元君孝道仙王靈寶淨明黃素書》卷六：「今人修煉服食，以成於仙，固其理也。又

有董君，以四句呪偈：使薑不辛，而鹽不鹹。亦以呪而感於物也。」

《靈驗記》下文對《五廚經》的介紹說：「五廚經屬太清部，玄宗朝諫議大夫蕭明觀主尹愔注云：『蓋五神之秘言，五藏之真氣，持之百遍，則五氣自和，可以不食。』其經第一呪云：『一氣和太和，得一道皆泰。和乃無不和，玄理同玄際。』」可見《五廚經》的呪偈是五言為句。

第四節　科教儀式類

道教具有相當繁複的科教儀式，《靈驗記》中出現了不少相關的詞，尤以齋醮類居多，下面舉例說明。

【齋醮】邵於三洞觀中訪太一天尊之像，殿上即有，古本剝落，厚以金帛召良工畫之。亦就觀設齋醮表祝，只三日內，事事周畢。（200頁，卷五，《李邵太一天尊驗》）

　玄宗在蜀之年，星文謫見，與此無異，差道士於青城山修齋，果有祥異。請准故事，於青城山齋醮以答天戒。（294頁，卷十四，《僖宗青城齋醮驗》）

按：古人在祭祀或舉行典禮前清心潔身曰「齋」。「醮」是古代一種禱神的祭禮。隋唐時，將齋醮聯稱，謂之「齋醮」。後世把求福免災的設壇祭禱儀式統稱為「齋醮」。〔註21〕

貟信常指出，「齋醮是在古代原始信仰基礎上和殷周帝王祀神、祈福活動中形成的」，後為道教所承，「道教齋醮，即供齋醮神，設壇祭禱神靈，是道教重要的表現形式之一；是道教徒所從事的主要活動。它具有漫長悠久的歷史，在祭禱過程中，有其複雜的程序，其內容亦涉及許多方面。諷誦、音樂、符咒、服飾等同時具備，構成一個齋醮的整體。」〔註22〕

本書用例甚多，試舉一例：「詔訪其地，特創臺殿，命為素靈宮。開元中，傅天師曾奉詔齋醮於其上。」（159頁，卷一，《洋州素靈宮驗》）他書用例如唐王建《同於汝錫遊降聖觀》詩：「聞說開元齋醮日，曉移行漏帝親過。」《初刻拍案驚奇》卷十七：「因念亡夫恩義，思量做些齋醮功果超度他。」

〔註21〕趙亮，張鳳林，貟信常《蘇州道教史略》，華文出版社，1994年，第150頁。
〔註22〕貟信常《道教齋醮略述》，《中國道教》，1991年第1期，第28頁。

【齋月】每至齋月吉辰，鐘或自鳴，夜有神燈，晝〔註23〕有仙人來往，遠近共知焉。（205頁，卷五，《益州唐隆縣大通觀驗》）

按：「齋月」是道教一年之中舉行儀式的月份。有三齋月之說，指正月、七月和十月。唐朱法滿《要修科儀戒律鈔》卷八稱：「《三元品戒》云，正月，天官檢校之月；七月，地官檢校之月；十月，水官檢校之月。此三月並可長齋。《度人經》云，正月長齋為上世亡魂，七月長齋以為己身，十月長齋安鎮國祚。」另有六齋月和九齋月之說。《雲笈七籤》卷三七引《明真科》：「正月、三月、五月、七月、九月、十一月，一歲六齋月，能修齋上三天帝，令太一使者除人十苦八道。」此為六齋月。另引《秘言》：「正月、三月、四月、六月、七月、八月、九月、十月、十一月，此九真齋月。」此為九齋月之說。

【監齋】衢州東華觀物產殷贍〔註24〕，財用豐美，主持綱領，多恣隱欺。有監齋一人，其過尤重，不知禍福，不信神明，或聞罪福報應，謂之虛誕。（330頁，卷十七，《衢州東華觀監齋隱欺〔註25〕常住驗》）

按：「監齋」是道觀執事者之一，主管齋醮諸事。古籍用例如唐盧照鄰《益州至真觀主黎君碑》：「上座，監齋某等，並流回左映，策地景於丹田；浩氣中升，養天倪於紫室。」《封神演義》第七五回：「位在監齋成神道，一氣仙名舊有聲。」清梁章鉅《稱謂錄·監齋》：「每觀觀主一人，上座一人，監齋一人，共攝眾事。」

【周天大醮】余奉敕與高品賜紫郭遵泰奏於丈人觀，修周天大醮。宗玄觀置靈寶真文道場。（294頁，卷十四，《僖宗青城齋醮驗》）

按：「周天大醮」是道教大型齋醮活動的名稱。南宋呂元素《道門定制》卷三：「中元玉籙齋，保佑六宮，輔寧妃后，罷散，設周天大醮二千四百分位。」南宋李攸《宋朝事實》卷七：「凡星位三千六百，為普天大醮，旌旗、鑾劍、弓矢、法物羅列次序，開建門戶，具有儀範。其中曰延祚保生壇，凡星位二千四百，為周天大醮，法物儀範，降上壇一等。」

【黃籙道場】晟即修黃籙道場，拜表上告，然後取經以進，在

〔註23〕「畫」羅本作「盡」，據《道藏》原文改。
〔註24〕「贍」羅本作「瞻」，據《道藏》原文改。
〔註25〕「欺」字羅本原無，據《四庫全書》本《雲笈七籤》補。

內道場供養，綿歷歲年。（256頁，卷十一，《仙都觀石函經驗》）

我今居閻羅之任，要作十壇黃籙道場，以希退免。今送錢三百萬，圖幕各二百事，於開元觀古柏院請沖真大師胡紫陽嚴修齋法。（303頁，卷十五，《杜邠公黃籙醮驗》）

按：「道場」為道教舉行齋醮儀式的場所以及儀式的統稱。原出於佛教經典，唐時儒道釋三教融合，該詞也為道儒所用。「黃籙道場」，因道士設壇祈禱所用符籙皆為黃色故稱，又作黃籙齋、黃籙。文獻用例頗多。如唐康駢《劇談錄·崔道樞食井魚》：「韋乃道樞之姑子也，數日後寄夢於母云：『以殺魚獲罪，所至之地即水府，非久當受重譴，可急修黃籙道齋。』」南宋周密《齊東野語·老蘇族譜記》：「公濟雖得弗問，而憤憤不能堪，訴之於天，許黃籙十壇。」明徐復祚《投梭記·奠江》：「一壁廂去請清真觀道官建黃籙大醮追薦他。」

【投龍】高宗皇帝為生靈禱福，累於內殿修齋，皆有靈應。麟德元年，差道士宋玉泉、尚善真、馮善英與蜀郡太守簡道通、留守劉子場正月十一日投龍於江瀆池。（291頁，卷十四，《高宗三川投龍驗》）

中和年，刺史安金山準詔投龍，郡縣參從者三百餘人，忽有污觸其水者，頃刻乃竭。（341頁，卷十七，《葛璝化丁東水驗》）

按：「投龍」亦稱「投龍簡」，是道教用以通神的一項法術儀式，在舉行金、玉、黃籙醮中都常用此儀。具體指在法事中以金龍和符簡置於山、埋於土及投於水，以傳達自己意願，祈求於神明。

「投龍」一詞頻見於道教文獻。如南宋王契真《上清靈寶大法》卷五十九：「如若設醮則於壇外，用青巾絳座時果醮饌，不用請醮狀，只於拜表投龍之後，便請聖設醮。」南宋寧全真《靈寶領教濟度金書》卷三百六：「至某日言功解壇，投龍奠簡，入夜修設三界清醮一座，若干分位，上謝天恩。」

【叩搏】頃之，天尊與侍從千餘人現其前矣。仁表禮謁悲咽，叩搏稽[註26]顙，述平生之過，願乞懺悔。（198頁，卷五，《張仁表太一天尊驗》）

按：「叩搏」即叩頭自搏，是道教中表示謝罪自首的一種儀式。叩言叩頭。

〔註26〕「稽」字羅本脫，據《道藏》原文補。

自搏，是自己打耳光，表示悔過、自責。田啟濤最新研究綜述了王雲路（1995）、汪桂平（2002）、葛兆光（2003）、葉貴良（2009）等各家觀點，結合所考察的語言實際，總結出「『叩頭』與『搏頰』常常相連而用，是道士及其信徒日常生活懺悔、首過、謝罪、求乞時的行為動作」，「『叩頭搏頰』『叩頭自搏』，亦可縮略為『叩搏』（字又作『扣搏』）」。對忻麗麗「搏頰」說（2016）進行了辨析，認為搏頰「與『以手摩面』的養生沒有什麼關係。」〔註27〕本文從田氏。

「叩頭自搏」連用例於中國第一部道經《太平經》中已多見，如卷一一一：「叩頭自搏而啼鳴，有身不能自正，而反多怨。」卷一一四：「所有禱祭神靈，輕者得解，重者不貰。而反多徵召，呼作詐病之神，為叩頭自搏，欲求其生，文辭數通，定其死名，安得復脫。」

「叩搏」用例如《太上老君大存思圖注訣》：「三一之尊，通乎人身，人身欲與三尊同者，清齋精思，禮拜存之，日一過如此，初下禮六拜，後重上，不須禮，下則二拜，叩搏願念如法，羸者心拜也。」《紫庭內秘訣修行法》：「先謝七祖父母，次及一身，使辭誠懇切，稽顙叩搏，再拜。先戴巾，然後起，再拜也。」北魏《化胡歌》：「叩搏亦無數，求欲從我身。」

【章醮】鄒聽希，毗陵道士也，精誠章醮，以三洞經法化導於人。（299 頁，卷十五，《李昤神呪齋驗》）

　　玉芝觀道士陳道明專勤清齋，拜章累有徵驗，而招商素不崇道，聞之蔑如也，攻理所疾，費貨財萬計矣。日以羸薾，俟時而已。其親友勸勉，俾請陳道明章醮祈禳，不獲已而召焉。（302 頁，卷十五，《王招商神呪齋驗》）

按：「章醮」義為拜表設祭，是道教的一種祈禱形式。亦見他書用例。如《北史‧楊集傳》：「集憂懼，乃呼術者俞普明章醮，以祈福助。」杜光庭《廣成集》卷十七《李忠順司徒拜保護章詞》：「是敢虔備壇場，精修章醮，拜天悔過，瀝懇希恩。」明胡應麟《少室山房筆叢‧玉壺遐覽一》：「蓋後世神仙之說，雖原本道家，實與道家異。至於服食章醮，而老子之道亡也久矣。」

【傳度】咸通九年，有劉遷者，大賈於西江，力當鉅萬計。因詣十九世天師，傳受都功。眭信豐贍，致齋嚴潔，愈於眾人。時弋陽縣

〔註27〕田啟濤《道經「搏頰」辨正》，《漢語史學報》，2020 第 2 期，第 48～51 頁。

令劉劇、天台道士劉儵然既是宗盟，仍同傳度。劇則久崇玄奧，深

造精微；儵然秉志端貞，將弘大教。（259 頁，卷十一，《劉遷都功籙

驗》）

按：「傳度」謂教門師尊向弟子傳授度世之道法。道教重視師承關係，接受

師承時，必須立誓守戒，禮拜三師，才得傳度世之法。元趙道一《歷世真仙體

道通鑒》卷十九：「張嗣宗，澄素先生之長子。襲真人之教，傳度秘錄。得吐納

之法，年七十容貌如童孩，年八十一歲而卒。」《太上靈寶淨明入道品》：「凡得

淨明法者，將欲傳度，即具表，奏祖師太陽上帝，依例程醮設三界。證明謝恩，

務在量力，不得舉債破費財物，失所吾一時旨喻，不限定儀也。」

【壇場】諸鄉未得雨處，傳聞此說，以音樂香花就新宮祈請，

迎就本村，別設壇場，創宮宇。雨亦立應。（241 頁，卷九，《羅真人

示現驗》）

所疾已蘇，遂於思衣山參受法籙，累置壇場，廣崇功德，復以

法名太玄矣。（265 頁，卷十一，《趙業授正一八階籙驗》）

按：「壇場」原為齋戒之所。古書用例如《史記·淮陰侯列傳》：「擇良日齋

戒，設壇場。」道教因之，設壇於廣場中，以為行齋醮法事之所，故名壇場。

原係臨時而建，露天以成，後多於屋下為之，以重其事。《正一敕壇儀》：「謹於

某州某縣鄉里，領行法事，道士若干人，謹為大道弟子某為某事修建某齋幾日

幾夜，禳災卻禍，請福祈恩，建立壇場，依科關奏。」杜光庭《金籙齋懺方儀》：

「今謹有皇帝齎持法信，虔設壇場，披露真文，奉修齋直。」

第五節 服食煉養類

道教倡導通過服食煉養以得道成仙，相應產生了不少相關詞語。下面舉例

闡述。

【攝養】天師葉法善，括州人也，三世為道士，皆有神術攝養

登真之事。（295 頁，卷十四，《葉法善醮靈驗》）

按：「攝」有保養義。《老子》第五十章：「蓋聞善攝生者，陸行不遇兕虎，

入軍不被甲兵。」河上公注：「攝，養也。」南朝梁沈約《神不滅論》：「虛用損

年，善攝增壽。」北宋王安石《遊土山示蔡天啟秘校》詩：「祝翁尚難老，生理

歸善攝。」

「攝養」即保養、養生義，為同義並列複合詞。亦見他書用例。如《彭祖攝生養性論》：「若不營攝養之術，不順和平之道，須臾氣衰於不竟之際，形枯於聲色之前。」唐韓鄂《四時纂要》秋令卷四：「張仲景八味地黃丸，治男子虛羸百病，眾所不療者，久服輕身不老，加以攝養，則成地仙方，大約立秋後宜服。」

【養道】自茲氣爽神清，智識明敏，乃乞解所職，養道居閒焉。

（302頁，卷十五，《王招商神呪齋驗》）

按：「養道」指道教中修道、煉氣、煉丹等活動。道經用例如元趙道一《歷世真仙體道通鑑後集》卷三：「吾乃往昔有虞氏之君舜帝也。勞厭萬國，養道此山。每欲誘教後人，使之知道，世無可教授者。」無名氏本《周易參同契注》右第六十五章：「污穢者，在己不善之行也。細微者，精微之道也。濁昏者，乃和光同塵，埋光鏟彩之道也。此皆養道於外者也。自怫怫被容中以上，皆養道於內者也。」北宋何薳《春渚紀聞·丹陽化銅》：「余嘗從惟湛師訪之，因請其藥，取藥帖，抄二錢匕相語曰：『此我一月養道食料也。』」

【煉氣】【絕粒】翥之三子，旬月之間，殘病者完復，肉項亦銷。
更修黃籙齋十壇，廣為存歿，仍令小子於山觀入道，永奉香燈。翥
終身高閒，不窺祿利，常持誦真經，時亦煉氣絕粒。（321頁，卷十
六，《徐翥為父修黃籙齋驗》）

（崔齊之）與十軍私道其事，遂南遊五嶺名山，絕粒訪道，或
在匡廬、茅山，不知所適矣。（215頁，卷六，《崔齊之遇老君驗》）

按：《玉篇·金部》：「煉，冶金也。」「煉氣」即鍛鍊心氣，通過導引呼吸以求長生。道教十分重視煉元氣和內氣，強調人要保持內元氣勿瀉，惜精握固。明《道法會元》卷一百零九云：「煉氣者，陰陽之至精也。天之陽魂，地之陰魄，煉成氣能成神，神為太乙之象，通變百脈之內。」南朝宋鮑照《鮑參軍集·代淮南王》：「淮南王，好長生，服食煉氣讀仙經。」

「絕粒」猶如辟穀，即不吃熟食、五穀，是道家修煉的方法。用例多見。如西漢劉向《列仙傳》：「赤松子好食松實，絕粒。」《文選·孫綽〈遊天台山賦〉》：「非夫遺世玩道，絕粒茹芝者，烏能輕舉而宅之？」唐孫思邈《存神煉氣銘》：

「依銘煉氣，欲學此術，先須絕粒，安心氣海，存神丹田，攝心靜慮，氣海若具，自然飽矣。」

【行藥】王清遠世居北邙山下。唐咸通年，時多疫疾，清遠身雖在俗，常襲氣行藥，誦神呪經，自稱是緱山真人遠孫。（253 頁，卷十，《王清遠神呪經驗》）

按：「行藥」為服食類動詞，謂服用五石散等藥後，慢步以散發藥性，亦稱「行散」。僧海霞言：「『行解』，源於漢代中醫『八法』辯證；『行散』，始興於魏晉服食『石散』；『行藥』，始於兩漢而盛於唐宋的『以助藥勢』。它們是傳承和發展中醫科技文化的有效手段，也是目前藥物療效實現重大突破的具體實施途徑，對其研究具有重大現實意義。」〔註28〕

其他用例如《魏書‧邢巒傳》：「高祖因行藥至司空府南，見巒宅，遣使謂巒曰：『朝行藥至此，見卿宅乃住，東望德館，情有依然。』」唐元稹《春病》詩：「望山移坐榻，行藥步牆陰。」清錢謙益《病榻消寒雜詠》詩之四一：「行藥每於參禮後，安禪只在墓田中。」

【丹砂】將平基址，於巨石下得石函，方可三尺。發之，中有小石函，得丹砂三兩，玉簡一枚。（223 頁，卷七，《天台觀老君驗》）

按：「丹砂」即朱砂，礦物名，色深紅。古代道教徒用以化汞煉丹。晉葛洪《抱朴子‧金丹》有言：「凡草木燒之即燼，而丹砂燒之成水銀，積變又還成丹砂。」唐楚澤先生《太清石壁記‧五石丹方》：「丹砂，太陽熒惑之精。」元陳少微《大洞煉真寶經修伏靈砂妙訣》：「經曰：丹砂者，萬靈之主，造化之根，神明之本。」元王子一《誤入桃源》第一折：「遠奢華，近清佳。火煉丹砂，水煮黃芽。」

煉製丹藥所用的灶為「藥灶」，煉丹取水的井為「丹井」。二詞《靈驗記》均有所見。用例為：「廣州菖蒲觀，安期先生修真之所。藥灶、丹井、靈溪、古松為州中游賞之最。」（170 頁，卷二，《廣州菖蒲觀驗》）他書用例如唐張讀《宣室志‧駱玄素》：「有侍童一人，年甚少，總角，衣短褐，白衣緯帶革烏，居於西齋。其東齋有藥灶，命玄素候火，老翁自稱東真君，命玄素以東真呼之。」

〔註28〕僧海霞《「行解」「行散」與「行藥」再議》，楊利民，范鵬主編《敦煌哲學》第 3 輯，甘肅人民出版社，2016 年，第 280 頁。

唐顧況《山中》詩：「野人愛向山中宿，況在葛洪丹井西。」

【天門】【玄泉】【丹田】【白元】入天門，漱玄泉，古人所修也；注丹田，存白元，上士所修也。混而合之，子其行之。（232 頁，卷八，《李璚夢天師驗》）

按：「天門」指兩眉之間的部位。《雲笈七籤》卷十二《黃庭內景經》：「上合天門入明堂。」務成子注：「天門，在兩眉間，即天庭是也。」「玄泉」指口中津液。金劉處玄《黃庭內景玉經注》：「玄泉者，口中之液也。」這兩個詞屬於道教語言中比喻式的隱語。馮利華認為這類隱語帶有濃厚的文化色彩，說道：「從對人體的比喻也可管窺道教文化之精妙。在佛教看來，身體不過是一具臭皮囊、白骷髏而已，而道教卻用優美而詭異的隱語將我們帶到一個幻妙紛呈的世界，在這裡，人體猶如一座重樓迭苑的宮殿，玄泉玉英飾其表，靈臺幽闕布其裏。我們在探尋其中隱語與所隱指的事物之間的相像點外，更多的則是讚歎道教用它那波詭云譎的想像構建一個博大精深的文化殿堂，它的創造性和形象性思維對中國文學的影響源遠流長。」〔註29〕

「丹田」為人體部位名。道教稱人體有三丹田。晉葛洪《抱朴子內篇‧地真》：「或在臍下二寸四分下丹田中，或在心下絳宮金闕，中丹田也。或在人兩眉間，卻行一寸為明堂，二寸為洞房，三寸為上丹田也。」「丹田」一般指下丹田。用例如西晉魏華存《黃庭外景經‧上部經》：「呼吸廬間入丹田。」「白元」指肺神。《黃庭內景經》：「喘息呼吸體不快，急存白元和六氣。」務成子注：「白元君，主肺宮也。《大洞經》云『白元君者，居洞房之右』是也。」明李一元注：「白者，肺之色；元者，肺之神；存者，存存不息，綿綿於內也。此則六氣融合於中，而幹旋造化，陽脈衝暢矣。」

以上四詞《黃庭經》均見，為內煉名詞。《黃庭經》尤其強調存思上中下三丹田之神，並論及漱津咽液、吐納元氣、房中固精、服食五牙、飛奔日月等方術。以上四詞正體現了這一點。

第六節　經書簡牘類

道教的經書是道教思想與文化得以傳承的重要載體，章表疏文等也有類似

〔註29〕馮利華《中古道書語言研究》，巴蜀書社，2010 年，第 202 頁。

功能。由此構成的詞有不少，以下舉例說明。

【三洞】太玄因問：「上經所安之地，何神明如此耶？」陶曰：「三洞寶經所在之地，萬靈侍衛，百神朝揖，豈可不尊之耶？」（167頁，卷二，《周真人上經堂基驗》）

天台道士陸含真聞郡人所說，即詣其家，謂之曰：「三洞法籙，上天寶文，從來不曾護持，多恣輕犯。此是考責之事，必須洗心悔過，懺謝犯觸之愆，縱生不蒙恩，亦死免考掠。如此痛毒，何可忍之？」（275頁，卷十二，《張融法籙驗》）

按：「三洞」為道教經書的分類法，指洞真、洞玄與洞神三部。南朝劉宋道士陸修靜總括三洞，撰《三洞經書目錄》，將道書分為此三類。《雲笈七籤》六引《道門大論》云：「三洞者，洞言通也，通玄達妙，其統有三，故曰三洞。」「三洞」文獻用例常見。如南朝梁簡文帝《梁簡文集》一《吳郡石像碑》：「又有受持黃老，好尚神仙，職在三洞，身帶八景，更竭丹款，復共奉迎。」《全唐詩》卷三二六權德輿《晚秋陪崔閣老斐然酬和有愧蕪音》：「銀鉤三洞字，瑤笥六銖衣。」

「三洞」之洞真部以《上清經》為主，洞玄部以《靈寶經》為主，洞神部則以《三皇經》為主。相關詞語在《靈驗記》中均見用例。下面一一列舉。

「上清」「洞真」用例：「石裂摧落，龕寶宛然。於龕內得上清洞真寶經七十餘卷，紙墨如新，異香芬鬱，將置於殿內。」（255頁，卷十一，《何道璋遇上清經驗》）

「靈寶」「洞玄」用例為：「含真取紙筆搨寫，其石移置於岸傍大楓樹下，默記其符所在。訪求莫可辨驗，於諸暨縣白鶴觀看靈寶部經，乃是洞玄五稱文北方辰星符也。」（258頁，卷十一，《陸含真水星石符文驗》）

「三皇」「洞神」原文如：「大德何彝範曰：『嘗見《抱朴子》云：其所居鄰里，忽有虎暴害牛……明旦，一二里間有二虎斃於林下。請訪《三皇內文》試為行之。』公素有洞神經，彝範書數字，按法用新盆閣於灰上，置符及香於盆底之上，依而用焉。」（263頁，卷十一，《高相三皇內文驗》）

此外，與三洞密切相關的是「太清部」，此為道教經書分類法四輔之第三部，為洞神部的補充。《靈驗記》中用例如：「五廚經屬太清部，玄宗朝諫議大夫蕭

明觀主尹愔注云：『蓋五神之秘言，五藏之真氣，持之百遍，則五氣自和，可以不食。』」（267頁，卷十二，《僧行端改五廚經驗》）

【地黃內文】稚川按法書《地皇內文》行之，有神人大冠緒衣，佩劍執版，冠中有小鳥如生，夜至庭中，問稚川曰：「所召何也？」（263頁，卷十一，《高相三皇內文驗》）

按：《地黃內文》為道家符書，為《三皇內文》之一，《三皇內文》包括《天皇內文》《地皇內文》與《人皇內文》三種。他書用例如晉葛洪《抱朴子內篇·遐覽》：「家有《三皇文》，辟邪惡鬼、溫疫氣、橫殃飛禍……若欲立新宅及冢墓，即寫《地黃文》數十遍，以布著地，明日視之，有黃色所著者，便於其上起工，家必富昌。」

道教稱《三皇內文》能辟邪驅鬼、起死回生。同是晉葛洪《抱朴子內篇·遐覽》曰：「敢問符書之屬，不審最神乎？……道書之重者，莫過於《三皇內文》《五嶽真形圖》也。」同篇：「若有困病垂死，其通道心至者，以此書與持文，必不死也。」同書《登涉篇》：「上士入山，持《三皇內文》及《五嶽真形圖》。」

【赤書】元始五老敕直符尹豐奉靈寶真文，以禳水害，如赤書符命。（257頁，卷十一，《襄州城角鐵篆真文驗》）

按：「赤書」，道教經書。明周玄貞《皇經集注》卷五《神呪品二章》有言：「赤書，玉帝真經，妙有之文，皆諸天初，梵氣結成，字文廣長一丈，色光赤煥，為冊天大赤。」文獻用例頗多。如北宋李昉《太平御覽》卷六六七引《本行書》：「授靈寶赤書者必先齋戒。」唐裴鉉《進延壽赤書表》：「斯蓋上元老真延齡永壽之前梯也，因以名曰《上元高真延壽赤書》焉。赤書者，上以明星火資於土德，中以殷仲夏之朱明，下以達微臣之丹懇也。《靈經》云：『俾國太平，轉災成福，當用五老赤書作鎮也。』」

【丹篆】天台道士劉方瀛師事老君，精修介潔，早佩畢法籙，常以丹篆救人。（234頁，卷八，《劉方瀛天師靈驗》）

按：「丹篆」是用朱砂寫的篆文，常指仙書符籙。他例亦見，如舊題唐柳宗元《龍城錄·韓退之夢吞丹篆》：「退之常說，少時夢人與丹篆一卷，令強吞之。」唐杜牧《贈朱道靈》詩：「劉根丹篆三千字，郭璞青囊兩卷書。」

【金簡】又敕雅羽將圖上太清宮中，見三萬六千人著青衣，手

　　執金簡，歌誦經文，飲食備具，音樂震天。（297 頁，卷十四，《劉圖
　　佩籙靈驗》）

　　按：「金簡」為金質的簡冊，常指道教仙簡。用例多見。如漢趙曄《吳越春
秋・越王無餘外傳》：「聖人所記曰：在於九山東南，天柱號曰宛委……其巖之
巔，承以文玉，覆以磐石。其書金簡，青玉為字，編以白銀，皆瑑其文。」明
張居正《應制白鶴吟》之四：「金簡忽傳天上字，東華初紀大椿年。」

　　【白簡】上天降祉，厚地呈祥。爰有白簡〔註30〕之靈書，出於玄
　　元之寶殿，告國祚延洪之兆，示坤珍啟迪之符。（223 頁，卷七，《天
　　台觀老君驗》）

　　按：「白簡」猶玉簡，為道教祭告神祇的文書。文獻中常見。如唐陸龜蒙《和
襲美傷開元觀顧道士》：「多應白簡迎將去，即是朱陵煉更生。」北宋張君房《雲
笈七籤》卷二：「白簡青籙，得道人名，記皇民譜錄，數極唐堯，是為小刼。」
南宋洪邁《夷堅丙志・趙士遏》：「黃之妻夢先亡十餘人，內有衣皂小團花衫者，
持素黃籙白簡來拜謝。」

　　【青詞】敕旨恐移縣就宮，必多穢瀆，縣依舊所，宜准萬年例，
　　升為赤縣。仍降青詞，修齋告謝也。（165 頁，卷一，《亳州太清宮
　　驗》）

　　按：「青詞」是道士上奏天庭或徵召神將的駢體祝詞。因用朱筆書寫在青藤
紙上故稱，又稱為綠素。唐李肇《翰林志》解釋說：「凡太清宮道觀薦告詞文用
青藤紙，朱字，謂之青詞。」杜光庭《廣成集》卷四《皇太子為皇帝修金籙齋
詞》：「青詞奏御，俾金慧以韜光；丹表通真，致珠囊之葉度。」南宋呂元素《道
門定制》卷一：「青詞止上三清、玉帝，或專上玉帝為善。或有自九皇而下，至
於十極諸天三界真靈，皆列於詞中。」

　　【章格】忽本郡亢旱，累旬炎熾，將欲害稼。因檢章格中有祈
　　雨章，乃備賚信香果於其別墅，拜章請雨。（305 頁，卷十五，《程克
　　恭拜章祈雨驗》）

　　按：葉貴良曾考「舊典」可指道門慣例，也可指成文的道教科戒書籍。認
為「舊格」同「舊典」，即成文的法規。如《魏書・釋老志》：「後有出貸，先盡

〔註30〕「簡」羅本作「箭」，據《道藏》原文改。

貧窮，徵債之科，一準舊格。」〔註31〕參考葉說，本文中「章格」當釋為章表的規範、規則。其他用例如杜光庭《太上黃籙齋儀》卷四十九：「太上無極大道在第三行。自此每行二十四字，生字不在下，死字鬼字及人名不得在上。一如章格。」南宋金尤中《上清靈寶大法》卷二十三：「若齋醮事體稍小，不專位拜詞，則從章格，書大道階也。此外黃籙齋醮，有南極大帝、救苦天尊，皆拜詞者，各有所見。」

【拜章】道士梅有方聞其所說，為作靈寶齋，拜章懺謝，眉鬚再生，平復如故。（196 頁，卷四，《蘇鵠偷尊像驗》）

玉芝觀道士陳道明專勤清齋，拜章累有徵驗，而招商素不崇道，聞之蔑如也。（302 頁，卷十五，《王招商神呪齋驗》）

籍縣主簿程克恭好道探玄，精勤修奉，家於眉州。遇錄事參軍崔渾，授以拜章祈福之訣。（305 頁，卷十五，《程克恭拜章祈雨驗》）

按：章、表、奏等原指上陳皇帝的文書。道教仿傚之，藉此類詞用以表示上陳天庭的文書。如《靈驗記》中用例：「仙伯曰：『某退跡自修，不營章表，既有冥數之急，敢不奉為也。』乃與自寫章拜之。」（325 頁，卷十六，《竇德玄為天符專追求奏章免驗》）「拜章」即向神靈上書之義。其他用例如《道法會元》卷一七八：「拜章上表，行醮修齋，上及日月星宮，下徹冥關幽壤，三界四維，皆可申膽，悉當關告。」南宋郭彖《睽車志》卷一：「段氏母病，賣為拜章祈福。」

葉貴良研究指出：「『章刺』泛指齋醮時用的奏狀、章表、文書等等，而且常常『章』『刺』『表』『書』不別，故道經有『拜章』『拜刺』『拜表』『上書』等詞。」〔註32〕《靈驗記》還出現了「拜刺」「拜表」等詞，參考葉說，義同於拜章。「拜刺」用例如：「此籙初以版署三品，各有符文。靈官佩受之者，拜刺入靖以付之。」（259 頁，卷十一，《劉遷都功籙驗》）「拜表」原文如：「天寶四載，乙酉正月甲子，帝自製自書黃素文，為生靈祈福。炷香拜表，將焚奏於上玄，其表自飛入空玄中，杳不復見，紫氣盤鬱，覆於御筵香案之上。」（293 頁，卷十四，《玄宗拜黃素文驗》）又如：「黃籙齋者，濟拔存亡，消解冤結，懺謝罪

〔註31〕葉貴良《敦煌道經寫本與詞彙研究》，巴蜀書社，2007 年，第 764～765 頁。
〔註32〕葉貴良《敦煌道經寫本與詞彙研究》，巴蜀書社，2007 年，第 751 頁。

犯，召命神明，無所不可。上告天地，拜表陳詞，如世間表奏帝王，即降明敕，上天有命，萬神奉行。」（307 頁，卷十五，《李約黃籙齋驗》）

第七節　制度名物類

道教有其自身的一套機構設置，隨之產生了一些相關的詞語。此外也有不少道教文化相關的名物詞。下面舉《靈驗記》中的例子加以說明。

一、制度類

【天曹】我以無知，犯暴道法，取東明觀土修築私舍，地司已奏天曹，罰令運土填陪，不知車數。（174 頁，卷二，《劉將軍取東明觀土驗》）

年三歲時，三月三日，於龍興觀受正一籙，已名繫天府，不屬地司。地籍之中不見名字，於天曹黃簿之內，檢得其名。（261 頁，卷十一，《賈瓊受正一籙驗》）

按：「天曹」乃道家所稱天上的官署。屢見其用例。如《南齊書・高逸傳・顧歡》：「今道家稱長生不死，名補天曹，大乖老莊立言本理。」唐薛用弱《集異記・衛庭訓》：「歲暮，神謂庭訓曰：『吾將至天曹，為兄問祿壽。』」清袁枚《新齊諧・紫姑神》：「妾雖被謫譴，限滿原可歸仙籍，以私奔故無顏重上天曹。」

【法位】太玄遂作靜室，每旦夕香燈，而不敢於此室朝拜存修，恐法位尚卑，有真凡之隔爾。（168 頁，卷二，《周真人上經堂基驗》）

劉使吏就壇內擒超然，欲加捶撲。久之，隸校廝豎，詰其紫衣之由。超然云：「法位合著，謂之法衣，是道門升壇朝謁之服爾。」（304 頁，卷十五，《籍縣劉令破黃籙齋驗》）

按：文中「法位」為道教術語，義為道士的教職等級。呂鵬志對「法位」有深入研究，他認為：「『法位』一詞本指教職的等級，最早見於劉宋道士陸修靜（406～477）五世紀四十年代編撰的《太上洞玄靈寶授度儀》中。與『法位』同義的詞是『法次』，大約七世紀初編撰的《洞玄靈寶三洞奉道科戒營始》卷四『法次儀』條即為其例。從上舉二書的用例可以看出，法位或法次與中

古道教的傳授儀規有密切的關係，它們反應了按道士修學程度授予不同教職的制度。」〔註33〕

「法位」一詞也常見於其他道教文獻中。如唐《玄門十事威儀‧坐起品第四》：「凡齋堂，講習經典、禮懺法事之所，坐起須依法位，不得越坐，一如科戒定式所排。」北宋元妙宗《太上助國救民總真秘要》卷六：「若人間告訴，不為度理，畫即救濟，並妄遷補法位，不實者，並徒一年。」《正一威儀經》：「受道各依法位尊卑，不得叨謬，即俗人不得與清信弟子同坐，清信弟子不得與清信道士同坐。」

【證位】周真人名太玄，陶隱居弟子也。年二十一歲得道，先
　　於隱居證位。（167 頁，卷二，《周真人上經堂基驗》）

按：「證位」謂參悟得道而證入仙界。道教文獻可尋得用例。《碧霞元君護國庇民普濟保生妙經》隸五：「受命玉帝，證位天仙，統攝嶽府神兵，照察人間善惡，罪福昭報，感應速彰。」其他文獻用例如北宋李昉《太平廣記》卷六一《龐女》：「太上命我授汝以《靈寶赤書》、《五篇真文》，按而行之，飛昇有期矣。昔阿丘曾皇妃，皆奉行於此，證位高真，可不勤耶？」清鄒弢《三借廬筆談‧疏香小影》：「（葉仲韶）年十七，著《返生香集》。歿後，託乩筆與人談禪，前生本玉京仙女，今證位也。」

【三塗】【五苦】【三惡道】獄中各有令丞、掾吏，陰陽、水火考
　　官，諸受罪之人，備經三塗、五苦訖，或揀蒙山石以副太山，或汲
　　西津水置於東海，或生三惡道，或生四夷中，或生下賤，或嬰六疾，
　　皆償前生之罪也。（298 頁，卷十四，《劉圖佩籙靈驗》）

　　故老君曰：「夫善者昇天堂，惡者入地獄。方履三塗、五苦、八
　　難，後生下賤畜生之類、邊夷之國。」（298 頁，卷十四，《劉圖佩籙
　　靈驗》）

按：「三塗」與「五苦」二詞均來自佛教，但在道教中有不同的含義。「三塗」其一為火塗，地獄道猛火所燒之處；其二為血塗，畜生道互相啖食之處；其三為刀塗，餓鬼道被刀劍逼迫之處。「五苦」有多種含義，此處當為「五道門」。元薛季昭《元始無量度人上品妙經批註》卷二：「五苦者，一名五道門。第一名

〔註33〕呂鵬志《法位與中古道教儀式的分類》，《宗教學研究》，2012 年第 2 期，第 1 頁。

色累苦心門，一曰太山地獄苦道。第二名愛累苦神門，一曰風刀苦道。第三名貪累苦形門，一曰提石負山苦道。第四名華境苦精門，一名填海作河苦道。第五名身累苦魂門，一名吞火食炭鑊湯苦道。」葉貴良指出：「道經之五苦是指地獄五種酷刑；而佛教『五苦』則是指生老病死苦、愛別離苦、怨憎愛苦、求不得苦、五陰盛苦。這種差別反映了佛、道兩教世界觀的不同。道教注重今生，希望延長壽命，長生不死，不以生為苦。而佛教卻相反。道教『五苦』源於佛教，但佛教原來的內容不合道教信仰，因此，道教作了相應的改造，將其移至地獄中去了。」〔註34〕

「三惡道」亦取自佛教。佛教謂六道輪迴中作惡業者受生的三個去處，即：造上品十惡業者墮入的地獄道；造中品十惡業者墮入的餓鬼道；造下品十惡業者墮入的畜生道。道教沿用。如《太玄真一本際經》卷一：「當爾之時，三惡道空，九幽罷對，識其宿命，離諸罪惱，生者得度，死者得還。」

由此可見佛教與道教語言在某種程度上彼此滲透，互相影響。

【三元八節】侵欺之者，罪及七世，生受荼毒，死履諸苦，或為

賤人畜類，以償昔債，雖三元八節，天地肆赦，此罪不在可赦之例。

（332頁，卷十七，《杭州餘杭上清觀道流隱欺常住驗》）

按：「三元」「八節」均為道教節日。正月十五上元、七月十五中元、十月十五下元為三元日。明朱權《天皇至道太清玉冊》言：「其三元之日，天地水三官，二十七府百二十曹之神，先於三會日考校罪福，至三元日上奏金闕，以降禍福。其日可行道建齋，修身謝過。」「八節」為立春、春分、立夏、夏至、立秋、秋分、立冬、冬至。同是《天皇至道太清玉冊》云：「其日八極天尊天君同下人間，錄人罪福，觀察善惡。」本例意為，雖有三元八節等節日可修身謝過，得天地神祇赦免，但侵佔道觀物產的罪行不在可赦之列。

二、名物類

【脆信】咸通九年，有劉遷者，大賈於西江，力當鉅萬計。因詣

十九世天師，傳受都功。脆〔註35〕信豐贍，致齋嚴潔，愈於眾人。

（259頁，卷十一，《劉遷都功錄驗》）

〔註34〕葉貴良《敦煌道經寫本與詞彙研究》，巴蜀書社，2007年，第580頁。
〔註35〕「脆」羅本原作「脆」，據《道藏》原文改。

按：「貼」為資財義。《玉篇·貝部》：「貼，同賵。」《集韻·馬韻》：「賵，財也。或從危。」南朝梁陶弘景《周氏冥通記》卷三：「卿姨屢有貼請。」清黃生《義府》卷下：「貼，古胃切，與賵同。賭也，資也。此云『貼請』，當是以財物事神求福之義。」道籍用例如《太微靈書紫文琅玕華丹神真上經》：「古之上皇，皆保貴神書，防其輕泄，所以重貼玄誓，期之勿泄，示其篤誠，明其根始也。」

周作明對該詞有詳細考證，他認為「貼」或作「詭」，是道教文獻中常見的一個概念，指受道祈神時奉送神仙或經師的信物〔註36〕。「貼信」當為並列複合詞，信也指信物，又作「信貼」「詭信」。周氏舉「密營貼信」為例，釋為暗自準備奉送神仙的信物〔註37〕。《靈驗記》尚有其他用例：「忽本郡亢旱，累旬炎熾，將欲害稼。因檢章格中有祈雨章，乃備貼信香果於其別墅，拜章請雨。」（305頁，卷十五，《程克恭拜章祈雨驗》）其餘道經亦見。如《赤松子章曆》卷五：「某年命不長，壽算短促，伏願大道弘慈，立更生之道。臣等賸其貼信，上詣三天曹，請拔贖某身命，延年益壽，削死上生。」

周作明指出該詞具有明顯的道教色彩：「『貼』及相關詞語並不見於其他傳世文獻，這恐怕與道教團體追求自身用語的個性有關。語言事實證明，為了突出自己行業的特殊性，道典可能使用與眾不同的用語，如他們往往使用『无』而不用通行的『無』，用『炁』不用『氣』，著名的『抱朴子』絕不寫成『抱樸子』。從漢語史研究的角度看，這些個性鮮明的用語不僅是漢語詞彙研究的重要對象，同時也可作為通語用語的有效補充。」〔註38〕給我們啟發甚多。

【印】廣明庚子歲，三月不雨，五月逾望，人心焦然，穀稼將廢。願於萬歲池試行神印，為生靈祈雨。（287頁，卷十三，《范希越天蓬印驗》）

自言初居爰膠巷，印篆初成，而蠻寇凌突，居人奔散，藏印於堂屋瓦中。蠻去之後，四鄰焚爐，其所居獨在，疑印之靈也。（287頁，卷十三，《范希越天蓬印驗》）

〔註36〕周作明，俞理明《東晉南北朝道經名物詞新質研究》，中國社會科學出版社，2015年，第132頁。
〔註37〕周作明《東晉南朝道典中的「貼」》，《懷化學院學報》2009第3期，第87～88頁。
〔註38〕周作明《東晉南朝道典中的「貼」》，《懷化學院學報》2009第3期，第88頁。

按：「印」為道教法器，又稱為「神印」「印篆」，是象徵天界、神仙權威的印章，係模仿古代帝王玉璽和官府印章而成。通常以金屬、玉或木鐫成。各道派都有自己的印，認為行法用印猶人間刑政施行必用官印。

依印文內容而言，印約可分為四類〔註39〕。以下以《靈驗記》為例，分類介紹。

第一類以尊神名號或想像中的仙界職司為印文。如《靈驗記》中出現的「天蓬印」：「范希越，成都人。得北帝修奉之術，雕天蓬印以行之。」（287頁，卷十三，《范希越天蓬印驗》）「天蓬」乃神名。

第二類以符呪為印，如「黃神越章印」。《靈驗記》用例：「讓家於桂州，客遊湘、鄂間，因得心疾。初則迷忘，在途忘行，在室忘坐……道士袁歸真新刻黃神越章印，醮祭方畢，試為焚香，依法以印印之，印心及背。讓正狂走，執而印焉，昏然而睡。歸真知印之效也，復染丹炷香，載印其心，倏然疾愈。」（286頁，卷十三，《張讓黃神越章印驗》）晉葛洪《抱朴子內篇·登涉》云：「古之人入山者，皆佩黃神越章之印，其廣四寸，其字一百二十，以封泥著所位之四方各百步，則虎狼不敢近其內也。」其印文為呪語，大要為借天帝、北斗及五星之名伐邪精、殺鬼魅。後世道士或擴大其用途，而正一派常用此印驅鬼治病，所舉《張讓黃神越章印驗》正是。

第三類以經書文句為印，如以《度人經》文句構成的「混同赤文印」。《靈驗記》未見用例。

第四類以道士職司之名為印，如「都功印」。《靈驗記》原文：「（天師）昇天之日，留劍及都功印傳於子孫，誓曰：『我一世有子一人傳我印劍及都功籙，唯此非子孫不傳於世。』」（285頁，卷十三，《天師劍驗》）「都功」為道教職稱。後漢張道陵創五斗米道。道陵死，張魯復行之。設二十四治，各治設治頭、祭酒，以為管理、治事，由都功總領之。陽平治為天師駐地，都功由天師自領。本例中「都功印」即陽平治都功印，正一派天師用印。該印是天師身份權力的象徵。

【帔】忽夢一道士，年可四十餘，著舊山水帔，拳其左手而謂

〔註39〕這部分內容主要參考了胡孚琛主編《中華道教大辭典》，中國社會科學出版社，1996年，第657頁「印」的相關釋義。

之曰：「我住在山中，姓樂，天下之人皆貴重我。」（190 頁，卷四，

《常道觀鐵天尊驗》）

　　蜀州唐興縣，天寶六年丁亥，甘露鄉百姓鮮隱忠地內柘樹之上忽

然生芝草一莖，自然成天尊之像，眉目髭髮，冠簪衣帔，裾履手足，

一一詳備，圖繢莫及。（204 頁，卷五，《蜀中唐興縣芝草天尊驗》）

　　按：「帔」是道教法服名稱，謂披在肩背上的服飾。《釋名・釋衣服》：「帔，

披也，披之肩背，不及下也。」對此林西朗曾有論述：「道教早期，道士服飾並

無定制。劉宋道士陸修靜在總結改革道教的同時，依古代衣冠之制結合道教齋

戒的需要，定立了服飾儀制。陸修靜在《陸先生道門科略》中指出：『夫巾、褐、

裙、帔製作長短、條縫多少、各有準式，故謂之法服。』至南北朝末，道教已

經形成一套較完整的服飾制度，其基本形制為上褐、下裙、外罩帔。」〔註 40〕

　　【葛璝化】葛璝化周回巖巒，左右嵌穴，地靈境秀，迴絕諸山，

故有二十四峰八十一洞焉。（340 頁，卷十七，《葛璝化丁東水驗》）

　　按：「化」指道教的廟宇，宮觀。如北宋李昉《太平廣記》卷六十引《女仙

傳・孫夫人》：「永嘉元年乙酉到蜀，居陽平化，煉金液還丹。」「陽平化」與本

例中「葛璝化」同屬道教「二十四治」。「二十四治」唐代文獻稱為二十四化，是

為避唐高宗李治諱。「治」為五斗米道的傳教點。二十四治中，首治為陽平治，

由張陵及其子孫擔任首領，即都功。二十四治絕大多數在今四川境內，分別為一

陽平治，二鹿堂治，三鶴鳴治，四漓沅治，五葛璝治，六庚除治，七秦中治，八

真多治，九昌利治，十隸上治，十一湧泉治，十二稠梗治，十三北平治，十四本

竹治，十五蒙秦治，十六平蓋治，十七雲臺治，十八濜口治，十九後城治，二十

公慕治，二十一平岡治，二十二主簿治，二十三玉局治，二十四北邙治。《三洞

珠囊》卷七、《蜀中廣記》卷七十一、《雲笈七籤》卷二十八等書所載治地，略有

不同。〔註 41〕其中公慕化、陽平化、漓沅化等都於《靈驗記》文中出現過。

　　《靈驗記》中有某人屬某化的表述。原文為：「忽夢二神人謂之曰：『天下

諸化，領世人名籍，吾子名係葛璝，祿食全蜀，富貴將及，何自滯耶？勉哉行

矣！』……（韋皋）在鎮二十餘年，封以王爵矣！即本命丁卯，屬葛璝化也。」

〔註 40〕林西朗《唐代道教管理制度研究》，巴蜀書社，2006 年，第 180～181 頁。
〔註 41〕任繼愈主編《宗教大辭典》，上海辭書出版社，1998 年，第 211 頁。

（176 頁，卷二，《韋皋令公修葛璝化驗》）

對此現象卿希泰作過詳細闡述：「張陵立二十四治，『下則鎮於民心，上乃參於星宿』。參於星宿，即以二十八宿分應各治；鎮於民心，則『以六十甲子生人分屬各治』。也就是《玄都律》所說：『治者，性命魂神之所屬也。』在歷史上存留下來的資料中，唯見杜光庭『靈化二十四』，記有六十甲子生人所屬。如陽平化『上應角宿，甲子、甲寅、甲戌生人所屬』。就是說，出生於甲子、甲寅、甲戌的人，其性命魂神屬陽平化。或者說，陽平化，是出生於甲子、甲寅、甲戌年的人本命所屬的地方……這樣，出生於各個不同干支年歲的人，本命屬不同的『治』（或『化』），各化干支人數或三或二，多少不等，二十四化，配全六十花甲，囊括了所有人的性命魂神，『天下諸化，領世人名籍』，而且，『每治立仙官、陰官及祭酒之曹分統之。其誠敬忠孝積功行者，仙官尋其善；其悖逆奸貪恣肆狼戾者，陰官紀其罪，由是善惡之報，捷如影響，使蜀民向化』。把所有人的性命魂神與道教的二十四治（化）緊密地聯結在一起，從而增強人們對道教的敬畏心理和信仰程度，更能發揮道教『勸善懲惡』的教化作用。這是中國道教的一個特色。而杜光庭『靈化二十四』所記的六十甲子生人分屬各治的資料，是現存唯一的，更覺可貴。」〔註42〕由此可見，《靈驗記》中的相關記述也是研究社會、宗教與歷史的珍貴資料。

【羽衣】忽夢神人，羽衣大冠，雲氣而行，謂之曰：「爾神仙子孫，當須歸心太上，以求福佑，可致家豐力足矣。」（220 頁，卷七，《許述事老君驗》）

伯雲辭歸山，帝賜雲冠、羽衣、文机、寶杖，委之而去。自是敕大臣公卿，凡百士庶，每歲祈福，修黃籙道場，持陰符經。（289 頁，卷十四，《陳武帝黃籙齋驗》）

按：「羽衣」為羽毛織成的衣服，常稱道士或神仙所著之衣。文獻用例很多。如三國魏曹植《平陵東行》：「閶闔開，天衢通，被我羽衣乘飛龍。」唐鄭谷《寄同年禮部趙郎中》詩：「仙步徐徐整羽衣，小儀澄澹轉中儀。」北宋蘇軾《後赤壁賦》：「夢一道士，羽衣翩仙，過臨皋之下。」《西遊記》第二四回：「道服自然襟繞霧，羽衣偏是袖飄風。」

〔註42〕卿希泰主編《中國道教史》（修訂本），四川人民出版社，1996 年，第 463 頁。

【常住】唐高祖自太原入長安，以公主駐軍司竹園，親臨軍所，便至樓觀，謁聖祖老君。以隋尚書蘇威莊二百頃賜觀，充香油常住，改名為宗聖觀。（290 頁，卷十四，《唐高祖醮宗聖觀驗》）

杭州餘杭上清觀，田畝沃壤，常住豐實。（332 頁，卷十七，《杭州餘杭上清觀道流隱欺常住驗》）

按：道教觀院、什物、樹木、田園、牲畜、糧食等，統稱為「常住物」，簡稱「常住」。文獻用例如唐馮翊《桂苑叢談·太尉朱崖辯獄》：「太尉朱崖出鎮浙右，有甘露知主事者訴交代得常住什物，被前主事隱用。」元明施耐庵《水滸傳》第六回：「只因是十方常住，被一個雲遊和尚引著一個道人來此住持，把常住有的沒的都毀壞了。」

【靖室】由是躬詣山門厚施金帛，助修宮宇，一家修道，置靖室道堂，旦夕焚修焉。（260 頁，卷十一，《玉〔註43〕霄葉尊師符驗》）

按：「靖」通「靜」。《管子·白心》：「建當立有以靖為宗，以時為寶，以政為儀，和則能久。」王念孫雜志：「靖與靜同。」「靜（靖）室」為道家修養靜息的處所。如北宋張君房《雲笈七籤》卷五：「（升真王先生）乃於洞西北嶺上結靖室以居，研味玄秘。」同書卷四五：「若師在遠處，入靖室，面向師所在方，至心再拜。」《靈驗記》中亦見用例。如：「陶隱居在茅山之時，國中大旱。梁武帝祭禱山川，遍走群望，郊壇靈祠，靡有徵應。隱居於靜室自製朱表，上告玄司，翌日無驗。」（301 頁，卷十五，《陶隱居拜章祈雨驗》）

王承文對「靜室」有詳細闡釋：「早期道教的『靜室』並非淵源於西漢時期具有監獄性質的『請室』，而是由先秦至兩漢儒家祭祀禮制中的『齋宮』『齋室』和『靜室』等宗教設施發展而來的。古代祭祀禮制中『齋宮』『齋室』和『靜室』等與道教『靜室』最主要的相通之處，就是它們都是特定的專門進行齋戒活動的場所。而儒家祭祀齋戒制度所具有的人神交通性質以及相關齋戒規範等，都直接影響了漢晉天師道以及其他道派齋戒制度的形成。自漢代以後，由於儒家祭祀齋戒制度已被道教和漢傳佛教所吸收借鑒，因而在相當長的歷史時期內，『靜室』實際上在儒道釋三教中都普遍存在。」〔註44〕同時他還指出：「自漢代

〔註43〕「玉」羅本作「雲」，據《道藏》原文改。
〔註44〕王承文《論漢晉道教「靜室」的性質和來源》，《學術研究》，2017 年第 2 期，第 109 頁。

《太平經》以來，道教齋戒所用的專門場所除了『靜室』（包括靖室）和『齋室』之外，實際上還有大量其他各種各樣的名稱，對道教儀式的發展演變也產生了重要而深刻的影響。」〔註45〕並考證了「靜舍」「空室」「茅室」等多組詞語。這些相關研究對理解「靜（靖）室」這一系列詞語大有幫助。

【壇靖】靈山齋醮，必命神祇主張。某即近廟之神，差衛壇靖。

齋功既畢，門篆未移，某不敢輒還本廟。（342頁，卷十七，《仙都山

陰君洞驗》）

按：「靖」即靜室。「壇靖」為道家誦經修道之處。南朝梁陶弘景《周氏冥通記》卷一：「勿令小兒輩逼壇靖，靖中有真經。」清黃生《義府》卷下有注解：「『勿令小兒輩逼壇靖。』注：門是前中隔閣，靜屋及壇在閣外。按靖即靜，壇與靖，皆道家奉經修事之處。」其他用例如明馮夢龍《警世通言·旌陽宮鐵樹鎮妖》：「真君入海昏，經行之處，皆留壇靖，凡有六處。」

第八節　天堂仙境類

《靈驗記》中有描述天堂仙境一類的詞，或源自神話傳說，或為道教自創，試舉例論之。

【洞天】成都玉局化洞門石室，昔老君降現之時，玉座局腳，

從地而湧，老君升座傳道。既去之後，座隱地中，陷而成穴〔註46〕，

遂為深洞，與青城第五洞天相連。（337頁，卷十七，《成都玉局化洞

門石室驗》）

按：「洞天」即十大洞天，道教稱大地名山中仙人所居勝地。據《雲笈七籤》卷二七載，十大洞天分別是：王屋山洞；委羽山洞；西城山洞；西玄山洞；青城山洞；赤城山洞；羅浮山洞；句曲山洞；林屋山洞；括蒼山洞。本文所言「第五洞天」即青城山洞。《靈驗記》也提到了句曲山洞：「大茅君名盈字叔申，得道於華陽，為司命君，賜九錫文，主吳越生死之籍，理金壇、句曲之洞、華陽之天。」（202頁，卷五，《白鶴廟茅君像驗》）

與之類似，《靈驗記》中「福地」亦可表示名山大川間仙人所居之勝地，

〔註45〕王承文《漢晉道經所見「靜室」各種名稱及其與齋戒制度的關係》，《魏晉南北朝隋唐史資料》，2016年第2期，第2頁。

〔註46〕「穴」字羅本脫，據《道藏》原文補。

用例如：「余按道科，凡故意凌毀大道及福地靈壇，殃流三世。今劉生以陪填首謝，罪止〔註47〕一身，得不為戒耶！」（174頁，卷二，《劉將軍取東明觀土驗》）

【方諸】爾之青簡，列於方諸矣。何優於世難乎？再居相位，

而後得道。（183頁，卷三，《劉瞻相夢江陵真符玉芝觀驗》）

按：「方諸」是傳說中的仙人住所。南朝梁陶弘景《真誥·協昌期一》言：「方諸正四方，故謂之方諸，一面長一千三百里，四面合五千二百里，上高九千丈。」又言：「方諸東西面又各有小方諸，去大方諸三千里，小方諸亦方面各三百里，周回一千二百里，亦各別有青君宮室，又特多中仙人及靈鳥靈獸輩。」其他用例如北宋張君房《雲笈七籤》卷七八：「縱賞三清，遨遊五嶽，往來圓嶠，出入方諸。」清繆艮《沈秀英傳》：「秀英香消玉損，已返方諸。」

【十洲】【三島】代宗皇帝嘗夢為二青童所召，云聖祖命皇帝從

遊四海之外。夢中隨二童至老君所，帝著絳紗衣，平天冠，執圭立

於老君之後，遊十洲、三島、六合、四極、海嶽、山川，無不備到。

（208頁，卷六，《京光天觀黑髭老君驗》）

按：「十洲」是道教稱大海中神仙居住的十處名山勝境。其他文獻亦見。如唐盧照鄰《贈李榮道士》詩：「風搖十洲影，日亂九江文。」北宋晏幾道《清平樂》詞：「正在十洲殘夢，水心宮殿斜陽。」

「三島」指傳說中的蓬萊、方丈、瀛洲三座海上仙山。用例屢見。如唐鄭畋《題緱山王子晉廟》：「六宮攀不住，三島互相招。」元耶律楚材《和百拙禪師》詩：「眠雲臥月辭三島，鼓腹謳歌預四民。」《西遊記》第十七回：「十洲三島還遊戲，海角天涯轉一遭。」

第九節　五行術數類

道教吸收了陰陽五行、天文星占等觀念來為自己服務，由此產生了一些相關的詞。下面舉例闡述。

【祿命】天符有敕，穿掘觀土，修築私家，雖已陪填，尚未塞

責。有十二年祿命，並宜削奪，所連累子孫，即可原赦。（174頁，

〔註47〕「止」，羅本作「此」，據《道藏》原文改。

卷二，《劉將軍取東明觀土驗》）

按：「祿命」即祿食命運，是星相家指人與生俱來的富貴貧賤、生死壽夭的運數。《史記・日者列傳》：「夫卜者多言誇嚴以得人情，虛高人祿命以說人志。」漢王充《論衡・解除》：「案天下人民夭壽貴賤皆有祿命。」三國魏曹丕《上留田行》：「祿命懸在蒼天。」元王實甫《西廂記》第一本楔子：「夫主京師祿命終，子母孤孀途路窮。」

意義相近的詞，《靈驗記》尚有數例。如：

「食祿」。《靈驗記》原文：「吾大限盡矣，食祿竭矣。昨為冥官所追，以小舟載過江北，得馬乘之，但見鞍轡，不睹馬之首尾。」（259 頁，卷十一，《劉遷都功籙驗》）他書用例有南宋周密《齊東野語・洪端明入冥》：「復扣平生食祿，遂於袖中出大帙示之。」清梁章鉅《退庵隨筆・躬行》：「有官祿者減官祿，無官祿者減食祿。」

「年祿」。《靈驗記》原文：「因令本司檢使君年祿遠近，逡巡有吏執案云：『崔公輔自此猶有三任刺史，二十三年壽。』」（270 頁，卷十二，《崔公輔仙都經驗》）又：「范陽盧蔚，弱冠舉進士，有日者言其年壽不永，常宜醮本命，以增年祿。蔚素崇香火，勤於修醮，未嘗輟焉。」（310 頁，卷十六，《范陽盧蔚醮本命驗》）其他用例如杜光庭《太上宣慈助化章》卷三：「大道萬歲種民，出入隆利，卜夢貞吉，公私和泰，年祿永延。」

「祿壽」。《靈驗記》原文：「子無何開尹真人石函乎？今奉上帝命，削君之祿壽，果如何哉？」（343 頁，卷十七，《嘉州東觀尹真人石函驗》）宋李思聰集《洞淵集》卷六：「第二十八具山治，在元東山。上應軫宿，下管土命人祿壽禍福。」

【簿書】【簿籍】以後漢安帝永初三年二月十日夜半子時，太山君遣使者雅羽迎圖校定天下簿書，奄忽將圖去……太上老君敕圖曰：「知汝奉道，信真守善而死。以明能計算，故往喚汝，欲令校定天下萬人簿書。」太山君教雅羽將圖去與左右丞尉相見。訖，共校定天下簿書。二日夜半，文書悉理，除死定生，簿籍已了，便辭請還。（296 頁，卷十四，《劉圖佩籙靈驗》）

按：文中「簿書」「簿籍」為道教特有的含義，指記載人的命運的冊籍。類

似的詞《靈驗記》中還有「名籍」。原文：「即召吏，案吾名籍，吏曰：『崔公有官五任，有壽十五年，今奉上帝命，削五任官，削十三年壽，獨有二年在矣。』」（343頁，卷十七，《嘉州東觀尹真人石函驗》）另有「地籍」意義相近，地指地府。原文為：「既載往檢瓊名字，云：『年三歲時，三月三日，於龍興觀受正一籙，已名繫天府，不屬地司。地籍之中不見名字，於天曹黃簿之內，檢得其名。』」（261頁，卷十一，《賈瓊受正一籙驗》）《大詞典》釋「地籍」為封建時代政府登記土地的冊籍。舉唐白居易《議百官職田》例：「故稽其地籍，而田則具存；考其戶租，而數多散失。」未收該義項，可補。

本章討論了《靈驗記》中九大類共百餘條道教語詞。這些富有特色的詞語不僅活躍於道教文化中，也與人民的日常生活密切相關，不少詞語進入到了全民語言，如「登真」「白簡」「符術」「洞天」等。正如俞理明、周作明所言：「道典中所保存的道教用語材料，作為一個特殊社會團體的用語，既與一般漢語有所區別，又與一般漢語有密切的聯繫。它以一般漢語為基礎，在相當程度上反映了一般漢語的面貌；同時，又發展出了具有個性的部分，並且反過來影響全民用語，部分道教用語通過與其他語言社團的交際，滲入到全民用語中。」〔註48〕關於道教語詞的研究方法，葉貴良指出：「語言是社會性的，因此，研究道教語言必須結合社會發展的歷史來進行。只有把詞彙與社會生活的各個方面聯繫起來加以考察，辯證地注意到詞彙的繼承和發展，考其源，溯其流，探索語詞的得義緣由，才會對研究漢語詞彙史大有裨益，也只有這樣才能對道教詞彙系統有比較清楚和全面的認識。」〔註49〕值得我們借鑒。

〔註48〕俞理明、周作明《論道教典籍語料在漢語詞彙歷史研究中的價值》，《綿陽師範學院學報》（社會科學版），2005年第4期，第6頁。
〔註49〕葉貴良《敦煌道經寫本與詞彙研究》，巴蜀書社，2007年，第785頁。

第四章 《道教靈驗記》新詞新義研究

　　語言是社會的產物，而詞彙是語言中最活躍的因素。社會發展所帶來的語言的變化往往首先體現在詞彙的變化上。詞彙的發展包括詞和詞義兩個方面。對此董志翹論述道：「詞彙的發展包括兩大方面：一是作為信息的載體，隨著社會政治經濟文化的發展，詞彙負荷量增大，勢必產生許多新詞；二是作為詞的核心──詞義的發展，即『一個形式向一種新意義的伸展』。每一個時代都會產生大量的新詞、新義，這是詞彙發展的總趨勢。」〔註1〕

　　新詞新義研究是漢語斷代詞彙研究以及詞彙史研究的重要內容。王力曾經說過：「我們對於每一個語義，都應該研究它在何時產生，何時死亡。雖然古今書籍有限，不能十分確定某一個語義必係產生在它首次出現的書的著作年代，但至少我們可以斷定它的出世不晚於某時期。」〔註2〕而對專書中新詞新義展開研究，則對這樣的探討很有幫助。

　　呂叔湘曾提出，以晚唐五代為界，把漢語的歷史分為古代漢語和近代漢語兩個大的階段〔註3〕。可見晚唐五代是漢語史中一個承上啟下的重要時期，其語言發展上具有鮮明的過渡特點。《道教靈驗記》作為晚唐五代著名道教學者杜光

〔註1〕董志翹《〈入唐求法巡禮行記〉詞彙研究》，中國社會科學出版社，2000年，第90頁。

〔註2〕王力《新訓詁學》，見《龍蟲並雕齋文集》，中華書局，1980年，第358頁。

〔註3〕呂叔湘《近代漢語指代詞‧序》，上海學林出版社，1985年，第1頁。

庭所撰的道教小說，記載了流傳於民間的宮觀靈驗、尊像靈驗、老君靈驗、天師靈驗等各類靈驗事蹟，涉及到社會生活的諸多方面。其語言生動靈活，保留了唐五代時期的許多新詞、新義，其語料價值值得重視。

要探討《道教靈驗記》中的新詞新義，首先面臨的一個問題就是如何界定新詞新義的判斷標準，前賢時彥進行了不少可貴的探索。例如，萬久富認為：「所謂新詞新義，從理論上講，是一個時代新產生的詞以及舊詞所產生的新義。」〔註4〕張振德、宋子然等作出如下定義：「如果一個詞的外部形式是語言裏原有的，那麼，確定是新詞或新義，主要是從詞的意義角度加以判別。如果新義與舊義之間有引申關係可尋，那麼這個詞就不算新詞而是新義；反之，如果新義與舊義之間沒有明顯的意義聯繫，那麼這個詞就算是新詞。」〔註5〕

可知，新義即由舊的詞形產生的新的意義，且該義與舊義有引申等關係。新詞則比較複雜。宋文兵對中古新詞的判定曾作出論述：「對中古新詞的判定可以概括為這樣幾個基本原則：①詞義和詞形皆為中古新生，屬新詞。②讀音和詞形與舊詞相同，但在意義上與之沒有任何聯繫，屬新詞。③讀音和詞形與舊詞相同，意義上曾經有所聯繫，但在詞義的共時平面上已經有較明顯的距離，視為新詞。④一組異體字中後來出現的書寫形式不能視為新詞。」〔註6〕這些原則對晚唐五代新詞的判定同樣具有重要的參考價值。陳敏對新詞的判定有更加詳細的表述：「1. 詞語的意義和形式都是新的，利用固有的語言材料創製出的全新的詞；2. 形式是新的，意義是舊的（1）為原有的概念創製新的表達形式，新詞和舊詞是一對同義詞（2）由短語縮略而成的詞，表達意義沒有變化，但形式由短語到詞，發生了質變 3. 形式是舊的，意義是新的。新產生的概念借用舊的形式來承載，新義和舊義之間沒有聯繫。」〔註7〕兩位學者都提供了非常細緻可靠的標準。

參考多位學人的成果，本文對《道教靈驗記》中新詞新義範圍的界定是：新詞既包括晚唐五代產生的新形式的詞，又包括形式雖舊但意義與先前沒有明顯聯繫的詞；新義指舊詞新產生的與之前有引申關係的意義。

〔註4〕萬久富《〈宋書〉複音詞研究》，鳳凰出版社，2006 年，149 頁。
〔註5〕張振德、宋子然等《〈世說新語〉語言研究》，巴蜀書社，1995 年，第 5 頁。
〔註6〕宋文兵《〈宋書〉詞語研究》，中華書局，2009 年，第 39 頁。
〔註7〕陳敏《宋人筆記與漢語詞彙學》，浙江大學 2007 年博士學位論文，第 24 頁。

不少新詞新義研究是以目前收詞量最大、頗具權威性的《漢語大詞典》作為基礎參照，來判斷某詞是否屬新詞或新義的範疇。因《漢語大詞典》在收詞、釋義與書證等方面存在些許缺失，這種做法難免造成疏誤。本文在此基礎上又參考了《唐五代語言詞典》與新近出版的《近代漢語詞典》。其中《近代漢語詞典》吸收了大量的最新研究成果，收列了從唐初到清代的眾多新詞新義，大大彌補了《漢語大詞典》的缺陷，為新詞新義的研究提供了不小的便利。

第一節　新詞

新詞可以分為結構新詞與詞義新詞兩類，分別對應前文所說的新形式的詞與形式未變但意義已與先前沒有明顯聯繫的詞。《靈驗記》中的新詞多與晚唐五代時期新事物的產生和發展密切相關。以下按照兩類分別闡述，結構新詞因數量較多，又根據詞性分為名詞、動詞與形容詞三類。

一、結構新詞

（一）名詞

【莊戶】孫靜真家兄弟精勤，世奉救苦天尊香火，其家五十餘口，不為災癘所侵。郭外有莊戶三十餘家，已數戶臥疾……及明，焚香之時，已失救苦天尊幀像。數日，莊戶云：「某夜忽有異香光明，似聞鐘磬之響。」（201 頁，卷五，《孫靜真救苦天尊驗》）

按：「莊戶」，唐末新詞，指佃戶。「莊」為村莊，園圃。章炳麟《新方言·釋地》：「《爾雅》：『六達謂之莊。』……今人以為通名，田家邨落謂之莊，山居園圃亦謂之莊。」《資治通鑑·後周太祖廣順元年》：「於是帥莊戶及鄉人悉為兵。」胡三省注：「佃豪家之田而納其租，謂之莊戶。」

其他用例頗多。如北宋何薳《春渚紀聞·歙山斗星硯》：「歙之大姓汪氏，一夕山居，漲水暴至，遷寓莊戶之廬。」清《醒世姻緣傳》四回：「不料初四日飯後，雍山莊上幾個莊戶荒荒張張跑來。」

【土團】光化中，兩川用軍所在，土團聚結。有景義全者，糾率數千人，握眾顧望，雄據縣邑，暴橫彌甚。（205 頁，卷五，《梓州飛

烏白鴉觀驗》）

按：「土團」是由當地人組成的武裝集團。中唐以後才逐漸見其用例。《資治通鑑‧唐武宗會昌元年》：「軍士八百，外有土團五百人。」胡三省注：「團結土人為兵，故謂之土團。」

朱德軍對「土團」的歷史作了細緻的考證，指出：「『土團』作為政府組織的地方民兵，自中唐以後就開始零星地出現，隨著晚唐地方動亂的增加而日漸增多。起先，『土團』是地方為應付軍力不足的困境，而臨時性徵召『土人』為兵，它自產生之日起就與地方動亂結下了不解之緣。原則上，『土團』由『土人』構成，兵員通常來自當地，他們因『護惜鄉里』，而『共相保聚，以備寇賊』。……隨著晚唐動亂的加劇，尤其『群盜』與『豪民』勢力的粉墨登場，遂使得『土團』開始由『地方長吏自行組織』的地方武裝，逐漸蛻變為豪強稱雄一方、控制地方的政治工具。」〔註8〕

用例頗多。如《新唐書‧王式傳》：「集土團諸兒為嚮導，擒甫斬之。」清蒲松齡《聊齋誌異‧崔猛》：「由此威聲大震，遠近避亂者從之如市，得土團三百餘人。」《花月痕》第四六回：「一日提督府兵丁，搶人家婦女，土團不依，鬧起事來，幕中朋友說，須地方官彈壓。」

【草寇】吳興沈瑩宿奉至道，常供養老君，於越州剡縣市中有居第。時草寇裴甫起自農畝，嘯聚凶徒，奔突縣邑。素無武備，官吏奔駭，甫因據有縣城。（221 頁，卷七，《沈瑩事老君驗》）

按：「草寇」為山野間的盜匪。《書‧舜典》：「寇賊奸宄。」孔傳：「群行攻劫曰寇。」孔穎達疏：「寇者，眾聚為之……故曰群行攻劫曰寇。」

典籍用例多見。如唐易靜《兵要望江南‧占月》：「四海荒荒興逆叛，都緣人主寵昏奢，草寇輒稱尊。」唐羅隱《羅昭諫集》卷五：「今聞群盜已拔睢陽二城，大梁亦板築自固。彼之望將軍，其猶沸之待沃、壓之待起也。而將軍朱輪大斾，優游東道，抑不知朝廷以八十三州奉將軍侍衛者乎？俾將軍誅翦草寇者乎？」《舊唐書‧僖宗紀》：「如鄉村有幹勇才略，而能率合義徒，驅除草寇者，本處以聞，亦與重賞。」元明施耐庵《水滸傳》第一零七回：「賊將滕戣看見是女子，拍馬出陣，大笑道：『宋江等真是草寇，怎麼用那婦人上陣！』」清藍鼎

〔註8〕朱德軍《唐五代「土團」問題考論》，《江漢論壇》，2014 年第 9 期，第 127 頁。

元《黃太常傳》:「果胸有成算,知草寇無能為。」

　　【仙磬】每因良宵奏醮,則仙磬吟於空中;藩帥投龍,則卿雲
凝於林表。信乃神仙奧府,豈庸徒之可侵哉!(161頁,卷一,《青
城山宗玄觀驗》)

　　按:磬,狀如雲板,鳴以集眾。《說文·石部》:「磬,樂石也。古者母句氏
作磬。」「仙」為美稱。「仙磬」指僧寺或道院中敲磬的聲音。唐盧肇《題甘露
寺》詩:「福庭增氣象,仙磬落昭回。」明左宗郢《麻古山志》詩:「風飄仙磬
雨霏霏,青鳥銜煙繞路飛。空濛濕袖穿叢薄,分送樵人夜火歸。」清王夢庚《遊
青城山》詩:「峰圍仙磬深難散,月避神燈眼愈明。」

　　【禎貺】噫!開元皇帝,尊祖奉先,躭玄味道,精誠上徹,禎貺
下通。得真符於靈峰,產玉芝於內殿。因敕大鎮重地置觀,以真符
玉芝為名,封太白山為靈應公,改華陽為真符縣。(184頁,卷三,
《李蔚相修汧〔註9〕州玉芝觀驗》)

　　按:「禎貺」,吉祥的賞賜。《大詞典》未收。

　　禎,吉祥。《說文·示部》:「禎,祥也。」徐鍇繫傳:「人有善,天以符瑞正
告之也。」《詩·周頌·維清》:「迄用有成,維周之禎。」毛傳:「迄,至;禎,
祥也。」鄭玄箋:「征伐之法,乃周家得天下之吉祥。」唐孟郊、韓愈《城南聯
句》:「擘華露神物,擁終儲地禎。」

　　貺,賜給;賜予。《爾雅·釋詁上》:「貺,賜也。」《國語·魯語下》:「君之
所以貺使臣,臣敢不拜貺。」韋昭注:「貺,賜也。」本文為名詞義,指賜贈之
物。

　　「禎貺」基本見於杜光庭的著述中。如《廣成集》卷四:「張氏克承禎貺,
運偶聖明,被沐天光,輝華帝澤,循懷顧分,常抱兢憂,省己修躬,每為炯戒。」
同卷:「伏以黑帝御時,元冥肇序,下元勝會,大宥昌辰。所宜虔祝上真,勵精
下土,用祈禎貺,以福存亡。」《廣成集》卷十五:「伏以山鎮地心,洞開天目,
含藏煙雨,韞蓄風雷。崖秘仙經,泉澄神沼,觀署福唐之美,邑標奉國之名。
憑此禱祈,必符禎貺。」《太上黃籙齋儀》卷二十一《讀詞》:「歷諸天而告謝,
周萬聖以歸依。冀達上玄,廣流禎貺。」《道門科範大全集》卷四十一《宣詞》:

　　────────────
〔註9〕「汧」羅本原作「卞」,據《道藏》原文改。

「臣等皈身、皈神、皈命，首體投地，以是爇香功德，歸流齋官某家。眷屬宗親，同滋禎貺，福延壽永，禍滅災消。」其他古籍很少見其用例。

同為偏正結構、意義相近的詞還有「靈貺」「嘉貺」「厚貺」等。如《靈驗記》：「翌日，施一月俸錢修觀宇，一月俸為常住本錢，常俾繕完，以答靈貺矣。」（186頁，卷三，《段相國修仙都觀驗》）《魏書・世祖太武帝紀上》：「天降嘉貺，將何德以酬之？」清和邦額《夜譚隨錄・譚九》：「譚曰：『假一席地，得一夕安，已承厚貺，敢過望耶？』」可以對照參考。

【井落】綿州昌明縣孟津觀，在郭外隔江山頂之上。殿堂崇設，臺閣隆高，下瞰長川，低臨井落，亦一邑之形勝矣。（166頁，卷一，《昌明縣孟津觀驗》）

按：「井落」即村落。「落」指居處。《廣雅・釋詁上》：「落，居也。」如漢劉向《列女傳・楚老萊妻》：「老萊子乃隨其妻而居之，民從而家者，一年成落，三年成聚。」南朝梁沈約《齊故安陸昭王碑》：「由是傾巢舉落，望德如歸。」唐杜甫《兵車行》：「千村萬落生荊杞，縱有健婦把鋤犁。」「落」本義為樹葉脫落。《說文・艸部》：「落，凡艸曰零，木曰落。」由此引申出掉下、去除、停留等義。停留又可引申為停留之處，居處義就是由此得來。

該詞古籍用例如北宋張耒《冬日雜興》詩之五：「南壁蒼崖壯，窮冬井落閒。」北宋蘇軾《真覺院有洛花，花時不暇往，四月十八日，與劉景文同往賞枇杷》詩：「魏花非老伴，盧橘是鄉人。井落依山盡，巖崖發興新。」《明史・倪岳傳》：「道路愁怨，井落空虛。」

【醜孽】時三蜀久安，公私豐贍，糇糧山積，雖城壘之小，可以力抗王師。累月而後拔。〔註10〕其有為醜孽驅迫，朋惡吠堯，不能捨亡圖存、轉禍為福者，或交鋒剿戮，或乘勝誅鋤，殺傷眾矣。（181頁，卷三，《東川置太一觀驗》）

按：「醜孽」指邪惡的人。「醜」有凶、邪惡義。如《詩・小雅・十月之交》：「十月之交，朔月辛卯，日有食之，亦孔之醜。」毛傳：「醜，惡也。」引申指壞人、惡人。如《易・漸》：「《象》曰，夫征不復，離群醜也。」漢陳琳《為袁紹檄豫州》：「操贅閹遺醜，本無懿德。」「孽」亦可指作亂或邪惡的人。如《文

〔註10〕「拔」字羅本連下，今據文意改。

選·何晏〈景福殿賦〉》:「因東師之獻捷,就海孽之賄賂。」李善注:「以吳僭居海曲而稱亂,故曰海孽。」唐韓愈《與鄂州柳中丞書》:「淮右殘孽,尚守巢窟。」「醜孽」同義連用。

文獻用例如北宋宋敏求《唐大詔令集》卷四十四:「日者醜孽未殄,嘉謀潛斷,臨危不顧,見義而作。是用底績,實所繫賴。」南宋李燾《續資治通鑑長編》卷四百二十八:「凶人既竄,餘焰未消,盍正典刑,以清醜孽。」元劉仁本《羽庭集》卷五《送楊敬修赴都序》:「余因與之道時務,如今者,兩河既收,山東既復,王師過淮,醜孽不足殄也。」清高宗弘曆《欽定平定臺灣紀略》卷二十六:「臣等察看南路賊匪經官兵連日搜剿,自不能分赴諸羅,結黨聚擾。臣等俟雨水漸少,兵力敷用,即乘銳前驅,殄滅醜孽。」

【塵煤】忽寒風勁燒,飛焰四山,沖焱怒勢,燎及簷隙。巨木為爐,曾不斯須。繞壇茅棘亦無遺者,唯古殿廊屋,巋然皆存。四壁之上,都無塵煤之跡。(180頁,卷三,《金州盤龍觀野火不侵驗》)

按:「塵煤」即煙塵。「塵」為灰塵。《說文·麤部》:「麤,鹿行揚土也。從麤,從土。」段玉裁注:「群行則塵土甚,引申為凡揚土之稱。」朱駿聲通訓定聲:「麤,亦省作塵。」《玉篇·土部》:「塵,塵埃。」用例如唐韓愈《春雪映早梅》詩:「誰令香滿座,獨使淨無塵。」「煤」為煙氣凝集而成的黑灰,即煙塵。《玉篇·火部》:「煤,炱煤。」《廣韻·灰韻》:「煤,炱煤,灰集屋也。」《呂氏春秋·任數》:「煤炱入甑中,棄食不祥。」高誘注:「煤炱,煙塵也。」如唐劉禹錫《畬田行》:「紅焰遠成霞,輕煤飛入郭。」北宋蘇軾《夜燒松明火》詩:「珠煤綴屋角,香脂流銅盤。」明陳汝元《金蓮記·晝錦》:「雲煙外青煤還細,波濤裏紅妝頓翳。」「塵煤」為同義複合詞。

該詞用例較少,僅試舉幾例。南宋呂中《宋大事記講義》卷十一:「夫以一歲之息均賦茶戶,恣其賣買,所以均民力也,所以惠商賈也。官則無濫朽腐敗之弊,茶則無草木塵煤之雜,其法善矣。」元戴表元《剡源先生文集》卷八:「視其鄉人,冰蠶火布,起塵煤,脫垢爐,倏然而潔也。」明朱橚《普濟方》卷六十九:「治齒浮動,齗腫出血方,用屋下塵煤,細羅為散,揩傅齒根下。」

【街坊】力士夜於道場中抱取像柱,以絹繩繫縛,負之而行。出觀院之外,歷街坊極遠,約十餘坊,力疲而坐歇。須臾既曉,只

在道場之前，眾遂擒之。（191 頁，卷四，《木文天尊驗》）

去齋二日之前，<u>街坊</u>陳設，遠近奔赴，人士喧鬧，充塞廟井。

可言祝問天師訖，徑往白鶴山下，火井潭邊，立而呪祝。（233 頁，

卷八，《邛州趙可言事天師驗》）

按：「街坊」指城市裏供通行的街道和供居住的坊巷，也借指城鎮、市井。郭志坤、陳雪良對該詞的來歷作出了一番解釋：「城市中劃分為兩個大的部分：一是『坊』區，即居民區；二是『市』區（即街區），即工商業區。人們要買東西，就要上街跑到市區去。而且市、坊區都有管理制度，一般到了日落時分就要把『市』與『坊』之間的門給關死了。可是，到了唐末和五代時，這個規矩就開始被打破了。後唐長興二年就有人奏，洛陽『諸廂界內，多有人戶侵佔官街及坊曲內田地，蓋造舍屋』，還有人『逐坊界分，各立坊門，兼掛名額』。（《五代會要·街巷》）這是指在街道旁『蓋造舍屋』開店者有之，在居民區的坊界內『破牆開店』者有之，這是商品經濟發展的必然結果。」﹝註11﹞由此可以看出，「街」與「坊」的界限沒有那麼嚴格了，二者並用發展成為複合詞，可統稱城鎮、市井等。

文獻用例常見。如五代崔憳《請正街坊疏》：「近歲居人漸多，里巷頗隘，須增屋室，宜正街坊。都邑之制度既成，華夏之觀瞻益壯。」五代呂琦《請疏通注擬奏》：「竊慮闕員漸稀，人數轉多。拋耕稼於鄉里，忍窮惡於街坊。」南宋周密《武林舊事》卷二：「內人及小黃門百餘，皆巾裏翠娥，效街坊清樂傀儡，繚繞於燈月之下。」後代又引申出了鄰居義，現代漢語中依然使用。

【常工】大者三二尺，小者八九寸。雖無風雨飄漬，且年祀久

遠，而金色爍人，精光奪目，製作精巧，異於<u>常工</u>。（188 頁，卷四，

《南平丹竈臺金銅像驗》）

按：「常工」義為普通的技藝。「工」有工夫、技巧義。如唐李白《訪道安陵遇蓋寰留贈》：「為我草真籙，天人慚妙工。」北宋魏泰《臨漢隱居詩話》：「梅堯臣亦善詩，雖乏高致而平淡有工。」北宋沈括《夢溪筆談·書畫》：「（徐）熙之子乃效諸黃之格，更不用墨筆，直以彩色圖之，謂之『沒骨圖』，工與諸黃簿相下。」

﹝註11﹞郭志坤，陳雪良《成語裏的中國通史》，上海人民出版社，2019 年，第 969 頁。

「常工」多見於文獻。如北宋《宣和畫譜》卷五：「然摹寫形似，未為奇特，至於布景命思，則意在筆外，惟覽者得於丹青之所不到，則知非常工所能為也。」南宋鄧牧《洞霄圖志》卷四：「（葉天師講堂）舊志載在山門外，天師役鬼神所建，制度宏巧，絕不類常工。」明張寧《方洲集》卷二十：「顧其筆力蒼古，斷非常工所及也。」

【俸金】徐視座前，金橋在焉，欄折板斷矣。復睨金臂及指，皆醒然頓窹，即前之所夢也。施俸金，募工役，革故之弊，鼎新其宇。（183 頁，卷三，《安邑崔相夢潛丘臺觀驗》）

睹真像侍衛、屋宇布列，醒然而悟，乃叶其所夢矣。乃以俸金修天師之堂，加以丹雘〔註12〕，立為銘碣。（232 頁，卷八，《李瓘夢天師驗》）

按：「俸金」即官員的工資。《玉篇·人部》：「俸，俸祿也。」如唐韓愈《雪後寄崔二十六丞公》詩：「秩卑俸薄食口眾，豈有酒食開容顏。」

該詞多見於古籍，如北宋王禹偁《謝賜聖惠方表》：「謹當抽俸金以市藥，給官本以救人。」明姜南《學圃餘力·蘇師旦贓賄》：「師旦嘗以窘乏求金於韓，韓初不知其受諸將之賄，動以億萬，每輟俸金與之。」清孫枝蔚《客句容五歌》之四：「俸金特寄雖無幾，能無憂懼勞心神。」

（二）動詞

【縻縶】婺州居人葉氏，其富億計，忽中癲狂之疾，積年不瘳，數月尤頓，後乃叫號悲笑，裸露奔走，力敵數人。初以絹索縻縶之，俄而絕絆，出通衢，犯公署，不可支吾。（260 頁，卷十一，《玉〔註13〕霄葉尊師符驗》）

是夕啟壇，克恭請劉同往，竟亦不至。明日齋午間，劉令胥吏領囚徒數輩於壇側廊下推鞫。超然怒之，聲屬詞勃。劉使吏就壇內擒超然，欲加捶撲。久之，隸校縻縶，詰其紫衣之由。（304 頁，卷十五，《籍縣劉令破黃籙齋驗》）

按：「縻縶」為繫縛、拘縛義。「縻」有拴縛、束縛義。《晏子春秋·問上

〔註12〕「雘」字羅本原作「臛」，現據《道藏》原文改。
〔註13〕「玉」羅本作「雲」，據《道藏》原文改。

十二》：「其謀也，左右無所繫，上下無所縻，其聲不悖，其實不逆。」《晉書·文帝紀》：「吾當以長策縻之，但堅守三面。」「縶」本義為拴住馬足，引申為拴縛，如清劉獻廷《廣陽雜記》卷四：「待我極醉，縶我手足。」「縻縶」同義連言。

用例多見。如《資治通鑒·陳宣帝太建十二年》：「取金之事，虛實難明，今一旦代之，或懼罪逃逸；若加縻縶，則自郎公以下，莫不驚疑。」胡三省注：「謂繫縛也。」北宋李昉《太平廣記》卷四四六：「王仁裕嘗從事於漢中，家於公署。巴山有採捕者，獻猿兒焉。憐其小而慧黠，使人養之，名曰野賓。呼之則聲聲應對，經年則充博壯盛，縻縶稍解，逢人必齧之，頗亦為患。」元馬端臨《文獻通考》卷三十三：「爰從近代，久廢此科，懷才抱器者鬱而不伸，隱耀韜光者晦而莫出，遂使翹翹之楚多致於棄捐，皎皎之駒莫就於縻縶，遺才滯用，闕孰甚焉。」

【穢瀆】敕旨恐移縣就宮，必多穢瀆，縣依舊所，宜準萬年例，升為赤縣。仍降青詞，修齋告謝也。（165 頁，卷一，《亳州太清宮驗》）

鄰里咸言：「大松之下，竹林之中，不可穢瀆。」玫亦常敬護之。（171 頁，卷二，《青羊肆驗》）

有李胤衙推者以為宅，開拓其地，以為園圃，多植蔥蒜，貨鬻規利。其家疾療聯綿，死傷十餘口。識者以福地不合穢瀆，勸其悔謝。（174 頁，卷二，《樂溫三元觀基驗》）

按：「穢瀆」為污辱、輕慢義。「瀆」通「嬻」，輕慢、褻瀆。清朱駿聲《說文通訓定聲·需部》：「瀆，叚借為嬻。」

該詞其他用例如杜光庭《楊神湍謝土醮詞》：「其有薰腥穢瀆，穿鑿侵傷，承此懺祈，咸蒙銷解。」北宋蘇舜欽《與歐陽公書》：「諸臺益忿，重以穢瀆之語上聞，列章牘進，取必於君。」明趙弼《效顰集》卷下：「且青城山乃九天丈人之福地也，今陛下久駐鑾輿，嬪姬數百居宿於此，豈無穢瀆？」

【把截】有李胤衙推者以為宅，開拓其地，以為園圃，多植蔥蒜，貨鬻規利……尋為江陵府奪其地，置把截營，版築垣牆，制置廳宇，亦甚宏麗。（174 頁，卷二，《樂溫三元觀基驗》）

　　　成都楊鬧兒，父母崇道，常奉事老君，精勤不怠。鬧兒在軍伍

中，於金堂把截，為敵人擒，虜往南山寨中，不被傷殺。（224 頁，

　　卷七，《楊鬧兒夢老君驗》）

　　按：「把截」義為把守堵截。「把」表看守、把守義。如唐貫休《古塞下曲

七首》之一：「下營依遁甲，分帥把河隍。」「截」，阻擋，阻攔。《穆天子傳》

卷四：「東北還至於群玉之山，截春山以北。」郭璞注：「截，猶阻也。」

　　該詞近代文獻中常見。例如北宋司馬光《涑水記聞》卷十二：「又令入內西

頭侍奉官、走馬承受公事石全正把截十二盤路口。」南宋徐夢莘《三朝北盟會

編》卷二一五：「已譴五千騎越淮分守盱眙、龜山，把截水路。」《元典章·刑

部十六》：「與百戶喬林議定：把截賊人出入要路，互相救援。」《西遊記》第六

一回：「我領西天大雷音寺佛老親言，在此把截，誰放你也？」

　　【收買】成都青羊肆在正見坊羅城之外……荒涼既久，曾未興

　　修。教門雖具詳知，亦無力收買。（170 頁，卷一，《青羊肆驗》）

　　按：「收買」，收購；買。「收」有收集、聚集義。《爾雅·釋詁下》：「收，聚

也。」隨著古代社會商品經濟的發展，「收」引申出收購義。

　　文獻用例頗多，如唐李德裕《奏銀妝具狀》：「今差人於淮南收買，旋到旋

造，星夜不輟。」北宋司馬光《乞罷保甲劄子》：「及陛下踐祚聽政，首令京東

西路保甲養馬，並依元降年限收買。」明馮夢龍《警世通言·小夫人金錢贈年

少》：「況且五十兩一錠大銀未動，正好收買貨物。」清曹雪芹《紅樓夢》七七

回：「只知有個姑舅哥哥，專能庖宰，也淪落在外，故又求了賴家的收買進來吃

工食。」

　　【積垜】行魯之吏因疾入冥，數日復活，言見行魯為鬼吏所驅，

　　般運龍興材木，鐵鎖繫械，晝夜不休，木繞積垜，又卻飛去。（172

　　頁，卷二，《益州龍興觀取土驗》）

　　按：「積垜」即堆積。「垜」有堆積義。如南宋岳珂《桯史·大散論賞書》：

「自來兵家行動，若逗撓無功，多是以糧道不繼，嫁禍於有司以自解，亦未聞

以無堆垜賞給為詞者也。」明賈仲名《對玉梳》第二折：「我與你覓下的金尋下

的銀，買下的錦趄下的羅，珠和翠整箱兒盛垜。」「積垜」乃同義複用。亦見於

其他古書。如元徐元瑞《吏學指南》卷八：「十月收打蕎麥、黍、豆，積垜草秸

以備官草牛食，不致風雨損壞。」清谷應泰《明史紀事本末》卷四十四：「總兵曹雄等聞變，率兵沿河堵截，遣廣武營指揮僉事孫隆將大、小二壩積垛卷掃柴草，盡皆焚毀。」

《靈驗記》中「柴垛（垜）」一詞亦為晚唐新詞，用例如：「又見天師令侍者灶中及柴垜下，並糞堆中各捉得兩鬼。」（231頁，卷八，《皇甫洽事天師驗》）亦見他書用例。如《醒世姻緣傳》第九回：「一夥女人，拿棒捶的、拿鞭子打的，家前院後，床底下，柴垜上，尋打珍哥不著，把他臥房內打毀了個精光。」清紀昀《閱微草堂筆記》卷六：「聞未析箸時，場中一柴垜，有年矣，雲狐居其中，人不敢犯。」

【憩遊】我此靈跡，十年間有人興之爾，亦不可久住，我欲置
一宮宇，來往憩遊，汝可為之也。（171頁，卷二，《青羊肆驗》）

按：「憩遊」為休息遊覽之義。「憩」，休息，歇息。《集韻·祭韻》：「愒，《說文》：『息也。』或作憩。」《舊唐書·劉總傳》：「每公退，則憩於道場。」《舊五代史·晉書·張廷蘊傳》：「軍至上黨，日已暝矣，憩軍方定，廷蘊首率勁兵百餘輩，踰濠戞納而上。」

亦見於其他文獻，如明盧柟《讀謝明濱明水寺詩》：「憩遊明水作，臭比芝蘭芳。」清弘曆《清舒山館》：「獅林一水隔山館，好趁幾餘試憩遊。」清何聖生《簷醉雜記》卷三：「大覺寺在圓明園之西金之清水院也，今猶擅林泉之勝。江安傅沅叔學使就僧寺偏舍葺而新之，以為憩遊之地。」

【修醮】僖宗皇帝中和元年辛丑七月十五日，詔內臣袁易簡、刺史王滋、縣令崔正規與余詣山修醮，封為五嶽丈人希夷真君。（295頁，卷十四，《僖宗封青城醮驗》）

范陽盧蔚，弱冠舉進士，有日者言其年壽不永，常宜醮本命，以增年祿。蔚素崇香火，勤於修醮，未嘗輟焉。（310頁，卷十六，《范陽盧蔚醮本命驗》）

按：「修醮」指道士設壇念經做法事。「醮」有祭祀義。《說文·酉部》：「醮，或從示。」段玉裁注：「依此則有祭義審矣。」後可指僧、道設壇祈禱。如《顏氏家訓·治家》：「符書章醮，亦無祈焉。」盧文弨補注：「道士設壇伏章祈禱曰醮。」

他書用例如杜光庭《青城山記》：「常因玄宗皇帝敕道士王仙卿就黃帝壇修醮，其燈遍山。」北宋沈括《夢溪筆談·譏謔》：「有邑豪修醮，告當為都工。」明李賢《明一統志》卷五九：「張道清，郢州人。宋熙寧間入九宮山修道，聲動禁中。光宗嘗有疾，召道清治之，以符水進即愈，修醮之夕，光景如晝，因賜號真君。」明吳承恩《西遊記》第四四回：「觀裏道士們修醮，三清殿上有許多供奉。」

【追促】金銀行人楊初，在重圍之內，陪納贍軍錢七百餘千，貨鬻家資，未支其半。初事母以孝，每為供軍司追促，必託以他出，恐母為憂。（241頁，卷九，《羅真人示現驗》）

按：「追促」為追迫、催促之義，晚唐初見。文獻用例不多，試舉幾例。如南宋徐夢莘《三朝北盟會編》卷二〇一：「其時選鋒、遊弈兩軍並老弱輜重舟船九百餘隻，相去尚遠，遣騎追促，至四更後方遂入城。」南宋周密《齊東野語》卷十九：「及抵清漳之次日，泣謂押行官曰：『某夜來夢大不祥，才離此地，必死無疑，幸保全之。』遂連三日，逗遛不行，而官吏追促之。」南宋周必大《二老堂雜誌》卷三：「其實朝路吏卒輩喜生事，在前故緩行以軋後乘，在後則追促前者，蓋常態也。」南宋葉適《習學記言》卷三十一：「營陽廬陵皆當廢，但不當殺爾。既至於殺，則文帝無以自處，不待王曇首輩追促也。」

【鞠勘】被喚者，見宮闕官署，在大殿之後，別有樓閣十餘間，兩面廊下，列曹吏鞠勘，一如人間官府矣。（195頁，卷四，《洵陽望仙觀天尊驗》）

按：「鞠勘」同「鞫勘」，五代新詞，義為審問檢查。「鞠」通「鞫」。《爾雅·釋言》：「鞫，窮也。」唐陸德明釋文：「鞫，又作鞠，同。」義為審問。唐慧琳《一切經音義》卷八十七：「鞠，張戩《考聲》云：『鞠，窮罪人也。』」《廣韻·屋韻》：「鞠，推窮也。」用例如唐朱閃《歸解書彭陽公碑陰》：「強暴於生前而得其死者，憂鞠而歸也。」「勘」為審問義。如《舊唐書·來俊臣傳》：「請付來俊臣推勘，必獲實情。」

「鞫（鞠）勘」的用例頻見。如五代李璮《貶成景宏綏州司戶敕》：「差廩吏以非公，取貨財而潤己。才行鞠勘，果伏罪尤。」如南宋普濟編《五燈會元》卷二十《天童曇華禪師》：「玉皇大帝惡發，追東海龍王，向金輪峰頂鞠勘。」

（《卍新纂大日本續藏經》20／430b）南宋黎靖德《朱子語類》卷七一：「然獄亦自有十三八棒便了底，亦有須待囚訊鞫勘錄問結證而後了底。」《宋史·刑法志三》：「令監察御史每冬夏點獄，有鞫勘失實者，照刑部郎官，直行移送。」《元典章·刑部二·獄具》：「外巡尉捕盜官提獲盜賊，隨時發與本縣公座推問是實，解本州島府再行鞫勘施行，不得轉委吏人及弓手人等拷問。」

【稅居】李邵者，為葭萌縣令，云其妻亡已八九年。素不在京國，忽因參選入京，稅居於三洞觀側客院之中。（199 頁，卷五，《李邵太一天尊驗》）

按：「稅居」義為租賃房屋居住。「稅」有租借、租賃義。如唐白行簡《李娃傳》：「聞茲地有隙院，願稅以居，信乎？」北宋梅堯臣《高車再過謝永叔內翰》詩：「冒陰履濕就稅地，親賓未過知巷窮。」明袁宏道《擬古樂府·相逢行》：「稅地植桃花，十樹九樹死。」

「稅居」一詞的產生與唐代寺院停客的功能關係較為密切。王棟樑研究指出：「從經濟角度看，唐代文人寄居寺院應當是免費寄居與稅居二種情形並存的。這一併行格局在中唐時基本形成，隨著寺院經濟逐漸世俗化和寺院房舍租賃等商業經營的興盛，到晚唐時稅居所佔的比例越來越高。這一趨勢延續到宋代以後，商品經濟發展，寺院租房、賃房現象日趨普遍，到明代已經出現了『以居停為業』的佛寺，專供『四方之寓公』租居。」〔註14〕

「稅居」近代文獻多見。如唐裴鉶《傳奇·孫恪》：「使青衣詰之曰：『子何人，而夕向於此？』恪乃語以稅居之事。」唐趙璘《因話錄·商上》：「柳應規以儒素進身，始入省，便坐新宅，殊不若且稅居之為善也。」明陸楫《古今說海》卷五十：「崔子先第舍稅居，至日，往主人舍，詢之已三年矣。主人謂煒曰：『子何所適而三秋不返。』煒不實告開。」清蒲松齡《聊齋誌異·余德》：「武昌尹圖南，有別第，嘗為一秀才稅居。」

【呵咄】孫處士自宿樓上，夜深亦聞履屐之聲，若數人俱行，雖呵咄之，聲尚不已。乃粉飾當梯壁一堵，圖寫天師真，自奉香火。

（228 頁，卷八，《龍家樓上孫處士畫天師驗》）

〔註14〕王棟樑《唐代文人寄居寺院習尚補說》，《北京大學學報》（哲學社會科學版），2009 年第 2 期，第 73 頁。

按：「呵咄」即大聲斥責、吆喝。「呵」為大聲喝叱。《玉篇・口部》：「呵，責也。與訶同。」「咄」與之同義。《集韻・沒韻》：「咄，呵也。」《論衡・論死》：「病困之時，仇在其旁，不能咄叱。」

其他用例如唐陸龜蒙《奉酬襲美先輩吳中苦雨一百韻》：「而我正萎痿，安能致呵咄？」北宋司馬光《出都日塗中成》：「徐驅款段馬，放轡不呵咄。」北宋王溥《五代會要》卷二十八：「至其年十一月，仁美卒。其弟狄銀嗣立，遣都督安千想等來貢狄。銀卒呵咄欲立，亦遣使來貢名馬。」南宋妙源編《虛堂和尚語錄》卷四：「凡見衲子往來，或勘辨引臉，或怒罵呵咄。」

【緘鐍】嘉州東十餘里，有東觀在群山中，石壁四擁，殿有石函，長三尺，其上鏨鳥獸花卉，文理纖妙，鄰於鬼工。緘鐍極固，泯然無毫縷之際。（343 頁，卷十七，《嘉州東觀尹真人石函驗》）

以數牛拽之，鞭驅半日，石函乃開，但有符籙數十軸，黃素為幅，丹書其文，炳然如新矣。崔觀畢，謂道士曰：「吾向者謂函中有奇寶，故開而閱之，今但符籙而已。」於是令緘鐍如舊。（343 頁，卷十七，《嘉州東觀尹真人石函驗》）

按：「緘」為封閉義。《莊子・齊物論》：「其厭也如緘，以言其老洫也。」王先謙集解引宣穎曰：「厭然閉藏。」「鐍」同「鎖」。《集韻・果韻》：「鎖，銀鐺也。或作鐍。」《字彙・金部》：「鐍，同鎖。」故「緘鐍」亦作「緘鎖」，封閉關鎖義。

古書用例如南唐劉崇遠《金華子雜編》卷下：「（鄭傪）每朝炊報熟，即納於庫，逐時量給，緘鐍嚴密。」《宋史・外國傳六・高昌》：「有敕書樓，藏唐太宗、明皇御箚詔敕，緘鎖甚謹。」南宋洪邁《夷堅乙志・楊戩二怪》：「戩新作書室，壯麗特甚，設一榻其中，外施緘鐍，他人皆不得至。」南宋鄭樵《通志》卷三十：「長子敷，字景允，生而母亡，年數歲，問知之，雖童蒙，便有感慕之色。至十歲許，求母遺物，而散施已盡，唯得一扇，乃緘鐍之。」

【崇葺】北都潛丘臺有古觀焉，像設精嚴，樓臺宏麗，地形顯敞，迥出於都城之中。制創多年，久無崇葺，風號雨漬，日以傾摧。（182 頁，卷三，《安邑崔相夢潛丘臺觀驗》）

因剗〔註15〕薙荒蕪，恢張制度，創兩殿二樓，重門邃宇，壯麗華

盛，冠絕一時。既畢，復夢太上謂之曰：「子以崇葺之功，上簡玄府，

當作十郡矣。」（203頁，卷五，《合州慶林觀尊像驗》）

時僖宗大駕還京，光庭獲備扈衛。以其年二月十五日降聖節日，

奏請皇帝躬拜撚香。奏置為中興宮，增修聖蹟。節度司尋便準敕崇

葺，旋屬海內多事，復已荒涼。（211頁，卷六，《三泉黑水老君驗》）

按：「崇葺」，修建、修飾之義，晚唐五代新詞，《大詞典》未收。「崇」有修
飾義。《國語・周語中》：「容貌有崇。」又《楚語下》：「禮節之宜，威儀之則，
容貌之崇。」韋昭注：「崇，飾也。」「葺」有修理、修建房屋義。《南史・劉瓛
傳》：「兄弟三人共處蓬室一間，為風所倒，無以葺之。」唐皇甫冉《酬權器》
詩：「聞君靜坐轉耽書，種樹葺茅還舊居。」「崇葺」近義連文。

其他古籍用例如南宋施宿《會稽志》卷七《會稽縣》：「紹興初，詔卜昭慈
聖獻太后攢宮，遂以證慈視陵寺，而議者謂昭慈將歸祔永泰陵，因賜名泰寧禪
寺。其後永佑、永思、永阜、永崇四陵修奉，皆在其地，故泰寧益加崇葺云。」
元馬端臨《文獻通考》卷一百三十：「六年，詔諸州有黃帝祠廟，並加崇葺。又
令常州葺周處廟。」清紀蔭《宗統編年》卷九《第四世祖》：「宮內造刺繡織成
像，畫像，五彩珠幔，以億計。崇葺寺宇，五千餘所。番譯經論，垂五百卷。」

【叫喊】至二更已來，忽聞空中有兵甲之聲，頃間法超於床上，

如有人拖拽叫喊，唯言乞命。清遠命燈照之，但見以頭自頓地，頭

面血流，至平明不息。（254頁，卷十，《王清遠神呪經驗》）

按：「叫喊」，大聲叫嚷。《說文・口部》：「叫，嚾也。」《左傳・襄公三十
年》：「或叫於宋大廟，曰：『嘻嘻，出出。』」杜預注：「叫，呼也。」《方言》
卷十三：「喊，聲也。」南宋陳亮《又甲辰答朱元晦書》：「（亮）只是口嘮噪，
見人說得不切事情，便喊一響。」

古籍用例多見。如明馮夢龍《警世通言・金令史美婢酬秀童》：「秀童的爹
娘和姐夫李大都到了，見秀童躺在板門上，七損八傷，一絲兩氣，大哭了一場，
奔到縣前叫喊。」明《續西遊記》四十四回：「不知聲動妖魔，卻好狐妖又同著
巡林小妖走來，聽得沙僧叫喊之言，就搖身一變，狐妖變了行者，小妖變了八

〔註15〕「剗」羅本原作「劃」，據《道藏》原文改。

戒。」明孫一奎《赤水元珠》:「欬逆,上氣,噎膈。因怒氣叫喊未定,便挾氣進飲食。或飲食甫畢,便用性恚怒,以致食與氣相逆,氣不得下,或咳嗽不透,心氣逆,噁心。」清黃六鴻《福惠全書‧刑名‧監禁》:「許本因即鳴鑼叫喊。」清《荊公案》十九回:「徐氏叫了一聲苦,剛剛跌在尖刀之上,把他身體戳住,竟於肚腹對空,好不痛死人也。連忙叫喊饒救。」

【攻打】又有草賊遍地,自欲凌毀太清宮,迷路,乃往亳州城下,因圍逼州城,攻打彌急。(164 頁,卷一,《亳州太清宮驗》)

按:「攻打」即進攻打擊。《說文》不見「打」字。《說文新附‧手部》:「打,擊也。」唐玄應《一切經音義》卷三引《通俗文》:「撞出曰打。」引申出攻打義。如《梁書‧侯景傳》:「我在北打賀拔勝。破葛榮,揚名河朔。」

古籍用例頻見。如南宋徐夢莘《三朝北盟會編》卷六十一:「仲熊云:雖是都統不肯攻打懷州,卻恐後隊不知,告覓一文字。字董曰:我大金國不使文字,只一人傳一箭與後隊,曰令不要打懷州。」南宋孟珙《蒙韃備錄》:「成吉思有子甚多,長子比因破金國,攻打西京雲中時陣亡。」南宋李燾《續資治通鑑長編》卷五百九:「去冬又於涇原路攻打城寨近二十日,攻城之人,被傷殺者,不啻萬數。」明唐順之《三沙報捷疏》:「初十日早,各船奮勇齊進……並力攻打。」清《說唐》第二回:「那領兵前來攻打冀州的大將羅藝,字廉庵,父名允剛。」

【祈賽】其郭門外有白馬將軍廟,曉夕有人祈賽,長垂簾,簾內往往有光,及聞吹口之聲,以此妖異,人皆競信。(253 頁,卷十,《王道珂天蓬呪驗》)

按:「祈賽」為謝神佑助的祭典。「賽」有酬報義,舊時祭祀酬神之稱。《玉篇‧貝部》:「賽,報也。」《史記‧封禪書》「冬塞禱祠」唐司馬貞索隱:「(塞)與賽同。賽,今報神福也。」王念孫雜志:「賽本作塞。古無賽字,借塞為之。」用例如漢王充《論衡‧辨祟》:「項羽攻襄安,襄安無噍類,未必不禱賽也。」《晉書‧藝術傳‧戴洋》:「公於白石祠中祈福,許賽其牛,至今未解,故為此鬼所考。」

「祈賽」屢見於古書。如《舊唐書‧張嘉貞傳》:「嘉貞自為其文,乃書於石……先是,岳祠為遠近祈賽,有錢數百萬,嘉貞自以為頌文之功,納其數萬。」北宋孫光憲《菩薩蠻》詞:「銅鼓與蠻歌,南人祈賽多。」明黃宗羲《明夷待訪

錄・財計》：「巫一耳，而資於楮錢香燭以為巫，資於烹宰以為巫，資於歌吹婆娑以為巫，凡齋醮祈賽之用無不備，巫遂中分其民之資產矣。」清王掞《萬壽盛典初集》卷五十七：「三朝嘉慶庭闈喜，萬國歡心色養承，禮樂修明神格享，馨香祈賽歲豐登。」

【看驗】至今真君頭冠，低俯向前，傳云令此人看驗冠非純金，所以然矣。（194 頁，卷四，《青城山丈人真君驗》）

即於道中決杖百下，仆於地上，瘡血遍身。隊仗尋亦不見。奴走報觀中，差人看驗。（267 頁，卷十二，《僧法成改經驗》）

按：「看驗」，查驗；觀察檢驗。《說文》：「看，睎也。從手下目。」桂馥義證：「《九經字樣》：『凡物見不審，則手遮目看之，故看從手下目。』」

用例經見。如五代嚴子修《桂苑叢談》：「用火之後，日日親自看驗。」南宋李燾《續資治通鑑長編》卷二百二十五：「常參官如因疾患請假兩日已上，令御史臺直牒內侍省醫官院差內臣、醫官看驗。」元明施耐庵《水滸傳》第二二回：「（閻婆惜）身邊放著行兇刀子一把，當日再三看驗得，係是生前項上被刀勒死。」清《儒林外史》四十回：「到了任，查點了運丁，看驗了船隻。」

《靈驗記》中與之意義、結構相同的新詞還有「看檢」。原文：「十餘年後，因女兄有疾，母為請處士吳太玄為入冥看檢致疾之由，仍看弟兄年命凶吉。」（261 頁，卷十一，《賈瓊受正一籙驗》）其他用例如杜光庭《錄異記》卷六：「云自洞門開後，每日有百姓往來者。府差縣典楊澤、畫工任從與張守真同往檢覆，畫圖申上，稱：把燈燭入洞看檢，其第一門對北高二尺，闊三尺五寸。」北宋唐慎微《證類本草》：「《刪繁本草》，唐潤州醫博士兼節度隨軍楊損之撰，以本草諸書所載藥類頗繁，難於看檢。刪去其不急，並有名未用之類為五卷。」南宋李燾《續資治通鑑長編》卷二百十七：「自今兩地供輸役人，無令一例減省甲午，以明法王兗為編敕所看檢供應諸房條貫文字，從詳定編敕所請也。」

【叩祈】元裕焚香叩祈，以崇葺為請，而還未及州，甘雨大霆，聯綿兩夕，遠近告足。（210 頁，卷六，《閬州石壁成紋自然老君驗》）

中和年，刺史安金山準詔投龍，郡縣參從者三百餘人，忽有污觸其水者，頃刻乃竭。安公與道流頗為憂懼，夜至泉所，拜手焚香，叩祈良久，涓涓而滴，雖從騎之眾，食之充足。（341 頁，卷十七，

《葛璝化丁東水驗》）

按：「叩祈」義為叩頭祈禱。《廣韻·厚韻》：「叩，叩頭。」《後漢書·馬武傳》：「武叩頭辭以不顧。」

亦見於其他文獻。如杜光庭《廣成集》卷七《晉公北帝醮詞》：「臣以近畿未泰，戈甲猶興，四野靡安，疾疫斯構，念茲疲瘵，痛逼肺肝，敢因衙醮之辰，更達叩祈之志。」元白珽《湛淵靜語》卷一：「又奏：『臣聞陛下於禁中晨夕叩祈。』上亦不答。又奏：『臣聞皇太子亦露禱宮中。』上始云：『卿何自知之？』」明陳耀文《天中記》卷四十：「明日夫人背疽內潰，遍召醫藥，無少瘳。愛女十人環繞而泣。自歸咎於文公之桎梏李生也。公不得已，解縲絏而叩祈。」清高宗弘曆《御製詩集》卷九：「自三月上旬得雨後，直至四月廿二日，躬詣黑龍潭叩祈，始得甘霖，仍獲豐登。」

【謫授】中書舍人高元裕謫授閬州刺史。是歲大旱，元裕禱祈，山川祠廟，無不周詣。（210頁，卷六，《閬州石壁成紋自然老君驗》）

按：「謫授」即因獲罪而被降級授予官職。「謫」，處罰；刑罰。《說文·言部》：「謫，罰也。」唐白居易《琵琶行》：「我從去年辭帝京，謫居臥病潯陽城。」

多見於古書。如南宋李燾《續資治通鑒長編》卷二十九：「右諫議大夫李巨源謫授都官郎中、知朗州。巨源性訐直，好言事，上屢加獎激，將有大用之意。」南宋李心傳《建炎以來繫年要錄》卷七十四：「因言昨敵騎渡江，滕康、劉珏以措置乖方，尚猶謫授分司之官。」南宋王栐《燕翼詒謀錄》卷三：「公使酒相遺，不得私用，併入公帑。其後，祖無擇坐以公使酒三百小瓶遺親，故自直學士謫授散官安置，況他物乎。」明李賢《明一統志》卷四十九：「紹聖初，知鄂州。為章惇蔡京等所惡，謫授涪州別駕，黔州安置。」《大清一統志》西安府四：「文祥，麻城人，宏治初以進士上封事謫授咸寧縣丞。」

【準備】初事母以孝，每為供軍司追促，必託以他出，恐母為憂。嘗於山觀得真人像幀一幅，香燈嚴奉，已數年矣。至是真人託為常人，詣其肆中，問以所納官錢，以何準備，具以困窘言之。（241頁，卷九，《羅真人示現驗》）

按：「準備」義為事先安排、籌劃。「備」即準備。《玉篇·人部》：「備，預也。」唐杜甫《石壕吏》詩：「急應河陽役，猶得備晨炊。」

用例常見。如北宋歐陽修《歸田錄》卷二：「崇政殿宿衛士作亂於殿前，殺傷四人，取準備救火長梯登屋入禁中。」北宋蘇軾《乞賑濟浙西七州狀》：「本司除已與提轉商量，多方擘畫準備外，有合申奏事件，謹具畫一如左。」元耶律楚材《寄昌公堂頭同參》詩：「準備金桃三百顆，因風寄與老髯公。」明《醒世恒言》卷七：「今日定要女婿上門親迎，準備大開筵宴，遍請遠近親鄰吃喜酒。」清曹雪芹《紅樓夢》卷五十回：「一面命丫環將一個美女聳肩瓶拿來貯了水，準備插梅。」

（三）形容詞

【鷙毒】此谷中干戈之前，人戶比屋。頃值離亂，奔竄諸山，鷙毒伏藏，蹊路僅絕，固無居人助殲巨焰矣。（180頁，卷三，《金州盤龍觀野火不侵驗》）

按：「鷙毒」為兇殘狠毒義，晚唐始見。《說文·鳥部》：「鷙，擊殺鳥也。」引申為兇猛、狠戾。如《商君書·畫策》：「龍豹熊羆，鷙而無敵，有必勝之理也。」晉張華《鷦鷯賦》：「蒼鷹鷙而受紲，鸚鵡惠而入籠。」

如明范濂《雲間據目抄》卷三：「傳策益不懌，居家鷙毒日甚，於是家奴郭道士等十餘人，自度必死於傳策之手，不若先殺之為快。」明錢一本《範衍》卷五：「以搏噬則一無所失，鷙毒如隼。」明魏學洢《茅簷集》卷五：「曹操挾鷙毒之性，握生殺之柄，一時豪傑，各懷蹈虎尾之懼。」

【鮮瑩】蜀州紫極宮東軒廊下有畫老君一尊，年深而彩色鮮瑩，金碧如新。（207頁，卷六，《蜀州壁畫老君驗》）

按：「鮮瑩」義為鮮明光潔。「鮮」即鮮明，明麗。《易·說卦》：「（震）其究為健，為蕃鮮。」孔穎達疏：「鮮，明也，取其春時草木蕃育而鮮明。」唐李白《古風》之二六：「碧荷生幽泉，朝日豔且鮮。」「瑩」指玉色光潔。《說文·玉部》：「瑩，玉色。《逸論語》曰：『如玉之瑩。』」段玉裁注：「瑩，謂玉光明之皃。」引申指物體光潔、明亮。如唐楊巨源《李謨吹笛記·許雲封》：「時雲天初瑩，秋露凝冷。」

用例頗多。如杜光庭《神仙感遇傳》卷五：「於石穴中得石合，方五寸餘，金彩鮮瑩，若圖𦈡才畢，合中銀葫蘆，一大如指。」北宋歐陽修《飛蓋橋玩月》詩：「餘暉所照耀，萬物皆鮮瑩。」南宋魏慶之《詩人玉屑》卷十七：「澄光與

粹容，上下相涵映。乃於其兩間，皎皎掛寒鏡。餘輝所照耀，萬物皆鮮瑩。」
清曹雪芹《紅樓夢》第一回：「見著這塊鮮瑩明潔的石頭，且又縮成扇墜一般，
甚屬可愛。」

【毀剝】襄州龍興觀自亂離已來，半已摧圮。觀門神王之像，
土塑毀剝，僅存其骨而已。（245 頁，卷九，《襄州龍興觀神王驗》）

按：「毀剝」即毀損剝蝕。「剝」為脫落，侵蝕。《廣雅·釋詁三》：「剝，落
也。」又《釋詁四》：「剝，脫也。」唐韓愈《枯樹》詩：「腹穿人可過，皮剝蟻
還尋。」

該詞用例較少，僅舉幾例。北宋胡仔《苕溪漁隱叢話前集》卷二十四：「元
符末，寺經火，詩板不復存，而石亦毀剝矣。」明洪楩《清平山堂話本》欹枕
集下：「太守命舟到岸，登上謁廟，上殿焚香。拜罷，觀廟中多年崩損，神像毀
剝。」明倪謙《倪文僖集》卷十五：「蕪湖為太平屬邑，有學在治東南一里許。
宋元符間始建，國朝永樂初蓋重修焉。景泰、天順間，嘗補苴罅漏，僅而克支。
至是歲歷滋久，風雨侵凌，蟲蠱毀剝，棟敗榱傾，日入於壞。」

【隳摧】越州蕭山縣白鶴觀石像老君。觀是南朝所置，歲月既
深，講堂久已隳摧，自三門、大殿、鐘樓之外，耕耨已平矣。（222
頁，卷七，《蕭山白鶴觀石像老君驗》）

按：「隳摧」為唐末五代新詞，義為毀壞、坍塌。「隳」有毀壞義。《老子》：
「故物或行或隨，或歔或吹，或強或羸，或載或隳。」陸德明釋文：「隳，毀也。」
「摧」有折斷義。《說文》：「摧，折也。」引申為毀壞。如唐李賀《雁門太守行》：
「黑雲壓城城欲摧，甲光向日金鱗開。」「隳摧」為同義連用。其他文獻用例如
北宋韓琦《安陽集》卷十四《九日水閣》：「池館隳摧古樹荒，此延嘉客會重陽。」
南宋李燾《續資治通鑑長編》卷一百六：「太平興國寺，太宗所建，歲久隳摧。
其以諸塔廟所施亡僧衣缽錢增葺之。」《大詞典》該詞下僅舉書證唐李中《經古
寺》詩：「殿宇半隳摧，門臨野水開。」可補。

與之同為聯合結構、意義相近的新詞還有「荒摧」，即荒毀。《靈驗記》原
文：「咸通末，道流既闕，觀已荒摧，但有尊殿石壇而已。叢篁拱木，遍於基址
之上，侵及階簷。」（160 頁，卷一，《青城山宗玄觀驗》）其他古籍亦見。唐崔
致遠《桂苑筆耕集》卷十四：「但以桂苑繁華，楊都壯麗，既見星壇月殿，處處

荒摧；難期鶴駕霓旌，時時降會。」同書卷十六：「但以所修宮觀，荒摧既久，經費甚多，無因獨辦資糧。唯仰眾成功德，迦譚之難捨能捨。猶見樂輸，道教之自然而然。」《大詞典》漏收，可補。

二、詞義新詞

【轉轉】寵見之，果父慌也，悲泣謂父曰：「何故受苦如斯？」父曰：「吾殺降兵，被他冤訟，於地獄下，受諸罪苦。汝何故更毀真人，令吾轉轉罪重？」寵乃匍匐悲泣，懺悔謝過，乞捨己身之罪，救亡父之魂。（312頁，卷十六，《赫連寵修黃籙齋解父冤驗》）

按：「轉轉」《大詞典》釋為漸漸。舉例如《漢書・貢禹傳》：「後世爭為奢侈，轉轉益甚。」而本例「轉轉」《道藏輯要》本《雲笈七籤》作「轉輾」，可知二詞當為同義替換關係。「轉輾」即「轉展」，指經過許多人的手或經過許多地方。該義與「漸漸」義沒有明顯的引申關係。「轉轉」使用了舊的形式，而具有新的意義，實為新生詞。

「轉輾（展）」多見於古籍中。如唐趙元一《奉天錄》卷二：「識者以前後主計大臣，不思萬姓之殫竭，而轉展相資，務損於人，為國生患。」《醒世恒言・兩縣令競義婚孤女》：「石公廉吏，因倉火失官喪軀，女亦官賣，轉展售於寒家。」清沈起鳳《諧鐸・奇婚》：「故引文郎入幕，轉輾相援，脫汝等於水火中耳。」「轉轉」（輾轉義）用例較為少見。但舉一例。元《通制條格》卷一六：「次年收到種子，轉轉俵散，務要廣種。」意即次年收到種子後，輾轉分發擴散，務必要廣泛種植。

【稍稍】有老人過之，謂僧曰：「此仙官所居，道家靈跡，僧雖護持，且非其[註16]類。若不移去，當有虎狼為災，遭其啗食矣。」殊不信，旬月而虎暴尤甚，損傷者十餘輩。掩蔽不敢言，稍稍逃去。（170頁，卷二，《廣州菖蒲觀驗》）

賊投刃於地，羅拜其前。湘問其故，默而不答，拜亦不已。湘捨而入門，群賊猶拜，唯稱罪過。湘哀，入持繒帛使人與之，慰勉移時，稍稍而去，一無所取。（217頁，卷七，《賈湘事老君驗》）

〔註16〕「其」字羅本脫，據《道藏》原文補。

按：「稍稍」本義為漸次、逐漸。如《戰國策・趙策二》：「秦之攻韓魏也，則不然。無有名山大川之限，稍稍蠶食之，傅之國都而止矣。」又引申出稍微義。唐杜甫《贈王二十四侍御契四十韻》：「區區甘累跰，稍稍息勞筋。」

《靈驗記》例中則義為紛紛，與逐漸、略微等義相去較遠，當為語義新詞。古書用例如唐李商隱《細雨成詠獻尚書河東公》：「稍稍落蝶粉，班班融燕泥。」唐薛能《聖燈》詩：「莽莽空中稍稍燈，坐看迷濁變清澄。」北宋司馬光《資治通鑒・唐懿宗咸通十年》：「於是守城者稍稍棄甲投兵而下。」

第二節　新義

新義的產生是詞彙發展的重要方面。由於古代文獻卷帙浩繁，考察一個詞的意義的變化是一項不小的工程。本文主要參考了《近代漢語詞典》的釋義。該書於凡例中言：「釋義只解釋近代漢語出現的新義，不羅列古義和今義。」〔註17〕通過參照該書，本文發現《靈驗記》中有不少詞產生出了新義。以下分別論述。

> 【基地】有王峰者，事潁川王，於小蠻坊創置私第，以基地卑濕，乃使力役者斸觀門土牆及廣掘觀地，取土數千車築基址。（172頁，卷二，《益州龍興觀取土驗》）

> 元置之地，四面通街。其後，居人所侵，基地漸狹，大殿之後，便逼居人私舍。（331頁，卷十七，《婺州開元觀蒙刺史復常住驗》）

按：「基地」《大詞典》釋為「門第、地位」。舉《北史・魏臨淮王譚傳》例：「（端）位大行臺尚書、華州刺史。性疏很，頗以基地驕物，時論鄙之。」而本例中「基地」義為地基、建築基址，為晚唐新義。文獻用例多見。如杜光庭《代陶福太保修濾口化請額表》：「頃自用軍之後，並已摧殘。古殿空壇，僅餘基地。」南宋黎靖德《朱子語類》卷一二：「若不做這工夫，卻要讀書看義理，恰似要立屋無基地，且無安頓屋柱處。」明鄭仲夔《耳新》卷七：「有司鄉紳一意媚璫，往往以賤值買人基地，甚至侵佔舊祠，如周茂叔、程正叔、澹臺滅明三先生祠堂，都被拆毀。」清《蕩寇志》七一回：「宋江大喜，便邀何道士同一干頭領，到那忠義堂屋基地上。」

〔註17〕白維國主編《近代漢語詞典》，上海教育出版社，2015年，凡例第1頁。

【掩閉】每有僧徒創意欲毀之，立有禍患。捶擊不壞，錘鍛不傷。僧徒託言山神有靈，掩閉天尊之驗，遠近莫能知之。（195 頁，卷四，《雲頂山鐵天尊驗》）

按：「掩閉」原為關閉義。如《後漢書·袁閎傳》：「乃築室，四周於庭，不為戶，自牖納飲食而已……母思閎，時往就視，母去便掩閉，兄弟妻子莫得見也。」

《靈驗記》文中義為隱瞞、包庇，乃唐末五代新義。他書用例如北宋胡瑗《周易口義·繫辭下》：「言小人既不能積其小善，反自為其小惡，小惡之積久而不已，及夫惡大而彰顯於外，不能以掩閉，罪大而及於身，不可以解脫，如是則滅身受戮也宜矣。」《元典章·臺綱二·體察》：「管民官與按察司官遞相照刷文卷，有道來那般照刷呵，遞互廝掩閉者，罪過不交出來者。」明梁潛《泊庵集》卷六《贈朱孔良序》：「予益知孔良之賢而惜乎其識孔良晚也……而孔良惟務抑遏掩閉，不使自彰。」

【上進】安樂鄉人楊寶家樹上生靈芝，亦成天尊之像，形相周備，而作金色。有愚人恣觸而除之，雷雨大至，晝日昏曀。益州命縣令立〔註18〕子游詣闕上進，宣示中外，編入國史。（204 頁，卷五，《唐興縣天尊現驗》）

按：「上進」為進獻物品，跟前代已有的進呈章表、書籍之義有別，對象範圍有所擴大。本例中進獻的是靈芝。其他古籍用例如五代朱守殷《上玉璽表》：「臣修洛陽月波堤，至立德坊南古岸，得玉璽一面上進。」南宋曹勳《北狩見聞錄》：「賈人知是徽廟，即盡以炊餅、藕菜之類上進。」清《世宗憲皇帝上諭內閣》卷一八：「皇考自熱河回鑾，駐蹕要亭，允祀遣人以將斃二鷹上進皇考。」

【取便】時蜀王既克川蜀，移軍收彭州。圍州久矣，因暫還成都。方當暑月，參從將吏所在取便而行。（244 頁，卷九，《乾元觀四天神王驗》）

按：「取便」原為取其方便之義。如漢劉向《杖銘》：「杖必取便，不必用味；士必任賢，何必取貴。」

〔註18〕「立」羅本原作「丘」，據《道藏》原文改。

本例義為隨機宜行事，晚唐新義。其他用例如五代張昭《請汴州街城門權掛一宮門牌額奏》：「請於汴州衙城門權掛一宮門牌額，則其餘齋閣並可以取便為名，庶使天下式瞻，稍為宜稱者。」元明《三國志通俗演義》卷九：「你既是水軍都督，取便區處而行，何必稟我。」又卷九一：「澤曰：『吾今去甘興霸寨中，探蔡中、蔡和去也。』蓋曰：『取便而行。』」

【扶救】功用既畢，劉忽得疾沈綿，旬日稍較，忽如風狂，於其階庭之中，攫土穴地，指爪流血，而終不已。骨肉扶救之，似稍歇定，又須匍匐穴土，似有驅迫之者。（173 頁，卷二，《劉將軍取東明觀土驗》）

按：「扶救」《大詞典》釋為輔佐匡救，舉《魏書・禮志一》：「是以晉室銜扶救之仁，越石深代王之請。」等例。本例中「扶救」義為攙扶救護。《玉篇・手部》：「扶，扶持也。」《廣韻・宥韻》：「救，護也。」古書多見。如南宋洪邁《夷堅志》丙卷六：「顧昏然不知人，抉齒灌藥，扶救竟夕，乃蘇。」明邵璨《香囊記》二十出：「且含淚忍情，扶救婆婆起來，將好言慰解他。」明《飛龍全傳》四九回：「單珪詐作墜馬之勢，守信假意扶救，一齊往東北敗了下去。」

【制度】其觀內有鐘臺，曰靈響臺，有門樓宏壯，制度精巧。（172 頁，卷二，《益州龍興觀取土驗》）

天台山玉霄宮古鐘，高二尺所〔註19〕，重百餘斤，制度渾厚，形如鐸，上有三十六乳，隱起之文亦甚精妙。（281 頁，卷十三，《玉霄宮鐘驗》）

舊有高閣臨崖，崇樓切漢，制度宏巧，遠近稱之。（336 頁，卷十七，《嘉州開元觀門扉為馬棧驗》）

按：「制度」本為法令、禮俗等規範。如《易・節》：「天地節，而四時成。節以制度，不傷財，不害民。」孔穎達疏：「王者以制度為節，使用之有道，役之有時，則不傷財，不害民也。」

本例「制度」為動詞，製作義。文獻用例如唐張讀《宣室志》卷六：「得一金龜，長二寸許，制度奇妙，代所未識。」唐趙元一《奉天錄》卷一：「臣望奉天有天子氣，宜制度為壘，以備非常。」《元曲選外編・西廂記》三本四折：「桂

〔註19〕羅本「所」連下，現據文意改。

花性溫，當歸活血，怎生制度？」明朗瑛《七修類稿》卷四二：「此印篆文渾厚，制度精密，當是漢器，亦得之臨淄。」

【殺】寶應中，盩厔縣居人耕地，亦得古鐘百餘斤。上有伏虎形為鼻，自鼻以下頓大，數寸而小殺之，如是載殺三成[註20]，共高一尺八九寸。（280頁，卷十三，《爰赤木古鐘驗》）

渝州南平縣道昌觀有古鐘焉，以二獅子對立捧花座，蛟螭為鼻，蛟尾分繞獅子之足，盤於鐘上。鐘形載殺三成，如盩厔古鐘之狀。

（280頁，卷十三，《爰赤木古鐘驗》）

按：「殺」為勒、束義。「殺」本義為殺戮。《說文·殳部》：「殺，戮也。」引申為除去義。如《莊子·大宗師》：「殺生者不死，生生者不生。」成玄英疏：「殺，滅也。」勒束義蓋由此而來，可以理解為通過這一動作去除多餘的長度或寬度。其他用例如《醒世姻緣傳》第六七回：「把皮襖迭了一迭，殺在騾上。」又八二回：「使那大粗的檀木棍子，用繩子殺將攏來。」《靈驗記》例中所用「殺」具體是指造鐘時往裏收束，將鐘的直徑縮小。

該義之「殺」字組成的詞還有「殺收」，為收束義。如北宋文瑩《玉壺清話》卷二：「將建開寶寺塔，浙匠喻皓料一十三層。郭以所造小樣末底一級折而計之，至上層，餘一尺五寸，殺收不得。謂皓曰：『宜審之。』皓因子夕不寐，以尺較之，果如其言。」該詞為同義並列複合詞，可相參照。

【支持】有問其買者，曰：「此材可惜，欲置於嚴真觀中。」答曰：「要支持作柴，施與道士何所益？」（164頁，卷一，《成都青羊殿驗》）

按：「支持」本義為支撐、撐住。如《淮南子·本經訓》：「標枺欂櫨，以相支持。」《靈驗記》本例乃開支、供應義，詞義更加抽象了。文獻多有所見。如《元典章·聖政二·均賦役》：「中書省官人每奏國家應辦，支持浩大。」明馮夢龍編《古今小說》卷一：「一應殯殮之費，都要他支持。」明凌濛初《二刻拍案驚奇》卷十一：「目下成親所費，總在我家支持，你只打點做新郎便了。」同書卷十八：「那道人飲酒食肉，且是好量，老翁只是支持與他，並無厭倦。」清《醒世姻緣傳》五一回：「這路上的飯食頭口可以支持？」

[註20] 羅本「三成」連下，據文意改。

【輟】既覺醒〔註21〕，憶真寧修觀之事，乃輟鼎食之資，為締構
　　之費。邠帥李尚書侃命都校以董其事，十旬而靈觀鼎新矣。（185頁，
　　卷三，《鄭畋相國修通聖觀驗》）

按：「輟」本為中途停止、中斷義。如《論語·微子》：「（長沮、桀溺）耰而不輟。」何晏集解引鄭玄曰：「輟，止也。」引申出捨棄義。如唐韓愈《祭十二郎文》：「誠知其如此，雖萬乘之公相，吾不以一日輟汝而就也。」捨棄的那一部分可以分給他人，由此又引申出分給的意思。

《靈驗記》本例「輟」義為讓出、分給。其他文獻用例如唐李肇《唐國史補》卷上：「堯山令樊澤，將赴制舉，驢劣不能進。執易乃輟所乘馬，並囊中縑帛，悉與澤，以遂其往。」唐趙璘《因話錄》卷三：「時洛中物價翔貴，難致口腹，庾常於公堂輟己饌以餉其姊。」北宋吳處厚《青箱雜記》卷六：「（王欽若）又輟俸修晉公祠於圃田，作記以述其肸蠁云。」

【雲水】明日又於舊處得物如掌，而有五指，背如桃色，掌中
　　亦紅，其香如桃，味益珍美，亦食之。自是不復飲食，精修香燈，
　　超然有出世之志。殿宇既畢，遂遊名嶽諸山，雲水而去。（203頁，
　　卷五，《白鶴廟茅君像驗》）

按：「雲水」本義指雲與水。如唐杜甫《題鄭十八著作丈故居》詩：「台州地闊海冥冥，雲水長和島嶼青。」本例「雲水」謂漫遊，漫遊如行雲流水的飄泊無定，故稱。古書用例如唐黃滔《寄湘中鄭明府》詩：「莫耽雲水興，疲俗待君痊。」明高啟《太湖》詩：「我性好遊觀，夙負雲水債。」清施峻《中途見雁》詩：「雲水家何在，風塵味已諳。」

【行腳】明日刺史忽入觀行腳，登尊殿上顧望，問道流：「此觀
　　形勢布置〔註22〕，不合隘窄如此，何得側近便有戶人居住？」道流
　　逡巡未敢祗對。（331頁，卷十七，《婺州開元觀蒙刺史復常住驗》）

按：「行腳」原謂僧人為尋師求法而遊食四方。如南宋賾藏主編《古尊宿語錄》卷六：「老僧三十年來行腳，未曾置此一問。」

本例則泛指行走、走路。動作的主體由僧人擴大到一般人。該義用例多見。

〔註21〕羅本「醒」連下，據文意改。
〔註22〕「置」羅本原作「署」，據《道藏》原文改。

如南宋楊萬里《和文遠叔行春》詩:「行腳宜晴翠,看雲恐夕黃。」元薩都剌《謝龍江虛白上人雨中見過》:「泥塗信行腳,粥鼓急歸心。」清黃宗羲《黃山續志序》:「是時,老母年開九袠,余不敢妄離左右。及老母棄世,而眉生云亡,余亦衰老不能行腳。」

【粉飾】孫處士自宿樓上,夜深亦聞屨履之聲,若數人俱行,雖呵咄之,聲尚不已。乃粉飾當梯壁一堵,圖寫天師真,自奉香火。由是樓中頓安,可以獨寢。(228頁,卷八,《龍家樓上孫處士畫天師驗》)

叔覲因思之,此下恐有尊像藏在地中,託以他事,乃穿坑出土,深丈餘,得古碑,有天尊像,一如所見,自膝已下,碑已折矣,更左右穿劚尋求,亦不能得。洗拭焚香,置於淨所。每祝之曰:「但更得餘碑,即送紫極宮供養,別加粉飾。」(189頁,卷四,《蜀州天尊碑驗》)

按:《靈驗記》例中「粉飾」為粉刷義,是由傅粉裝飾義引申而來。傅粉義用例如《史記·滑稽列傳》:「巫行視小家女好者,云是當為河伯婦,即娉取……共粉飾之,如嫁女床席,令女居其上,浮之河中。」而新義更加寬泛,「粉飾」的對象不再侷限於面容。

文獻用例如唐裴鉶《傳奇·崔煒》:「主者曰:『徐大夫紳,因登此臺,感崔侍御詩,故重粉飾,臺殿所以煥赫耳。』」北宋張齊賢《洛陽縉紳舊聞記·少師佯狂》:「院僧有少師未留題詠之處,必先粉飾其壁,潔其下,俟其至。」明《法海遺珠》卷二十:「太乙靈陽,紫炁煌煌。精嚴院宇,粉飾充堂。」

【走失】由是境內畏威,各洗心改過而為善矣。其邑中走失貓犬,巨細論訟,陳狀於殿壁之上,動盈百幅矣!至今常然。(196頁,卷四,《洵陽望仙觀天尊驗》)

按:「走失」原指喪失。如北魏賈思勰《齊民要術·作醬法》:「湯少則添,慎勿易湯,易湯則走失豆味,全醬不美也。」《靈驗記》中指人或家畜迷途不返、不知其下落,由其喪失義引申而來。如明《朴通事諺解》卷下:「幾年月日,走失了甚色馬,牙幾歲,有甚暗記沒印。」明馮夢龍纂《醒世恒言》卷五:「前日我家走失了一隻花毛雞,被鄰舍家收著。」明凌濛初《二刻拍案驚奇》卷十九:

「從此又添了牲口，恐怕走失，飲食無暇。」清曹雪芹《紅樓夢》一一九回：「又聽見寶玉心迷走失，家中多少不順的事，大家又哭起來。」

【莫不】因聚議曰：「夢兆如斯，必有大商貨木，沿江而至，可躊躇三五日以伺之，或免遠適。」頗以為便。一匠曰：「吾於朱鳳山下江中尋之，莫不有商筏已到來否。」即往山下尋求，潭水澄徹，忽見潭底有木。（177 頁，卷二，《果州開元觀驗》）

按：「莫不」先秦時已見，義為無不，沒有一個不。如《詩·周頌·時邁》：「薄言震之，莫不震迭。」《靈驗記》本例為莫非、難道義。夏煥樂對「莫不」的研究認為：「揣測型評注性副詞『莫不』形成於北宋，發展於元代，在疑問環境中至今仍保持著較高用頻，反詰型評注性副詞『莫不』最遲形成於明代，後用頻逐漸降低，直至現代已基本消亡。」〔註23〕《靈驗記》本例中即「揣測型評注性副詞」，可見其產生時間略早於北宋。

該義其他古籍亦見。如金《董解元西廂記》：「你莫不枉相思，枉受苦，枉煩惱？」元王實甫《西廂記》第一本第二折：「哎，你個饞窮酸傢沒意兒，賣弄你有家私，莫不我圖謀你的東西來到此？」以上兩例為反詰型評注性副詞，表示強烈的反問。《元曲選·秋胡戲妻》一折：「莫不我盡今生寡鳳孤鸞運？」清《隋唐演義》一回：「曾見跑到井邊的，莫不投水死了？」此二例為揣測型評注性副詞，表示推測。

【如法】掘三二尺，得瓷瓶，以磚覆之，乃上金三四十兩。取金藏之，置瓶於巨松之下。市材瓦，作十六柱天宮一區，其下自地，布磚，列斗栱，作板閣欄干，精詳如法。（171 頁，卷二，《青羊肆驗》）

按：「如法」本指按照規定的程序或方法。如《史記·淮南衡山列傳》：「長當棄市，臣請論如法。」後轉指妥善、合宜，作形容詞，如本例。其他用例如金《董解元西廂記》卷五：「多嬌女，映月來，結束得極如法。」元曾瑞《一枝花·買笑》：「憑溫柔舉止特如法，論恩愛疏薄卻有差。」明《二刻拍案驚奇》卷二：「伸手在袖中摸出一條軟紗汗巾來，將角兒團簇得如法。」

〔註23〕夏煥樂《「莫不」的歷時演化過程》，《四川職業技術學院學報》，2019 年第 2 期，第 64 頁。

　　本章探討了《靈驗記》中新詞、新義共 50 餘條。其中絕大多數是雙音節詞，以動詞、名詞居多，形容詞與副詞等其他詞類較少。內容多涵蓋社會生活中的事物、行為或性狀等。新詞的數量大大超過新義的數量。這是符合語言的發展規律的，如果一個詞承擔的詞義過多，則不利於交際。

　　由本節所舉例子可以看出，《靈驗記》中的新詞基本是通過詞根複合的方式產生，如「莊戶」「土團」「草寇」「仙磬」「井落」「常工」「俸金」「修醮」「稅居」「謫授」「祈賽」等。周俊勳明確指出：「複合法指運用兩個以上的詞根語素形成新詞的方法，是漢語中最能產的一種方法。」〔註24〕而其中以同義連文形式最為突出，列舉如下：「醜孽」「塵煤」「街坊」「糜爇」「穢瀆」「把截」「收買」「積垛」「憩遊」「追促」「呵咄」「緘鏁（鎖）」「崇葺」「攻打」「鞫（鞠）勘」「叫喊」「準備」「看檢」「叩祈」「鴆毒」「隳摧」「鮮瑩」與「毀剗」等。丁喜霞指出：「並列雙音詞最主要的歷史來源有兩個：一個是句法來源，即由短語逐漸演變為詞……另一個是詞法來源，成詞的主要途徑是在漢語詞彙雙音化的驅動作用和同義並列構詞法的類推作用下，運用同義聯想把兩個意義相近或相同的單音詞並連在一起形成的。」〔註25〕向熹認為：「同一個單音詞可以和多個同義或同類的單音詞組合成若干意義相同或相近的複合詞，形成一個同義詞群。」〔註26〕此外，所舉例中偶見重疊式構詞，如「轉轉」與「稍稍」。未見附加式。

　　《靈驗記》中新義的產生有的是因詞性的轉變。如「制度」由名詞變為動詞，演變出製作義。「如法」從動詞變為形容詞，表示妥善。有的是所描述的對象更加現實具體，更加口語化。如「基地」由門第演變成基址義。而有的是詞義更加泛化與抽象。如「上進」與「粉飾」的對象範圍擴大。「行腳」的主體不再侷限於僧人。「掩閉」由關閉義引申出隱瞞義。「支持」由撐住變為供應義。有的則經歷了語法化的歷程，如「莫不」。夏煥樂指出：「其一，句法上，從晚唐五代到北宋時期，『莫不』從後接非完整小句到後接完整小句。當『莫不』後接完整小句時，『不』無法與其後項成分構成直接成分關係，這便

〔註24〕周俊勳《中古漢語詞彙研究綱要》，巴蜀書社，2009 年，第 101 頁。
〔註25〕丁喜霞《中古常用並列雙音詞的成詞和演變研究》，語文出版社，2006 年，第 145 ～146 頁。
〔註26〕向熹《簡明漢語史》（修訂本），商務印書館，2010 年，第 575 頁。

會促使『不』發生分界轉移，向『莫』靠攏，並在雙音化影響下經重新分析而凝固成詞。」〔註27〕

此外，新詞新義中有許多是口語詞、口語義，如「收買」「殺」「取便」「扶救」「輟」「走失」等。新詞新義與口語詞在一定程度上存在交叉重疊，而其重點為「新」。這也從一個側面反映了《靈驗記》口語性之強、語料價值之高。

〔註27〕夏煥樂《「莫不」的歷時演化過程》，《四川職業技術學院學報》，2019 年第 2 期，第 61 頁。

第五章 《道教靈驗記》詞彙對《漢語大詞典》的補充

秉著「古今並收、源流並重」的原則,《漢語大詞典》成為現階段收詞量最大,釋義最為全面的漢語辭書。然而因其所涉及的文獻浩如煙海,且隨著詞彙研究的步步深入,《漢語大詞典》在詞條收錄、詞義解釋與書證引用等方面的問題也開始顯現。《道教靈驗記》中保存的大量的唐五代詞語,可為《漢語大詞典》的補充與完善提供可用之資。本章就收詞、釋義與書證三個方面展開討論。

第一節 收詞方面

《靈驗記》可補充《大詞典》應收而漏收的詞語,已散見於前幾章中。這裡集中另舉數例如下。

【首謝】余按道科,凡故意凌毀大道及福地靈壇,殃流三世。

今劉生以陪填首謝,罪止〔註1〕一身,得不為戒耶!(174 頁,卷二,《劉將軍取東明觀土驗》)

按:「首謝」義為認錯、認罪。「首」有伏罪義。《廣韻·宥韻》:「首,自首前罪。」《漢書·梁孝王劉武傳》:「王陽病抵讕,置辭驕嫚,不首主令,與背畔亡異。」顏師古注:「不首謂不伏其罪也。」《後漢書·西域傳序》:「雖有降首,

---

〔註1〕 「止」,羅本作「此」,據《道藏》原文改。

曾莫懲革,自此浸以疏慢矣。」李賢注:「首,猶服也,音式救反。」「謝」有道歉、認錯義。《正字通・言部》:「謝,自以為過曰謝。」《戰國策・秦策一》:「嫂蛇行匍伏,四拜,自跪而謝。」《隋書・李密傳》:「請斬謝眾,方可安輯。」清顧炎武《與李中孚書》:「於是有免死之周,食嗟來之謝,而古人不以為非也。」「首謝」為同義並列複合詞。大詞典失收,當補。

其他文獻用例如《太上九真明科》玄都下品第四篇:「犯此之過,當斷功克己,入室燒香,叩頭首謝,北向叩齒十通。」《太上慈悲九幽拔罪懺》卷十:「咸洗前非,禮懺持經,設齋奉戒,勤心首謝,當得消除,懺悔道前,免離諸苦,志心敬禮。」

【移卜】有疑其異者即移卜高處以避水災,其不信者安然而處,五六日暴水大至,漂壞廬舍,損溺戶口十有三四焉。(241頁,卷九,《羅真人示現驗》)

按:「移卜」《大詞典》未收,可釋為移居、遷居。考「卜」有「選擇」義。《呂氏春秋・舉難》:「卜相曰成(季成)璜(翟璜)孰可,此功之所以不及五伯也。」高誘注:「卜,擇也。」「卜」選擇的對象常為地點、處所等。如《左傳・昭公三年》:「非宅是卜,唯鄰是卜。」東晉陶淵明《移居》詩二首之一:「昔欲居南村,非為卜其宅;聞多素心人,樂與數晨夕。」唐杜甫《卜居》詩:「浣花溪水水西頭,主人為卜林塘幽。」明陳所聞《駐馬聽・九里松》曲:「我欲清修,卜來此地,把茅堂小構。」「移」即為轉移。另有「卜居」一詞,義為擇地居住,亦可作為旁證。如《藝文類聚》卷六四引南朝齊蕭子良《行宅》詩:「訪宇北山阿,卜居西野外。」唐杜甫《寄題江外草堂》詩:「嗜酒愛風竹,卜居必林泉。」

「移卜」常見於古書,且後多與地點、處所搭配。如唐道宣《續高僧傳》卷三:「道閥當年情欣棲靜。以大業末歲,移卜終南之高冠嶺。」(3／440c)北宋贊寧《宋高僧傳・唐雍京章敬寺懷暉傳》:「後潛岨崍山。次寓齊州靈巖寺。又移卜百家嚴。」(10／767c)明梅鼎祚《釋文紀・釋僧朗答晉主書》:「竺僧朗,京兆人,少而遊方,問道長安,還關中,專當講席,移卜太山。」則《靈驗記》中的「移卜高處」意即移居高處。

【畫蹤】拜謝而覺,因求太上之像,於紫極宮得老君幀一幅,

畫蹤甚古，歸於淨所，以奉香燈。（220頁，卷七，《許述事老君驗》）

按：「畫蹤」義為畫的筆法，《大詞典》失收。「畫」即繪畫。「蹤」本指足跡。《玉篇・足部》：「蹤，蹤跡也。」引申指痕跡。如唐韓愈《祭河南張員外文》：「南上湘水，屈氏所沈。二妃行迷，淚蹤染林。」而《靈驗記》本例也就是指作畫之筆跡。「畫蹤甚古」可釋為「作畫的筆法十分古樸」。

該詞亦見於其他文獻。如唐朱景玄《唐朝名畫錄目錄・神品下七人・薛稷》：「學書師褚河南，時稱買褚得薛，不失其節。畫蹤如閻立本，今秘書省有畫鶴，時號一絕。」杜光庭《神仙感遇傳》卷五《崔希真》：「叟取几上筆墨，畫一株枯松，一採藥道士，一鹿隨之。落筆迅逸，畫蹤高古，殆非人世所有。」清孫岳頒《御定佩文齋書畫譜目錄》卷四十六《薛稷》：「薛稷畫蹤如閻立本，今秘書省有畫鶴，時號一絕。」

「畫蹤」另有繪畫的遺跡之義，更為常見。用例頗多。如唐朱景玄《唐朝名畫錄目錄・神品下七人・尉遲乙僧》：「尉遲乙僧者，吐火羅國人。貞觀初，其國王以丹青奇妙，薦之闕下。又云其國尚有兄甲僧，未見其畫蹤也。」唐于逖《聞奇錄・王松年》：「後往洪州，白日上升，遺下一布衣，異香馥郁。今人收得其畫蹤者多。」北宋黃休復《益州名畫錄》卷下《無畫有名》：「今蜀中寺觀亦無畫蹤，唯好事者收得。」同上：「《成都記》云：府衙西北前益州五長史真，李太尉德裕文記。今無畫蹤，唯文字相傳爾。」《大詞典》收錄了「畫跡」一詞，其結構和意義與「畫蹤」相同，可相比照，補收「畫蹤」。

【摧損】其後道流既少，廊廡摧損，唯上清閣大殿齋堂三門皆在。（157頁，卷一，《饒州開元觀驗》）

歲月深遠，廊宇門殿相次摧損，而此閣存焉。（163頁，卷一，《蜀州紫微閣驗》）

青羊老君殿，眾不欲拆之，此官健號令諸人下手先拆。初有大蛇從座下而出，此人已拉殺之。功德尊像亦遭其摧損。（164頁，卷一，《成都青羊殿驗》）

按：「摧」有折斷義，《說文》：「摧，折也。」引申為毀壞義。如唐李賀《雁門太守行》：「黑雲壓城城欲摧，甲光向日金鱗開。」「摧損」即毀壞、損壞，為同義並列複合詞。該詞亦見於其他古籍。如北宋李昉《太平廣記》卷三一三引

杜光庭《錄異記·鍾離王祠》：「我鍾離王也，舊有廟在下流十餘里，因水摧損，今像泝流而止，將至矣。」清弘贊《解惑篇·三報證驗》：「晦躬役介夫，令撞擊陊壞，龕像摧損。俟有暴風連天，雲霧作昏。」《大詞典》可補。

《靈驗記》中與「摧損」意義相近，且同為並列結構的尚有數詞，《大詞典》均漏收。以下論之。

「傾摧」，倒塌、毀壞之義。《靈驗記》原文：「北都潛丘臺有古觀焉，像設精嚴，樓臺宏麗，地形顯敞，迴出於都城之中。制創多年，久無崇葺，風號雨漬，日以傾摧。」（182頁，卷三，《安邑崔相夢潛丘臺觀驗》）其他用例如北宋韓琦《安陽集》卷三：「會茲歲月深，朽敗鮮完木。一旦忽傾摧，僭跡詎可復。」清胡渭《禹貢錐指》卷六：「總章初用鄧遠議，置場榷銀，號曰鄧公場。至宋天聖間，山穴傾摧，而銀課未除。」

「摧朽」，損壞、腐朽。《靈驗記》原文：「合州慶林觀多年摧朽，殿宇不修，穿漏尤甚，雨滴太上尊容。」（203頁，卷五，《合州慶林觀尊像驗》）他例如隋闍那崛多譯《添品妙法蓮華經》：「有一大宅，其宅久故，而復頓弊，堂舍高危，柱根摧朽。」（2／164c）唐道宣《續高僧傳》：「恰至明晨合坐洞舉。一時火花。骸骨摧朽。二舌俱存。合眾欣嗟。為起高塔。」（27／684a）

【修崇】眾皆危懼，因望山焚香，以求佑護。即見老君山所有雲氣，連繞縣郭，雙鶴飛翔，巨龍騰躍，當縣城之上。夷人見之，驚懼而退。乃大葺觀舍，累年修崇，齋醮禱祈，迨無虛月。（218頁，卷七，《龍鶴山老君驗》）

公夢覺流汗，驚駭久之。乃躬詣雲林，炷香禱福。遂命工度木，揆日修崇，作南宮飛閣四十間。巨殿修廊，重門邃宇，範金刻石，知無不為。（176頁，卷二，《韋皋令公修葛璝化驗》）

按：「修崇」義為修飾、修造，大詞典失收。「修」有修飾義。《說文·彡部》：「修，飾也。」《楚辭·九歌·湘君》：「美要眇兮宜修，沛吾乘兮桂舟。」王逸注：「修，飾也。言二女之貌，要眇而好，又宜修飾也。」「崇」亦有修飾義。《國語·周語中》：「容貌有崇。」又《楚語下》：「禮節之宜，威儀之則，容貌之崇。」韋昭注：「崇，飾也。」《靈驗記》亦見用例，如：「鎮南將軍、梁益二州牧張魯理漢川，行正一之法，別崇室宇，構壇殿靜堂。」（158頁，卷一，《興

元北逢山老君觀驗》）「修崇」為同義複詞。

　　該詞亦見於其他古籍。如北齊魏收《魏書》卷二十七：「願陛下上承金冊遺訓，下稱億兆之心，時襲輕服，數御常膳，修崇郊祠，垂惠咸秩。」唐羅隱《羅昭諫集》卷七：「江陽縣前一地祇小廟，用之貧賤時，常與妻寓止巫舍。凡所動靜，禱而後行。及得志，謂為冥助，遂修崇之。迴廊麯室，妝樓寢殿，百有餘間。」南宋李燾《續資治通鑑長編》卷七十三：「庚申，詔泰山修崇宮廟，有輦取土石、傷踐民田者，並加給賜。」元薛致玄《道德真經藏室纂微篇開題科文疏》卷五：「又亳州太清宮者，太上降生之所也。歷代修崇，皆有碑記，故漢有蔡邕碑、邊紹碑，隋有薛道衡碑，唐碑已訛缺不完，莫詳孰氏所撰。」

　　《靈驗記》另有其同素逆序形式「崇修」一詞，意義相同。原文為：「太守上聞，請易其名額，以旌神異。詔旨依舊為開元觀，只改上清閣為神運閣，別命崇修。」（157頁，卷一，《開元觀殿驗》）他書亦有所見。如《雲笈七籤》卷一一五《花姑》：「花姑眄矚靈通，密有所告曰：『井山古蹟，汝須崇修。』俄聞異香從西來，姑累得嘉兆，躬申葺理，行宿洞口，聞鐘磬之音，雖荒梗多時，若有人接導。寓宿林莽，怡然甚安。達明入山，果遇壇殿餘址，遂立屋宇，聞步虛仙梵之響，環壇數里。」南宋李燾《續資治通鑑長編》卷一百八十：「臣伏見近年政令乖錯，綱紀隳頹，上下因循，未能整緝，惟務崇修祠廟，廣興土木，百役俱作，無一日暫停。」《大詞典》當補。

　　類似的詞還有「增崇」，為增修、增飾之義，《大詞典》漏收。《靈驗記》原文：「至德二年十月二十八日，詔曰：『江油舊壤，境帶靈山，自狩巴、梁，屢昭感應，眷茲郡邑，合有增崇，可升龍州為都督府，賜號應靈郡。』」（333頁，卷十七，《李賞斫龍州牛心山古觀松柏驗》）他書亦見。如《三國志·魏志·高堂隆傳》：「帝愈增崇宮殿，雕飾觀閣。」南宋鄭虎臣《吳都文粹》卷一《崑山縣重修學記》：「又以東隅建學外門，周植槐柳，增崇殿門。營治齋宇，氣象宏偉，殿堂齋廡，鼎鼎一新。」

　　【徵瞽】太師楊守亮失守之後，再還梁城，廨署多已焚毀，徵瞽瓦木，增置公廨。有吏請取老君觀材瓦以備公用。（158頁，卷一，《興元北逢山老君觀驗》）

按：「徵督」，徵收義。「徵」可釋為徵收。如《逸周書・大匡》：「程課物徵，躬競比藏。」唐韓愈《送韓侍御歸所治序》：「至則出贓罪吏九百餘人……使耕其便近地，以償所負，釋其粟之在吏者四十萬斛不徵。」《金史・食貨志一》：「物力之徵，上自公卿大夫，下逮民庶，無苟免者。」「督」亦為徵收。如《新唐書・李翱傳》：「改稅法，不督錢而納布帛。」「徵督」為同義並列複合詞。

該詞文獻用例頗多。如北魏崔鴻《十六國春秋・慕容農》：「使農東狗清河、平原，徵督租賦。農明立約束，均適有無，軍令嚴整，無所侵暴，由是穀粟屬路，軍資豐贍。」北宋田錫《咸平集》卷二十二：「故一夫之耕，支贍靡足。一婦之織，供億無餘。致田疇少闢於荒閒，租賦急用於徵督。」南宋黎靖德《朱子語類》卷一二七：「是時帑藏空竭，遂斂敷民間，云免百姓往燕山打糧草，每人科錢三十貫，以充免役之費。民無從得錢，遂命監司、郡守親自徵督，必足而後已。」《大詞典》可據補。

【經年】其栜經年猶在，後不知所之耳。（164頁，卷一，《成都青羊殿驗》）

近奉天曹斷下云：「自是歿陣不歸，非關巨蠹，故用令陪錢三千貫，即得解免。」緣臘月二十五日已後，百司交替，又須停駐經年，其錢須是二十五日已前，就玉局化北帝院天曹庫中送納。（300頁，卷十五，《張郃奏天曹錢驗》）

按：「經年」義為長年、多年。古書中屢見。如唐白居易《慈烏夜啼》詩：「慈烏失其母，啞啞吐哀音。晝夜不飛去，經年守故林。」唐李商隱《憶住一師》詩：「無事經年別遠公，帝城鐘曉憶西峰。」北宋李昉《太平廣記》卷六：「鄰母忽失朔，累月暫歸，母笞之。後復去，經年乃歸。」《大詞典》當補。

【漂壞】五六日暴水大至，漂壞廬舍，損溺戶口十有三四焉。（241頁，卷九，《羅真人示現驗》）

按：「漂壞」義為沖激損壞。「漂」有沖毀義。《字彙・水部》：「漂，動也。」《孫子兵法・勢》：「激水之疾，至於漂石者，勢也。」《宋史・河渠志五》：「屯田司瀦塘水，漂招賢鄉六千戶。」「壞」為毀義。《字彙・土部》：「凡物不自敗而毀之則音怪。魯恭王壞孔子宅，《孟子》壞宮室以為污池之類是也。」《百喻經・詐稱眼盲喻》：「便欲自壞其目，用避苦役。」

「漂壞」文獻用例如唐唐璿《乞解職待罪表》：「瀕陽奧壤，流溺邑居；淇上名區，漂壞閭井。」唐馬總《大唐奇事・廉廣》：「雲蒸霧起，飄風倏至，畫龍忽乘雲而上，致滂沱之雨，連日不止，令憂漂壞邑居。」明《韓湘子》二六回：「佛菩薩怪得他緊，故此顯出神通，把他的家資田產、房屋牌坊都漂壞了。」清姚文然《請定漕船年限疏》：「則見運舊船愈敝，釘膠易解，遇風浪而漂壞必多。」《大詞典》當據補。

【勘責】使君任酆都縣令之日，於仙都觀中取真人陰君寶經四卷，至今不還，天符令追生魂勘責。（270 頁，卷十二，《崔公輔仙都經驗》）

按：「勘」有審訊義。《篇海類編・身體類・力部》：「勘，鞫囚也。」《隋書・薛道衡傳》：「付執法者勘之。」「責」有詰問義。《史記・酷吏列傳》：「天子果以湯懷詐面欺，使使八輩簿責湯。」唐韓愈《嘲鼾睡》詩：「孰云天地仁，吾欲責真宰。」

「勘責」即審查、追查。《大詞典》漏收。多見於古書。如唐張九齡《籍田赦書》：「孝悌力田，鄉閭推挹者，本州島長官勘責。有才堪應務者，各以名聞。」唐段成式《酉陽雜俎》卷一三：「莊客懸欠租課積五六年，邀因官罷歸莊，方於勘責，見倉庫盈羨，輸尚未畢。」北宋張方平《請止中使傳宣諸司》：「逐處有司，或敢違慢，自應合行勘責。」

第二節　釋義方面

釋義方面將按照釋義不確或偏狹與漏收義項兩類分別討論。

一、釋義不確或偏狹

《大詞典》中存在部分詞語釋義不準確或偏狹的現象，可據《靈驗記》中的詞語加以糾正、補充。

（一）釋義不確

【對會】其時鄰家馮老人父子二人差赴軍前，去時留寄物，直三十千……馮父子歿陣不回，物已尋破用卻。近忽於冥中論理，某被追魂魄對會，經今六年。（300 頁，卷十五，《張郃奏天曹錢驗》）

使君任酆都縣令之日，於仙都觀中取真人陰君寶經四卷，至今不還，天符令追生魂勘責。使君一魂，日夕在此對會。（270 頁，卷十二，《崔公輔仙都經驗》）

按：「對會」一詞《大詞典》不見，《〈漢語大詞典〉訂補》收，釋為「會面」[註1]。所舉書證有兩例。摘錄如下。

①《太平經・五事解承負法》：「今每與天師對會，常言弟子乃為天問疑事，故敢不詳也。」

②《太平經・不可不祠訣》：「天原其貧苦，祠官假之，令小有可用祠，乃責是為天所假，頗有自足之財，當奉不疑也。不奉，復見先人對會，祠官責之不祠意，使鬼將護歸家，病生人不止。」

本文以為例①理解為會面尚可，然例②恐非此義。

劉文正對上述二例之「對會」理解相同，解釋為：「相會，同義連用，並列式。」[註2]《太平經全譯》對例②之「對會」注釋曰：「含怨相會。『對』當為『懟』。《說文・心部》：『懟，怨也。』上句說不奉祠，先人於此含怨相會。故曰：『先人懟會。』」[註3] 上述三者的看法有一處共同的疏漏，即此處「對會」應當是先人對有自足之財卻不祭祀先祖的人的一種質問，僅僅解釋為相會是不到位的。

《中華道學通典》這樣注解：「對會，指被祠官召來當堂訊問。」[註4] 雖然未解釋為會面，但也不夠準確。動作發出者是「先人」而非「祠官」，且「當堂訊問」也有隨文釋義之嫌，但可以看出注釋想表達的是質問、訊問義。

俞理明、顧滿林釋例②為當面對質義[註5]，甚是。「對」有校核、對質義。如元明施耐庵《水滸傳》四六回：「當頭對面，把這是非都對得明白了。」明《金瓶梅詞話》第五一回：「他聽見俺娘說不拘幾時要對這話，他如何就慌了。」清龔煒《巢林筆談續編・校字難》：「陳眉公極言校字之難，始不謂然。小有著述，已對過數次，付梓而誤字迭出，過來人語定不差。」「會」即會面。如《左傳・

〔註2〕漢語大詞典編纂處《〈漢語大詞典〉訂補》，上海辭書出版社，2010 年，第 267 頁。
〔註3〕劉文正《〈太平經〉動詞及相關句法研究》，湖南大學出版社，2015 年，第 48 頁。
〔註4〕龍晦等譯注《太平經全譯》，貴州人民出版社，1999 年，1221 頁。
〔註5〕吳楓，宋一夫主編《中華道學通典》，南海出版公司，1994 年，第 556 頁。
〔註6〕俞理明，顧滿林《東漢佛道文獻詞彙新質研究》，商務印書館，2013 年，第 262 頁。

文公八年》：「冬，襄仲會晉趙孟於衡雍，報扈之盟也。」《玉嬌梨》第十四回：「蘇友白忙到後園門首來會盧夢梨。」對質多為當面對質，故「對」「會」近義連用。「對」確有用作「懟」的情況，但與「會」連用作含怨相會的用例文獻中極少見。此處作並列結構理解更勝。

其他古籍亦見該詞用例。如清徐松輯《宋會要輯稿·刑法二》：「今後應勾追被盜人到官對會訖，便行疏放。」明荑秋散人《玉嬌梨》第十一回：「我初意只打算頂了蘇友白名去，今他書上既未說破，我何不竟自出名去求。就是有人認得，卻也無妨了。況吳翰林又進京去了，誰人對會。倘得僥倖事成，後來知道便不怕他退了。」清《後西遊記》一二回：「我且與你同去對會，看是假冒不是假冒。」

（二）釋義偏狹

【填納】大道經教，聖人之言，關汝何事，輒敢改易！決痛杖一百，令其依舊修寫，<u>填納</u>觀中。（267 頁，卷十二，《僧法成改經驗》）

按：「填納」義為歸還。《說文·土部》：「填，塞也。」「填」由填塞義引申出償還義。「納」有「歸還」義。如《國語·魯語上》：「若罪也，則請納祿與車服而違署。」韋昭注：「納，歸也。」南宋陸游《跋〈盤澗圖〉》：「時予納祿已三年，居會稽山陰之三山。」元汪元亨《醉太平·警世》曲：「辭龍樓鳳闕，納象簡烏靴。」元明施耐庵《水滸傳》第十二回：「既然是楊制使，就請到山寨吃三杯水酒，納還行李如何？」「填納」為同義複用。

該詞用例如北宋宋敏求《唐大詔令集》卷八六：「如欠負官錢，情非巨蠹，責保填納，不要禁繫。」南宋李燾《續資治通鑒長編》卷五百二十：「今相度諸路坑場，如有坑戶係用官錢開發坑竈，若遇礦寶，除填納官錢了當外，有剩錢分給施行。從之。」《大詞典》僅列「補繳」一義，舉孤證唐白居易《奏閿鄉縣禁囚狀》：「今前件囚等，欠負官錢，誠合填納。」該釋義偏狹。「填納」並非只用於繳納欠錢，如《靈驗記》本例便指的是將經書歸還。《大詞典》當據以修正。

【疾瘵】有李胤衛推者以為宅，開拓其地，以為園圃，多植蔥蒜，貨鬻規利。其家<u>疾瘵</u>聯綿，死傷十餘口。（174 頁，卷二，《樂溫三元觀基驗》）

像之靈應，郡人所知矣。疾瘵之家，禱祈必驗。其下二鬼，青黑者往往現於人家。（242 頁，卷九，《嘉州飛天神驗》）

按：《大詞典》釋「疾瘵」為「廢疾，殘疾」。引清潘榮陛《帝京歲時紀勝·赦孤》：「廣寧門外普濟堂收養異鄉孤貧疾瘵人，冬施粥饘，夏施冰茶。」可見書證中「疾瘵」為形容詞。然《靈驗記》文中「疾瘵」為名詞，且詞義有所出入。

「疾」有病、病痛義。「瘵」亦有病義。如《詩·大雅·瞻卬》：「邦靡有定，士民其瘵。」毛傳：「瘵，病。」南宋張杲《醫說》卷四《勞傷瘵疾》：「男子勞傷而得疾瘵，漸見瘦瘠，用童子小便二盞，無灰酒一盞，以新甆瓶貯之。入全豬腰一對內，密封泥，日晚以慢火養熟，至中夜止，五更初，更以火溫之，發瓶飲酒，食腰子。病篤者只一月效，平日瘦怯者亦可服此藥。」從篇名「瘵疾」與其後內容「疾瘵」前呼後應可看出二詞存在同義逆序關係。「疾瘵」當為同義並列複合詞。「瘵疾」在《大詞典》中的釋義為：「疫病。亦指癆病。」可推知「疾瘵」亦有疫病、疾病義。

此義項常見其文獻用例。如杜光庭《廣成集》卷十四：「疾瘵除蕩，腠理和調，神藥潛資，靈官密衛，克蒙平愈，永賜安貞。」五代劉詞《混俗頤生錄》卷下：「上品之藥，一百二十餘味，性皆和厚，漸痊疾瘵。今之庸醫，藥性不辦，脈候兼荒，不以智慮推之，但求倉卒之效。」北宋李昉《文苑英華》卷五百八十一：「臣逼於疾瘵，累有陳奏，再奉詔旨，私願未從，感恩則深，量力難濟。」《大詞典》釋義偏狹，「疾瘵」不僅僅指殘疾，既可作名詞，指疾病，也可以作形容詞，指生了病的。

《大詞典》中不少詞僅釋為佛教詞，編纂者沒有充分考慮到這些詞為佛道共享的語言事實，釋義偏狹。例如：

【功德】臺側山上石龕中有金銅像，皆天尊、道君、老君、真人之形……縣吏文才者，巡行鄉里，知而取之，潛有鎔鍛之意。既取三四軀，將到家，忽自捽其頭，匍匐階下，曰：「實起愚意，欲損害功德。」又如鞭捶痛楚之聲，舉身自撲，耳鼻流血，乃謂其子曰：「速將功德送於本處，戒後來子孫，大道威靈，不可輒犯。」（188 頁，卷四，《南平丹竈臺金銅像驗》）

按：本例前文中所言「金銅像」與後文「功德」相呼應，「功德」指道像。

《大詞典》義項皆不適，《〈漢語大詞典〉訂補》釋為代指佛像〔註6〕，釋義偏狹。「功德」不僅可以指佛像，亦可指道教尊像等，可據改。在道教中，行善者積功累德，向道、重經、布施諸事均可稱「功德」。《洞真太上說智慧消魔真經》：卷五：「入為心神，出為行業，業有科法，經教文言，遵行散播，施用依師，始終無虛，號曰功德。」那麼向道之人所設之尊像自然也是功德。

【法宇】閣上舳稜高八尺，兩廊簷溜去地三十餘尺，京師法宇，最為宏麗，唯玄都觀殿可以亞焉。（159 頁，卷一，《上都昭成觀驗》）

太玄曰：「真經已去，其地久虛，而猶真靈衛之耶？」陶曰：「上經所安之地，地祇守之七百年；法宇之地，千年；正一所安之地，善神護之三百年。經法雖去，年限未滿，所以然耳。」（167 頁，卷二，《周真人上經堂基驗》）

按：「法宇」《大詞典》釋為寺院。舉南朝梁簡文帝《神山寺碑》：「邁彼高蹤，構茲法宇。」等例。《靈驗記》第一例可看出，「法宇」指的是上都昭成觀。第二例，「法宇之地」是周真人上經堂，安放道經之重地。可見「法宇」亦為道教所用，可指道觀。

道經用例如《太上靈寶朝天謝罪大懺》卷一：「見有帝王國主、文武大臣、毀壞宮觀，燒除法宇。」唐《太上洞玄靈寶業報因緣經》卷一：「見有國王，毀壞靈觀，燒除法宇……見有國王，於玄壇法宇，行諸非法。」杜光庭《廣成集》卷一：「以玄元像貌，容邇宸居。雖香燈無曠於常儀，而供養合歸於法宇。」可補。

【玄關】李相國蔚擁旄汴州，兼太清宮使。每翹心玄關，思真念道。（184 頁，卷三，《李蔚相修汴〔註7〕州玉芝觀驗》）

按：《大詞典》對「玄關」的釋義為：佛教稱入道的法門。舉《文選·王巾〈頭陀寺碑文〉》：「於是玄關幽鍵，感而遂通。」李善注：「玄關幽鍵，喻法藏也。」由《靈驗記》文意可知，該例中「玄關」當為道教入道之法門。「玄」本身就可表示與道教相關的事物。《老子》曰：「玄之又玄，眾妙之門。」故「玄」可指稱道家或道教。由「玄」組成了一系列詞語，如「玄門」「玄教」「玄元」「玄真」等，均表道教意義，「玄關」亦是如此。

〔註7〕漢語大詞典編纂處編《〈漢語大詞典〉訂補》，上海辭書出版社，2010 年，218 頁。
〔註8〕「汴」羅本原作「卞」，據《道藏》原文改。

「玄關」該用法尚有其他用例。如唐白居易《長慶集》卷二十《宿竹閣》詩：「無勞別修道，即此是玄關。」北周武帝宇文邕纂《無上秘要》：「玄關大啟，正覺流通。」《大詞典》釋義忽略了道經用例，當作修改。

二、漏收義項

《靈驗記》中出現的詞語有不少是《大詞典》失收的意義和用法，亦可為《大詞典》補充義項。

【迴軒】饒州開元觀，舊在湖水之北，去郭一二里。巨殿層樓，迴軒廣廈。（157 頁，卷一，《饒州開元觀驗》）

按：「迴軒」《大詞典》僅列一個義項，為「回車」。舉晉盧諶《覽古》詩：「屈節邯鄲中，俛首忍迴軒。」等例。該義置之文中顯然不適。

「迴」同「回」。《爾雅·釋天》：「迴風為飄。」郭璞注：「旋風也。」郝懿行義疏：「迴者，《說文》作『回』。」「迴軒」義同於「回軒」。「回軒」《大詞典》釋為回曲的長窗。列舉書證如《文選·陸機〈吳趨行〉》：「重欒承遊極，回軒啟曲阿。」李善注：「軒，長窗也。言長窗開於屋之曲阿也。」明彭大翼《山堂肆考》羽集卷四二：「回軒，長窗也。」與本文相合。《大詞典》於「迴軒」詞條下漏收此義項，當補。

作長窗義的「迴軒」亦有頗多用例。如唐竇常《竇氏聯珠集·金山行》：「瓊樓菌閣紛明媚，曲檻迴軒深且邃。」明胡應麟《少室山房集》卷八十六《盛母雙節序》：「飛甍若鱗，危棟若翼，迴軒曲榭，靡不有致，以為厥先遺構也，而丹堊塗赭，爛然而若新，詫問焉。」明皇甫汸《皇甫司勳集》卷十一《使迴歌》：「惟王製作紛何已，土木之功從茲始。別館離宮相蔽虧，複道迴軒互迤邐。」

【牽頓】夢為司命所攝，步卒騎吏就所居以捕之，亦如世上之擒寇索奸爾。竄匿無所，縻束將去。歷荒徑曠原，皆荊棘之地，牽頓舁曳，其速如飛。（197 頁，卷五，《張仁表太一天尊驗》）

牽頓者皆笑曰：「臨渴穿井，事同噬臍，胡可得也？」（198 頁，卷五，《張仁表太一天尊驗》）

忽有赤光照其左右，牽頓者一時捨去，獨在光明之中。（198 頁，卷五，《張仁表太一天尊驗》）

　　按：「牽頓」在《大詞典》中釋義為「牽連困頓」，顯然不合文意。文中「牽頓」即「牽扽」，義為牽引、拉扯。

　　「頓」通「扽」。《荀子・勸學》：「若挈裘領，詘五指而頓之，順者不可勝數也。」楊倞注：「頓，挈也。」王念孫《讀書雜志・荀子一》：「楊訓頓為挈，於古無據，且上文已有挈字，此不得復訓為挈……頓者，引也。言挈裘領者，詘五指而引之，則全裘之毛皆順也。《廣雅》曰：『扽，引也。』曹憲音頓。古無扽字，借頓為之。」可知「頓」為「扽」之假借字。

　　「頓」假借作「扽」的情況很多。如漢桓寬《鹽鐵論・詔聖》：「今之治民者若拙御，馬行則頓之，止則擊之。」北宋李昉《太平廣記》卷三百五十四：「此人亦隨至，撮拽牽頓，勢不可解。」「撮拽牽頓」四字同義連文。〔註8〕金董解元《西廂記諸宮調》卷四：「頓不開眉間上的悶鎖，解不開心頭愁結。」元岳伯川《鐵拐李》第四折：「我如今把玉鎖頓開，金枷不帶。」清《醒世姻緣傳》第六十六回：「智姐極了，把張茂實的一條白紬單褲盡力往下一頓，從腰扯將下來。」

　　關於「頓」與「扽」通假的情況，郭芹納亦曾撰文論述〔註9〕。他指出，「頓」之連文有「挈頓」，王念孫《廣雅疏證》已有申說。郭文又對「頓」的近義詞及構成的複音詞展開了討論。指出「頓引」亦可連文，表示眉目傳情，引用唐張鷟《遊仙窟》：「娘子向來頻盼少府，若非情想有所交通，何因眼脈朝來頓引？」「頓曳」亦可連文。舉例如唐李百藥《北齊書・司馬子如傳》：「若言有進退，少不合意，便令武士頓曳，白刃臨項。」

　　《大詞典》已指出「頓」通「扽」，「牽頓」一詞可據此再豐富其詞義。

　　【勝賞】其觀內有鐘臺，曰靈響臺，有門樓宏壯，制度精巧。節度使吳行魯奏移門樓於天王寺，拆其鐘樓，遺蹤勝賞，並為毀蕩矣。（172 頁，卷二，《益州龍興觀取土驗》）

　　乃翦薙蕪翳，創為齋宮，立碑銘以紀其事。於懸泉之下堰為方塘，注為流杯曲水之池，雜植花果松竹，遽成勝賞。（210 頁，卷六，《閬州石壁成紋自然老君驗》）

〔註9〕蔣宗福《四川方言詞源》，巴蜀書社，2014 年，第 88～89 頁。
〔註10〕郭芹納《關中方言「騃、瞫、扽」疏證》，《陝西師範大學學報》（哲學社會科學版），1998 年第 3 期，第 71 頁。

按：「勝賞」《大詞典》釋為快意地觀賞。舉例如南宋京鏜《滿江紅·中秋前同二使者賞月》詞：「更著兩賢陪勝賞，此身如與塵寰隔。」此義置於《靈驗記》本例不符。

此處「勝賞」義為風景優美的賞玩之地。「勝」可形容事物優越、美好。如《逸周書·程典》：「用寡立親，用勝懷遠，遠格而邇安。」金元好問《遊黃華山》：「手中仙人九節杖，每恨勝景不得窮。」「賞」義為玩賞、欣賞。《管子·霸言》：「夫使國常無患，而名利並至者，神聖也。國在危亡而能壽者，明聖也。是故先王之所師者，神聖也；其所賞者，明聖也。」尹知章注：「賞，謂樂玩也。」南朝齊謝朓《直中書省》詩：「安得凌風翰，聊恣山泉賞。」《靈驗記》例中作名詞，指玩賞之地。「勝賞」意即優美的遊玩之處。

其他文獻用例如唐鄭處誨《明皇雜錄》卷下：「其後龜年流落江南，每遇良辰勝賞，為人歌數闋，座中聞之莫不掩泣罷酒。」唐張說《張燕公集》卷七：「數公宿敦道義，雅尚林壑。謂急於幽尋，故此命駕，遂不知別有勝賞。偶然相過，寒暄未周，神意已往，雲霞之致，蔑而不存，逸轡放驅，清塵徒企，耿歎不已。」明曹學佺《石倉歷代詩選》卷三百五十九《元夕寓淞行臺》：「六街簫鼓動歡聲，獨坐行臺看月明。不是有心貪勝賞，偶逢時節獨關情。」清張英《御定淵鑒類函》卷三百四十七：「吳興白蘋洲有白蘋亭，唐貞元中建，蓋一郡之勝賞也。」《大詞典》可據補。

> 【忽】清遠有表弟一人，為僧，名法超，亦持大輪，行秘字。嫉清遠之醫道大亨，忽一日冒夜來投止宿，潛以瓶盛狗血，傾於清遠道堂內。（254頁，卷十，《王清遠神呪經驗》）

> 盧賁者，邠州三水人也。晉永和二年，為道州司法參軍。性強毒，凡推詰刑獄，鞭笞捶楚，人不勝酷，死者甚眾。忽一日廳前地裂，有二鬼舁一大鑊，置於庭中，發火煎之，水已沸湧。（322頁，卷十六，《盧賁修黃籙道場驗》）

按：「忽」起指示作用，相當於「某」或「有」，多用在時間詞之前，組成「忽一日」「忽一月」「忽一年」等短語，《大詞典》未收此義項。

用例如晉干寶《搜神記》卷二十：「孫權時李信純，襄陽紀南人也……忽一日，於城外飲酒，大醉。歸家不及，臥於草中。」北宋李昉《太平廣記》卷九

八引《宣室志》:「唐國子祭酒趙藩,大和七年為南宮郎。忽一日,有僧乞食於門。」《元曲選‧青衫淚》四折:「忽一日侍郎白居易放假,同孟浩然、賈浪仙到妾家吃酒。」清《白圭志》一回:「忽一年江西大旱,河中絕流。」可補。

可以看出「忽」的這種指示用法與其忽然義尚有一定聯繫。《廣韻‧沒韻》:「忽,倏忽。」「忽」在指代時通常表示較強的偶然性或突發性。

【攻理】玉芝觀道士陳道明專勤清齋,拜章累有徵驗,而招商
素不崇道,聞之蔑如也,攻理所疾,費貨財萬計矣。(302 頁,卷十
五,《王招商神呪齋驗》)

按:《大詞典》「攻理」條下僅有「攻擊騷擾」義,舉北魏酈道元《水經注‧夷水》例。而本文「攻理」義為治療,《大詞典》失收。「攻」有治療義。《周禮‧天官‧瘍醫》:「凡療瘍,以五毒攻之。」鄭玄注:「攻,治也。」《墨子‧兼愛上》:「譬之如醫之攻人之疾者然,必知疾之所自起,焉能攻之。不知疾之所自起,則弗能攻。」明湯顯祖《牡丹亭‧鬧殤》:「這病根兒怎攻,心上醫怎逢?」「理」亦有治療義,如《後漢書‧崔寔傳》:「夫以德教除殘,是以粱肉理疾也。」晉王嘉《拾遺記‧前漢下》:「(低光荷)實如玄珠,可以飾佩。花葉難萎,芬馥之氣,徹十餘里。食之令人口氣常香,益脈理病。」「攻理」為同義複詞。

其他文獻用例如唐《三洞道士居山修煉科》:「服氣人有身受戒氣之法……有穢解之,可以除病,攻理五藏,惡不能得干人,可以禳災除禍。」南宋李燾《續資治通鑑長編》卷一五五:「外議往往言從讜好學尚氣,不能恬退,輕忿致過,恐非狂疾。就令實有狂疾,當使國醫攻理,以表渙恩。」

【即】魏夫人壇在南嶽中峰之前,巨石之上,是一片大石,方
可丈餘,其形方穩,下圓上平,浮寄他石之上。嘗試一人推之,似
能轉動,人多即屹然而定。(168 頁,卷二,《南嶽魏夫人仙壇驗》)

一旦,有人忽見水中一物,如半鐘之形,側露水上,蕩槳視之,
既近即覆矣。(277 頁,卷十三,《青田縣清溪觀鐘驗》)

按:「即」猶卻,是表示轉折的語氣副詞。上述例一言,一人可推動,人多反而屹然而定,可知中間應為轉折關係。例二同理,離得遠可以看見,離得近卻看不見了,同表轉折。《大詞典》漏收。

其他文獻用例如《敦煌變文集》卷四《降魔變文》:「太子出榜,自道賣園,

及其折榜平章，即言不賣。」又卷二《廬山遠公話》：「既稱平等為性，緣何眾生沉輪（淪）生死，佛即證無餘涅槃？」北宋李昉《太平廣記》卷一五二《趙德璘》：「女因收得，吟翫久之，然雖諷讀，即不能曉其義。」

【潛計】有僧輩二人來止其內，復欲移置飛赴寺。棲息月餘，潛計已定，將隳壞像設而奪其地焉。（160 頁，卷一，《青城山宗玄觀驗》）

按：文中「潛計」義為「陰謀」，為名詞義。該詞更多作動詞出現於古籍中。如唐棲復《法華經玄贊要集》卷二十五：「言潛計者，如陰謀人。心中最毒。心中瞋，面即笑。心恨貌恭。」（《卍新纂大日本續藏經》25／705c）可見此處「潛計」與「陰謀」同義即秘密計劃。《新唐書·列傳第一百三十二·宦者上》：「希暹覺帝指，密白朝恩，朝恩稍懼，然見帝接遇未衰，故自安而潛計不軌。」北宋王欽若《冊府元龜》卷一百三十三：「不意景龍之間，先帝暴棄，天下凶族潛計謀覆邦家，高祖之業幾墜於地。」

綜上所述，「潛計」作名詞時義為陰謀、詭計，作動詞時義為暗中策劃，且多含貶義。「潛計」在《大詞典》中僅有「心算」這一個義項，引例為《文選·孔融〈薦禰衡表〉》：「弘羊潛計，安世默識，以衡準之，誠不足怪。」此義在《靈驗記》文中不合。《大詞典》可據此增補義項。

【無何】吾甚大愚，未嘗知神仙之事，無何開關尹真人石函。
（343 頁，卷十七，《嘉州東觀尹真人石函驗》）

子無何開尹真人石函乎？今奉上帝命，削君之祿壽，果如何哉？
（343 頁，卷十七，《嘉州東觀尹真人石函驗》）

按：「無何」義為無端、無故。魏達純對《顏氏家訓》展開研究，認為這類副詞性的動賓結構雙音詞見於南北朝時期〔註10〕。可參。

其他文獻也有用例。如唐張祜《詠史詩》：「無何求善馬，不算苦生民。」北宋李昉《太平廣記》卷三六三：「去五里有莊，多茅舍，晝日，無何有火自焚。」《大詞典》中「無何」有三個義項，分別是「沒有什麼」「不多時、不久」與「『無何有之鄉』之省稱」，未收此義項，應補。

〔註11〕周日健，王小莘主編《〈顏氏家訓〉詞彙語法研究》，廣東人民出版社，1998 年，第122 頁。

【一旦】一旦自衙歸宅，於其門外見二黃衣人，曰：「為觀中取土事，要有對勘。」（172 頁，卷二，《益州龍興觀取土驗》）

家有小兒名小豆，纔五六歲，遊戲其上，逡巡有人送置庭中，如是者數四，而無傷損。一旦問陶君，說此祥異。（167 頁，卷二，《周真人上經堂基驗》）

一旦川境亢旱，有一健步者，恃酒臥於龍前井欄之上，慢罵曰：「天旱如此，用汝何為？」（339 頁，卷十七，《玉局化九海神龍驗》）

按：文中「一旦」義為有一天、某日。《大詞典》中「一旦」有兩個義項，分別是「一天之間」與「有朝一日」，於文中皆不符。「有朝一日」表示將然，而文中「一旦」表示已然，用以敘述過去的某一天發生的事。此義項常見於古書中。如晉葛洪《神仙傳》卷四：「天大旱時，能至淵中召龍出，催促便昇天，即便降雨，數數如此。一旦乘龍而去，與諸親故辭別，遂不復還矣。」北宋李昉《太平廣記》卷十九：「一旦有商客李順，泊船於京口堰下，夜深舡斷，漂船不知所止。」南宋陳葆光《三洞群仙錄》卷十七：「王果，楚之賢人也。厭穢風塵，臊膻名利，隱遁山林，靜退諸行，一旦乘雲而去。」由以上例子文意可知，所敘述的都是過去發生的事。

【功用】劉將軍者，隸職右神策軍。居近東明觀，大修第宅，於觀內取土築基脫墼，計數千車。功用既畢，劉忽得疾沉綿。（173 頁，卷二，《劉將軍取東明觀土驗》）

按：「功用」義為工程。《靈驗記》本例中具體指的是劉將軍到東明觀挖土之事。《大詞典》列功效、功能等義，失收該義。其他用例如《周書·賀蘭祥傳》：「乃命祥修造富平堰，開渠引水，東注於洛。功用既畢，民獲其利。」南宋樓鑰《參知政事鄭僑辭免權監修國史日曆不允詔》：「朕惟史事至重，功用浩博，惟以事繫日，謹而疏之。」明胡應麟《太子太保工部尚書食正一品俸萬安朱公墓誌銘》：「未有如公之排眾獨往，手縣官金錢米粟鉅萬，數劃厚地為長河，而功用竟成，澤垂永世。」

【取】及明，取斜谷路，挈家過山，得達行在，詔監興元兵馬。百口骨肉，咸獲晏安，乃圖繪老君像，益加嚴奉矣。（214 頁，卷六，《駱全嗣遇老君驗》）

按：「取」為沿著、經由義。《大詞典》當補。該義蓋是由「取」之選取義發展而來。《漢書・賈誼傳》：「為人主計者，莫如先審取捨。」顏師古注：「取，謂所擇用也。」當選取的對象為路徑時，可引申出經由義。古籍用例如唐李吉甫《元和郡縣圖志》：「南取庫谷路至金州六百八十里，正西微北至鳳翔三百一十里。」《敦煌變文集》卷一《李陵變文》：「仍差有指撥者，西南取紅撓山入，東南取駱駝峰已來，先令應接。」明《禪真逸史》二三回：「杜伏威大喜，跟隨二仙，取舊路徑到溪口。」

【持】蓋五神之秘言，五藏之真氣，持之百遍，則五氣自和，可以不食。（267 頁，卷十二，《僧行端改五廚經驗》）

我是太上弟子，不獨只解持天蓬咒。今日我決定於此止泊，持〔註11〕咒為民除害。（253 頁，卷十，《王道珂天蓬咒驗》）

孫元會者，吳後主皓之子。自幼稚之歲，遇道士教誦天蓬咒。爾後等閒，未忘持念。（248 頁，卷十，《孫元會天蓬咒驗》）

按：「持」為持誦義〔註12〕，《大詞典》漏收。用例如北宋李昉《太平廣記》卷一零二引《報應記》：「（文若）入一宮城，見王，曰：『卿在生有何功德？』答云：『唯持《金剛經》。』」由「持」組成的「持咒」義為念誦咒語，「持念」則謂念經誦咒，「持誦」義為誦習。

與之相關的，《靈驗記》有「課持」一詞，義為誦念、誦讀。原文：「張正元，京兆人也。詣尹嗣玄，講下受大梵隱語，旦夕課持，不食葷血。」（273 頁，卷十二，《張正元大梵隱語驗》）「課」有「學習」義。如《梁書・儒林傳・沈峻》：「與舅太史叔明師事宗人沈驎士，在門下積年，晝夜自課。」南宋陸游《秋曉》：「貸米未回愁灶冷，讀書有課待窗明。」「學習」的對象具體為詩書、經咒等時，則可釋為「誦讀」。如唐白居易《與元九書》：「苦節讀書，二十已來，晝課賦，夜課書，間又課詩，不遑寢息矣。」《元史・趙良弼傳》：「漢人惟務課賦吟詩，將何用焉！」「課賦」與「吟詩」相對，謂誦讀、寫作辭賦。《大詞典》可補該詞。

「課持」佛、道經籍中多見。如《太上太玄女青三元品誡拔罪妙經》卷中：「若有善信男子女人，多諸業障，所為不利者，則當書寫此經，施與眾生，共

〔註12〕「持」羅本作「特」，據《道藏》原文改。
〔註13〕白維國主編《近代漢語詞典》，上海教育出版社，2015 年，第 221 頁。

相轉讀，或自課持，及以香花種種供養，得福無量，諸災自愈，業障自消，壽命長久，福及存亡。」元曇噩述《新修科分六學僧傳》卷第十七《隋法智》：「吾其念佛乎，乃於國清寺，兜率臺上，精勤課持。積晝夜，傲寒暑，不變常度。」（《卍新纂大日本續藏經》77／219c）北宋法天譯《佛說文殊師利一百八名梵贊》：「受持讀誦，所求意願，決定現前。依法課持，身恒清淨，罪障消除。」（20／938c）明智旭《靈峰蕅益大師宗論》：「伏願以慈善力悲救心，為我亡母優婆夷金大蓮，隨意課持經咒。哀令我母未生淨土，決定得生，已生淨土，決定見佛。」（《嘉興大藏經》36／260b）以上例中，「課持」與「轉讀」「讀誦」並舉，其誦讀義顯而易見。

第三節　書證方面

　　本節所討論的《大詞典》在書證方面存在的問題主要有兩種，一是所引書證為孤證，一是書證過晚。《靈驗記》內容可為之補充多條書證。以下分成這兩類加以論述。先列出詞條與大詞典的引證，後列《靈驗記》用例。

一、孤證

　　【名額】有名號的匾額。該義項下《大詞典》僅列《續資治通鑒·宋仁宗嘉祐七年》：「令天下係帳存留寺觀及四京管內雖不係帳而舍屋百間以上者，皆特賜名額。」《靈驗記》用例：「及明，見開元殿閣門堂四十餘間，移在湖水之南平地之內……太守上聞，請易其名額，以旌神異。詔旨依舊為開元觀，只改上清閣為神運閣，別命崇修。」（157頁，卷一，《饒州開元觀驗》）該文中「名額」指開元殿上的匾額。可補書證。

　　【蟠踞】盤曲蹲踞。《大詞典》該義書證僅列北宋文瑩《玉壺清話》卷一：「李南陽至嘗作《亢宮賦》，其序略曰：『予少多疾，羸不勝衣。庚寅歲冬夕，忽夢遊一道宮，金碧明煥，一巨殿，一寶床，歸然於中，一金龍蟠踞於床之上。』」《靈驗記》用例為：「俄有巨蛇，長十餘丈，蟠踞屋上，張口向之。吏殞工墮，斃者數人，奔迸而去。」（158頁，卷一，《興元北逢山老君觀驗》）可補。

　　【精信】專心信奉。該義下《大詞典》書證僅《南史·范縝傳》：「（范縝）嘗侍子良，子良精信釋教，而縝盛稱無佛。」一例。《靈驗記》原文：「至今負

販之徒，錐刀求利者，每以三日五日必詣聖像前焚香祈佑。或闕而不精信者，即貿易無利，貨鬻不售焉。」（178頁，卷二，《果州開元觀驗》）

【迸水】從高處瀉落的水。《大詞典》該義下僅舉唐杜牧《華清宮三十韻》：「迸水傾瑤砌，疏風罅玉房。」《靈驗記》原文用例為：「忽為野火焱焰，迴風激沖，直至簷砌之下。里人望之，驚奔來救，俄於簷溜之內，迸水懸流，沃滅其火，而晴景不改，風雨不施。化水祛災，繄乃神力矣。」（182頁，卷三，《均州白鶴觀野火自滅驗》）另一例：「景福壬子歲七月十三日，風雨暴至，北崖鬼城之上，山隙石裂，迸水流注，其勢洶湧，將墊於真君殿。」（244頁，卷九，《丈人真君山摧出水驗》）可補例證。

【圖繢】圖畫。該義項書證為南朝宋范曄《獄中與諸甥侄書》：「政可類工巧圖繢，竟無得也。」一例。《靈驗記》原文：「蜀州唐興縣，天寶六年丁亥，甘露鄉百姓鮮隱忠地內柘樹之上忽然生芝草一莖，自然成天尊之像，眉目髭髮，冠簪衣帔，裾履手足，一一詳備，圖繢莫及。」（204頁，卷五，《蜀中唐興縣芝草天尊驗》）又：「像設圖繢，皆吳道子、王仙喬、楊退之親跡。」（159頁，卷一，《上都昭成觀驗》）

【歸闕】歸回朝廷。《大詞典》僅舉唐于鵠《贈李太守》詩：「歸闕功成後，隨車有野人。」《靈驗記》用例為：「僖宗復長安，大駕歸闕，所司將創衙殿，復含元舊基。」（159頁，卷一，《上都昭成觀驗》）又一例：「時襄王既平寇，大駕歸闕，鄉里人戶稍復。」（276頁，卷十二，《姚生黃庭經驗》）可據補。

【誹毀】毀謗。《大詞典》書證為北齊顏之推《顏氏家訓·歸心》：「見有名僧高行，棄而不說；若睹凡猥流俗，便生誹毀。」一例。《靈驗記》用例：「嚴譔節制江西，信誹毀之詞，使人掘鐵柱，將欲碎之，迅霆大擊，江波遽溢，掘未二三尺，城池震動，內外驚懼。」（169頁，卷二，《洪州鐵柱驗》）可補。

【鎔鍛】熔煉鍛打。《大詞典》書證僅列北宋梅堯臣《送甥蔡駰下第還廣平》詩：「爾持金錯刀，不入鵝眼貫……懷之歸河朔，慎勿輒鎔鍛。」《靈驗記》用例為：「臺側山上石龕中有金銅像，皆天尊、道君、老君、真人之形……縣吏文才者，巡行鄉里，知而取之，潛有鎔鍛之意。」（188頁，卷四，《南平丹竈臺金銅像驗》）

【毀拆】拆除、改建。《大詞典》書證僅舉北宋蘇軾《乞賜度牒修廨宇狀》：

「上件屋宇，皆錢氏所構，規摹高大，無由裁撙。若頓行毀拆，改造低小，則目前蕭然，便成衰陋。」《靈驗記》該詞用例為：「寶生領工巧人力就觀，<u>毀拆</u>房廊屋舍已一十八間，般於江上，縛筏載送。」（166頁，卷一，《昌明縣孟津觀驗》）

【犯暴】猶侵凌。《大詞典》引孤證《三國志・蜀志・先生傳》：「曹公與夏侯淵、張郃屯漢中，數數犯暴巴界。」《靈驗記》原文：「我以無知，<u>犯暴</u>道法，取東明觀土修築私舍，地司已奏天曹，罰令運土填陪，不知車數。」（174頁，卷二，《劉將軍取東明觀土驗》）可補。

二、書證過晚

【秀茂】生長茂盛。該義項《大詞典》僅引《宋史・五行志三》：「紹興間，漢陽軍有插榴枝於石罅，秀茂成陰，歲有華實。」偏晚且為孤證。《靈驗記》中亦見，原文為：「巨殿層樓，迴軒廣廈，枕湖有水閣，松徑有虛〔註13〕亭，松竹森疏，花木<u>秀茂</u>。」（157頁，卷一，《饒州開元觀驗》）可提前且補充書證。

【選用】選擇使用或運用。該義書證首舉現代《詩刊》一例，過晚。《靈驗記》中用例：「差吏將毀之，鄉里之人請眾備瓦木之直，充贖其觀。或云屋宇多年，材瓦皆朽，不任<u>選用</u>。」（158頁，卷一，《興元北逢山老君觀驗》）可據此提前。

【求乞】乞討。該義項《大詞典》首引《水滸傳》第六六回：「只見孔明披著頭髮，身穿羊裘破衣，右手柱一條杖子，左手拿個碗，醃醃臢臢在那裡求乞。」過晚。《靈驗記》有更早用例：「汝於危亂之中，不能自逃性命，無故焚燒此閣。用功巨萬，古蹟多年，汝一旦滅之，不懼神理所誅，更敢於此<u>求乞</u>？」（163頁，卷一，《蜀州紫微閣驗》）又：「又嘗有人下峽之時，曾詣飛天<u>求乞</u>保護。」（243頁，卷九，《嘉州飛天神驗》）

【妝奩】指嫁妝。該義項《大詞典》首見書證為《三國演義》第十六回：「（呂布）連夜具辦妝奩，收拾寶馬香車，令宋憲魏續一同韓胤送女前去。」偏晚。《靈驗記》用例更早，原文：「由是韋有干祿之志，謀於其室。室家復勉勵之，以<u>妝奩</u>數十萬金資其行計。」（176頁，卷二，《韋皋令公修葛璝化驗》）可

〔註14〕「虛」羅本原作「虎」，據《道藏》原文改。

據此提前例證。

【傾圮】倒塌。《大詞典》首證為《水滸傳》第一零八回：「軍士爭先上橋，登時把橋擠踏得傾圮下來。」偏晚。《靈驗記》原文：「相國劉公瞻南遷交址，道過江陵。既登扁舟，將欲解纜，回首道左，見像設甚嚴，而朽殿傾圮。」（183頁，卷三，《劉瞻相夢江陵真符玉芝觀驗》）可提前該詞書證時間。

【賊黨】賊夥，賊眾。《大詞典》首見書證為明《禪真逸史》第三五回：「鄉村百姓遭害，賊黨到處雞犬不留。」偏晚。可據《靈驗記》提前。用例為：「良久，昏曀一川，老君空中應現。龐勳徒黨迷失道路，自相蹂踐。蘄水橋斷，盡溺死水中。逡巡開霽，賊黨無孑遺矣。」（164頁，卷一，《亳州太清宮驗》）

【古篆】指篆書。《大詞典》首例舉明文徵明《題黃應龍》詩：「古篆依稀贛州字，先宋流傳非一日。」例證晚出。《靈驗記》更早。其原文為：「於其沒處，掘獲古磚一口，有古篆六字云：『太上平中和災。』」（171頁，卷二，《青羊肆驗》）

【垂命】生命垂危。《大詞典》首見例為明王世貞《晉中得亡妾信誌感》詩之三：「我更三千里，兒驕女又癡。最憐垂命別，誰作有情悲。」書證偏晚。《靈驗記》中已見：「時聞為物捶擊痛楚之聲，但流淚嗚咽而已，問之竟無所答。月餘日又沉困垂命，巫醫殫術，略無徵應。」（173頁，卷二，《劉將軍取東明觀土驗》）

【鬼吏】猶鬼力，即作為僕從的鬼。《大詞典》舉元楊暹《西遊記》第一本第四齣：「鬼吏參差，簇捧著屈死的孤窮秀士。」晚出且為孤證。《靈驗記》中用例為：「遂請道士修黃籙道場，三日禮謝。至第三日，夢三十餘人，有鬼吏引之，謂賣曰：『國之刑律，自有常科。』」（322頁，卷十六，《盧賣修黃籙道場驗》）可據此提前。

【邑民】州縣的百姓。《大詞典》書證為清陳康祺《郎潛紀聞》卷九：「《孟子》有受人牛羊求牧與芻之喻，宋儒黃勉齊先生宰臨川時，有云：『邑民猶雞雛也，令其母也。』聖意蓋即本此。」《靈驗記》中已出現：「開州新浦縣花林觀者，乃邑民所居之地也。」（178頁，卷二，《開州新浦花林觀祥異驗》）可提前且補充書證。

上述內容從收詞、釋義與書證三個方面簡要闡述了《靈驗記》中的詞彙對

《漢語大詞典》的補充作用。例子還有很多，茲不贅舉。從中我們可以看出，《大詞典》是詞彙研究十分便捷、有力的工具，但將之作為唯一的判定標準也存在一定風險。在研究時還是要廣集語料，多家對比，綜合意見，力求作出準確的解釋。同時也應該說明的是，辭書編纂不是漢語史研究，其中的詞條、義項與書證等的編排受到諸多因素影響，更多是追求其概括性與典型性，故而不應過於責求。

第六章　羅本《道教靈驗記》校理

近年來，中古、近代漢語研究碩果累累，在各類文獻語料中，道教文獻是獨具特色的一塊內容，但學界對其利用還遠遠不夠。道教文獻的校理是一項重要的基礎性工作，有了這個前提，才能更好地發揮道教文獻在漢語史研究中的作用。對那些在道教史上影響力較大、頗有語言研究價值的道經進行標點、注釋和翻譯，可為道教文獻語言研究提供可靠的文本依據。

《道教靈驗記》故事性較強，語言平實質樸，是漢語史研究的寶貴材料。該書不見單本流傳，主要有兩個版本。一是收於《正統道藏》洞玄部記傳類[註1]，共十五卷。「記傳類」為道教經書分類法十二類中的第十類。《道教義樞·十二部義》訓「記」為志，「傳」為傳，謂記志本業，傳示後人。該類文獻多採用筆記體寫成，講述仙人的種種奇遇，凡人修道成仙的方式與途徑或記載重要的山瀆道觀等等。一是北宋張君房《雲笈七籤》卷一一七至卷一二二《靈驗部》節錄六卷。兩個版本既存在重合關係，又可互補參照。

《正統道藏》版本情況較為簡單。《雲笈七籤》現存版本大致可分為四個體系[註2]：一是元朝乃馬真皇后稱制第三年（1244）的《玄都寶藏》本，是現存

〔註1〕丁培仁《增注新修道藏目錄》，巴蜀書社，2008 年，第 646 頁。朱越利《道藏分類解題》，華夏出版社，1996 年，第 201 頁。羅本第 152 頁言其收於《正統道藏》洞神部傳記類，實屬訛誤。

〔註2〕這一部分參考了葉秋冶《〈雲笈七籤〉初探》，中國社會科學院研究生院，2014 年博士學位論文，第 4～5 頁。

最早的版本；二是明《正統道藏》本，載於太玄部，起於「學」字號，止於「棠」字號，共一百二十二卷；三為明清真館本，又分《四庫全書》與《四部叢刊》兩個傳本，亦為一百二十二卷，各卷千字文序號和《正統道藏》中所列序號相同；四為清初彭定求《道藏輯要》本及後來清末賀龍驤《重刊道藏輯要》本。羅本以《道藏》所收錄的十五卷本為底本，同時參以《雲笈》六卷本（《雲笈》共有四個版本，未言明版本者即默指《道藏》本）。六卷本有而十五卷本無的篇目，羅本補於十五卷之後，列為第十六、十七卷。

羅爭鳴點校本為學界研究《道教靈驗記》提供了諸多便利，然而在使用中我們發現該書在整理中尚存在不少可商榷之處。本文擬就羅本中出現的訛、脫、衍、倒等現象與點校失誤問題展開討論，提出一孔之見，求教於方家。除去羅本，陶敏《全唐五代筆記》（三秦出版社 2012 年）亦收錄點校了《道教靈驗記》，蔣力生點校的《雲笈七籤》（華夏出版社 1996 年）、李永晟點校的《雲笈七籤》（中華書局 2003 年）收有六卷本，必要時亦作參考。

第一節　文本校正

羅本《道教靈驗記》在文本的整理中出現了訛、脫、衍、倒等問題。本節分為這四個部分加以論述。

一、訛文

羅本《靈驗記》文本整理過程中出現的訛文可以分為形近而誤，音近而誤與臆改而誤。以下分別論之。

（一）形近而誤

1. 巨殿層樓，迴軒廣廈，枕湖有水閣，松徑有虎亭，松竹森疏，花木秀茂。（157 頁，卷一，《饒州開元觀驗》）

按：「虎亭」之「虎」，《道藏》十五卷本原文 10／802a〔註3〕作「虛」。該篇

〔註3〕 本文引用《道教靈驗記》原文均據（前蜀）杜光庭撰，羅爭鳴輯校《杜光庭記傳十種輯校》，標注頁碼、卷數與篇名。所引用《道藏》原文均為文物出版社、上海書店、天津古籍出版社三家聯合影印本，若引文在《道藏》第 10 冊第 802 頁第 1 欄，本文用「10／802a」表示，「a、b、c」分別表示「1、2、3」欄。需要注意的是，《道藏》收錄了《道教靈驗記》十五卷本與《雲笈七籤》六卷本，十五卷本在《道藏》第 10 冊，六卷本在《道藏》第 22 冊，引用原文時可據冊數區分版本。羅書第十六、

《雲笈》卷一一七亦載，各版本同作「虛」，可知羅本訛誤。

虛，空虛。《廣雅・釋詁三》：「虛，空也。」《荀子・宥坐》：「中而正，滿而覆，虛而欹。」《史記・平準書》：「費數十百巨萬，府庫益虛。」北魏賈思勰《齊民要術・種穀》：「入泉伐木，登山求魚，手必虛。」

「虛亭」《大詞典》未收，《中華古典詩詞辭典》釋「虛亭」為「空曠的亭子」〔註4〕，甚是，舉元倪瓚《對酒》例：「虛亭映苔竹，聊此息躋攀。」古籍中類似的詞還有「虛閣」，義為空閣〔註5〕。「虛」同為空義，所形容的事物亦為建築類，可參。

「虛亭」在道經中可見用例。如金丘處機《磻溪集》卷五：「煙蓋雲幢，影搖寒殿，往來呈瑞。向虛亭東望，平川似錦，洪河泛，渺天際。」元李志常《長春真人西遊記》卷下：「又於危舍上跳出大木，如飛簷，長闊丈餘，上構虛亭，四垂纓絡。」

更多見於世俗文獻中。如唐白居易《白香山詩集》卷三十二《題王家莊臨水柳亭》：「弱柳緣堤種，虛亭壓水開。條疑逐風去，波欲上階來。」南宋魏仲舉《五百家注昌黎文集》卷二《答張徹》：「急時促暗棹，戀月留虛亭。畢事驅傳馬，安居守窗螢。」金元好問《中州集》丙集第三《新泰縣環翠亭》：「縣庭無事苔蘚生，獨攜珍琴寫溪聲。琴聲鏘鏘激虛亭，罷琴舉酒招山英。」明李賢《明一統志》卷六十七《成都府》：「龍居山在什邡縣西五十里，有飛瀑、虛亭、危橋、古柏。」

「虛」字在古書的傳抄整理中常訛作「虎」。晉葛洪《抱朴子・內篇・遐覽》：「書三寫，魚成魯，虛成虎。」說的就是這種現象。「虛」訛作「虎」，羅本還有一處。原文：「章云至『太虎感靈會，命我生神章……一切稽首恭』，長壽夢覺，歷歷記得，乃告父母。」（249頁，卷十，《姚元崇女九天生神章經驗》）該篇《雲笈》卷一一九收，題「姚元崇女精志焚修老君授經驗」，僅錄有本篇篇首部分，後無此段，無法參考。「虎」在十五卷本原文10／834b中作「虛」，應是，當據改。「太虎」為「太虛」。

十七卷均輯自《雲笈》本，與十五卷為互補關係，討論此二卷問題時便只列《雲笈》原文情況，在此作一說明，文中不贅述。

〔註4〕宋協周、郭榮光主編《中華古典詩詞辭典》，山東文藝出版社，1991年，第498頁。
〔註5〕漢語大詞典編纂處編《〈漢語大詞典〉訂補》，上海辭書出版社，2010年，第999頁。

「太虛」謂宇宙，在道教中是一個相當重要的概念。五代譚峭在其著述《化書》中認為，宇宙萬物處於永恆的變化之中，「化化不同，猶環之無窮」，其基本形式是「虛形互化」。「虛」或「太虛」是宇宙萬物的本源和歸宿，萬物由虛化生，又化為虛。〔註6〕這便涉及道教對世界觀、自然觀乃至生命觀的理解。

世俗文獻經見。如南朝梁沈約《均聖論》：「我之所久，莫過軒羲；而天地之在彼太虛，猶軒羲之在彼天地。」唐陸龜蒙《江湖散人傳》：「天地大者也，在太虛中一物耳。」

2. 或見巨手如箕，毛腳若柱；或有喑鳴之聲，響於谷內；或有隕空大石，墮其屋前。（161頁，卷一，《青城山宗玄觀驗》）

按：「喑鳴」不辭。本篇《雲笈》六卷未收，十五卷本原文10／803b作「喑嗚」。「嗚」為「鳴」之形訛，蓋因「鳥」「烏」字形相似。

「喑鳴」義為悲咽，古籍中常見。如唐沈亞之《沉下賢文集》卷十二《劉巖夫哀文秀》：「秀才劉巖夫父沒不勝喪，余弔而作詞以哀之，其詞曰：號呼窒懣，喑鳴呼兮。一溢不入，百體痛兮。」《資治通鑒·漢順帝永建元年》：「寧伏歐刀以示遠近！喑鳴自殺，是非孰辨邪！」胡三省注：「《類篇》曰：『啼泣無聲謂之喑，歎傷謂之鳴。』」明龔詡《野古集》卷中《甲戌鄉中民情長句寄彥文布政》：「況逢缺食方阻饑，女哭兒啼割心肺。哀哉此情當告誰？上有青天下無地。悲淒喑鳴無一言，兩眼相看只垂淚。」

3. 銖號泣求救，願焚弋獵之具，以謝前愆，洗心改悔，不敢又犯。（162頁，卷一，《城南文銖臺驗》）

按：「戈」字當依十五卷10／803c及《雲笈》六卷本原文改作「弋」，「戈」為「弋」之形誤。

弋，獵取；獲得。《古今韻會舉要·職韻》：「弋，取也。」《書·多士》：「非我小國，敢弋殷命。」孔傳：「弋，取也。」孔穎達疏：「弋，射也，射而後取之，故弋為取也。」《史記·楚世家》：「三王以弋道德，五霸以弋戰國。」

「弋獵」為射獵、狩獵之義。本經中亦有其他用例，如：「公孫璞者，雍州高陵人也。武德二年為華州司馬。年四十餘，沉〔註7〕湎酒肉，荒淫財色，常令

〔註6〕付鳳英《道教生命觀與道教養生》，見詹石窗《百年道學精華集成·第4輯·大道修真》，上海科學技術文獻出版社，2018年，第292～297頁。
〔註7〕「沉」，羅本作「況」，據《道藏》原文改。

家童漁釣弋獵，恣殺物命，甘其口腹。」（316頁，卷十六，《公孫璞修黃籙齋懺悔宿冤驗》）又：「泊晚有十餘人將鷹犬弋獵之具，從空中而下，徑入堂內。」（323頁，卷十六，《樊令言修北帝道場誅狐魅驗》）古書中亦常見。如《國語‧越語下》：「王其且馳騁弋獵，無至禽荒。」《後漢書‧烏桓傳》：「（烏桓）俗善騎射，弋獵禽獸為事。」北宋王安石《陰山畫虎圖》詩：「契丹弋獵漢耕作，飛將自老南山邊。」清朱梅崖《髻亭記》：「大弋山者，世傳越王無諸西巡，弋獵於山，遺金鐃，因一名鐃山。」

4. 余按道科，凡故意凌毀大道及福地靈壇，殃流三世。今劉生以陪填首謝，罪此一身，得不為戒耶！（174頁，卷二，《劉將軍取東明觀土驗》）

按：「罪此一身」不通。「此」當據《道藏》十五卷原文10／807c與各版本《雲笈》改作「止」。二字相似而訛。「止」即停止。《廣韻‧止韻》：「止，停也。」《易‧艮》：「時止則止，時行則行，動靜不失其時，其道光明。」本文中說道，按照道科，凡是故意凌毀大道及福地靈壇的人，災難會流傳三代，而劉生以命謝罪，災禍便止於他一人了。

5. 自此觀基高顯爽塏，無復霖淹泥涂之患矣。（180頁，卷三，《明州大寶觀山水不侵驗》）

按：「泥涂」，十五卷本原文10／810a作「泥塗」，《雲笈》未收此篇。「塗」為道路，也作「途」。《廣韻‧模韻》：「塗，路也。」「涂」有塗泥義。《說文‧水部》：「涂，泥也。」段玉裁注：「謂塗泥也。」然既有《道藏》原文作參，且「泥涂」未檢得文獻用例，在意義上亦不及道路恰當，故「涂」當為「塗」之誤。

「泥塗」為泥濘的道路。文獻用例先秦已見。如《六韜‧勵軍》：「出隘塞，犯泥塗，將必先下步。」後世用例如唐高適《苦雨寄房四昆季》詩：「泥塗擁城郭，水潦盤丘墟。」清南潛《聽雨》詩：「前宵松月疑塵夢，明日泥塗聽屐聲。」

6. 既登扁舟，將欲解纜，迴首道左，見像設甚嚴，而朽殿傾圮。問其名，即真符玉芝觀也。八門升階，拜手潛祝。（183頁，卷三，《劉瞻相夢江陵真符玉芝觀驗》）

按：「八門」甚難索解。《道藏》十五卷原文10／811b與諸版本《雲笈》原

文皆作「入門」，可知「八」乃「入」之訛。「入門」即進門，文獻中常見。如晉王嘉《拾遺記·後漢》：「吾家貧困，未嘗有教者入門。」唐杜甫《草堂》詩：「入門四松在，步屧萬竹疏。」本經中亦有其他用例，如：「入門則珠宮瓊堂、玉樓金殿，非常目所睹，頓異於冥關之中。」（197 頁，卷五，《張仁表太一天尊驗》）又：「有群賊忽圍其家，湘入告老君，乃出與語。賊投刃於地，羅拜其前。湘問其故，默而不答，拜亦不已。湘捨而入門，群賊猶拜，唯稱罪過。」（217 頁，卷七，《賈湘事老君驗》）

　　　　7. 自此齋一旬，戒三日，則蠻陬瘴海魑魅之鄉，無所憚矣。辰

　　　未己午，與子為期也。（183 頁，卷三，《劉瞻相夢江陵真符玉芝觀

　　　驗》）

　　按：「辰未己午」之「己」，當作「巳」。曾良認為：「『己』『已』『巳』三字在古籍中不別，須據上下文而定。」〔註8〕據《靈驗記》文意，此四字當分別代表年、月、日、時，具體指的是二人約定見面的時間。「辰」「未」「午」均屬地支，由此推知四字格式與意義當統一。「己」屬天干，「巳」為地支，當以「巳」為是，羅本可據改。「辰未巳午」即辰年未月巳日午時。

　　　　8. 旋得金帛，寓信於荊帥，特創天尊殿，齋歷廊宇，選精介焚

　　　修之士以居之。（184 頁，卷三，《劉瞻相夢江陵真符玉芝觀驗》）

　　按：「歷」字誤，十五卷 10／811b 與《雲笈》六卷原文皆作「廳」，當據正。「廳」乃會客、宴會、行禮等用的大房間。《廣韻·青韻》：「廳，廳屋。」北魏賈思勰《齊民要術·種梧桐》：「明年三月中，移植於廳齋之前，華淨妍雅，極為可愛。」唐薛能《楊柳枝》：「陶家舊日應如此，一院春條綠透廳。」北宋李格非《洛陽名園記·環溪》：「涼榭錦廳，其下可坐數百人。」「廳」與「歷」之簡體分別為「厅」與「历」，形體相近，校書者或是因此混淆二字，後又將之轉寫為繁體。

　　　　9. 大唐將受命，義師起於河東，觀內有赤光屬天者六七夜。廣

　　　明庚子，寇犯長安，觀中有光，如義寧之歲。（187 頁，卷三，《盩厔

　　　縣樓觀驗》）

　　按：據《道藏》十五卷 10／812b 及《雲笈》六卷原文，「義寧」當作「義寧」。二字常誤，管錫華《形近易訛字表》中列舉了《漢書》「義」誤作「義」

例〔註9〕。「義寧」乃隋恭帝楊侑年號（617～618）。「大唐將」李淵於「河東」晉陽起兵，擁立隋煬帝孫子代王楊侑為帝，改元義寧。〔註10〕

正是《靈驗記》本文「大唐將受命，義師起於河東」之事。此言廣明庚子觀中發光之事如同義寧之年。

10. 雖無風雨飄漬，且年祀久遠，而金色鑠人，精光奪目，製作精巧，異於常工。既重且潔，皆疑其真金色。（188 頁，卷四，《南平丹竈臺金銅像驗》）

按：「真金色」之「色」，十五卷本原文 10／813a 作「也」，《雲笈》無此篇，當據改。二字形近而誤。文中是說，銅像金色鑠人，眾人便懷疑是用真金打造而成。

11. 大開道場，許臣庶瞻禮。仍今兩街大觀，每處作道場七日。
（191 頁，卷四，《木文天尊驗》）

按：依《道藏》十五卷本 10／814b 及《雲笈》六卷原文，「今」字當為「令」。「令」謂發出命令讓人執行。《說文·卩部》：「令，發號也。」《詩·齊風·東方未明》：「倒之顛之，自公令之。」晉陸機《辯亡論上》：「挾天子以令諸侯，清天步而歸舊物。」唐韓愈《袁州申使狀》：「伏乞仁恩，特令改就例程，以安下情。」「令」誤作「今」，羅本還有一處，原文為：「厥後有使者馳一緘遺崔公曰：『子之先君，今吾將此謝汝。』」（248 頁，卷十，《崔晝度人經驗》）「今」，查《道藏》十五卷 10／834a 與《雲笈》原文均作「令」。「今」乃形近之誤，當據正。

12. 邵未出門，有一少年張蓋而入，邵忽遽避之，小玉即引於簾後且立。（200 頁，卷五，《李邵太一天尊驗》）

按：《四部叢刊》本、《道藏輯要》本《雲笈》同作「忽遽」。十五卷本 10／817b 與《四庫全書》本、《道藏》本《雲笈》原文皆作「怱遽」，當是。古籍常見「怱」「忽」互訛例，管錫華通過古書校勘而整理出的《形近易訛字表》中便收錄了這一組〔註11〕。「怱」為急忙義，乃「悤」隸變而來。《集韻·東韻》：「怱，古作悤。」《字彙·心部》：「怱與悤同。」《說文·囪部》：「悤，多遽悤悤也。」

─────────────

〔註9〕 管錫華《校勘學》，安徽教育出版社，1991 年，第 433 頁。
〔註10〕 陳光主編《中國歷代帝王年號手冊》，北京燕山出版社，2000 年，第 214 頁。
〔註11〕 管錫華《校勘學》，安徽教育出版社，1991 年，第 379 頁。

唐杜甫《泥功山》：「寄語北來人，後來莫怱怱。」南宋胡翼龍《夜飛鵲》：「塵世無此怱忙。」

「怱遽」義為匆促，急急忙忙，是承自中古的口語詞。姚秦鳩摩羅什譯《十住經》第三：「諸佛子！如人夢中欲渡深水，是人爾時，發大精進，施大方便，欲渡此水。未渡之間，廓然便覺。所渡方便，乃怱遽事，即皆放捨。」（10／520c）北齊魏收《魏書》卷四十一：「又其履歷清華，名位高達，計其家累，應在不輕。今者歸化，何其孤迴？設使當時怱遽，不得攜將，及其來後，家貲產業，應見簿斂。」後世文獻亦有所見。唐薛用弱《集異記·蕭穎士》：「俟及岸，方將啟請，而二子怱遽負擔而去。」北宋蘇轍《論御試策題箚子第二》：「蓋知事出怱遽則民受其病耳！」南宋袁樞《通鑑紀事本末》卷四二：「北漢果出兵追躡，元福擊走之。然軍還怱遽，芻糧數十萬在城下者悉焚棄之。」明陳邦瞻《宋史紀事本末》卷一百八：「時張世傑秉政，而秀夫裨助之，外籌軍旅，內調工役，凡有述作，盡出其手，雖怱遽流離中，猶日書《大學章句》以勸講。」

「怱」「忽」一筆之差，羅本誤錄。

13. 是夕，夢救苦天尊自堂中飛出，冉冉垂空向西而去。及明，焚香之時，已失救苦天尊幀像。（201 頁，卷五，《孫靜真救苦天尊驗》）

按：《雲笈》六卷本未收本篇。「垂」字當依十五卷本原文 10／817c 改作「乘」。

乘空，凌空；騰空。本書亦見其他用例。如：「忽有黃光自天而下，初則城內昏暝，黃光所照，豁然開明。黃衣使者乘空而至，官吏列行拜迎。」（259 頁，卷十一，《劉遷都功籙驗》）古籍中常見。如《列子·黃帝》：「乘空如履實，寢虛若處床。」唐孟浩然《登龍興寺閣》詩：「閣道乘空出，披軒遠目開。」南宋周密《癸辛雜識·鄭仙姑》：「至次年，女出汲井之次，忽雲湧於地，不覺乘空而去。」清俞行敏輯《淨土全書》卷下《宋滿》：「隋宋滿。常州人。計荳念佛。積三十石。開皇八年九月。飯僧畢。坐逝。人見天華異香。滿乘空西去。」（《卍新纂大日本續藏經》62／176a）

14. 因劃薙荒蕪，恢張制度，創兩殿二樓，重門邃宇，壯麗華盛，

冠絕一時。（203 頁，卷五，《合州慶林觀尊像驗》）

　　按：「劃薙」之「劃」，《道藏》十五卷 10／818c 與《雲笈》六卷本原文同作「劚」，羅本誤。「劚」同「鏟」，削除之義。《廣雅·釋詁三》：「劚，削也。」王念孫《疏證》：「劚同鏟，聲義並同。」《小爾雅·廣詁》：「劚，滅也。」《周禮·秋官·薙氏》：「冬日至而耜之。」漢鄭玄注：「耜之，以耜測凍土劚之。」《資治通鑒·唐僖宗乾符八年》：「蜀土疏惡，以甓甃之，環城十里內取土。皆劚丘垤平之，無得為坎埳以害耕種。」元鄧學可《端正好·樂道》套曲：「劚荊棘鑿做沼池，去蓬蒿廣栽榆柳。」

　　「劚薙」為剷除、刈除義。亦見於其他古籍。如南宋陳敷《農書》卷上：「今夫種穀，必先修治秧田。於秋冬即再三深耕之，俾霜雪凍冱，土壤蘇碎。又積腐稾敗葉，劚薙枯朽根荄，遍鋪燒治，即土暖且爽。」元蘇天爵《元文類》卷三十一：「余與景仁顧而樂之，請景仁贖其榛莽之虛，而劚薙藝植之，擬卜居。」清嚴可均輯《全宋文》卷六五一三：「蓋當檜亡後，一時黨援，劚薙焚汰，不啻草莽。獨公老成重德，人無異詞，雖為義問排毀公者，後亦卒自悔恨。而二宗眷眷於公如此。」

　　「劚」誤整理作「劃」，本書還有一處。原文為：「然每至昏暝，則人多驚悸，投礫擲瓦，鬼哭狐鳴。以其喪失墳隴，平劃墟墓，無所告訴，故俗謂之虛耗焉。」（305 頁，卷十五，《韋皋令公黃籙醮驗》）「劃」，《道藏》十五卷原文 10／854b 與諸版本《雲笈》原文皆作「劚」，當改。

　　竊以為整理者或是將「劚」誤認作了「划」，又將之轉寫為繁體「劃」。探其根源，仍是由形近致誤。

　　15. 益州命縣令丘子游詣闕上進，宣示中外，編入國史。（204 頁，卷五，《唐興縣天尊現驗》）

　　按：該篇《雲笈》未收。「丘子游」，查十五卷本原文 10／819a 作「立子游」。人名當有定準，羅本誤錄，應據改。

　　16. 每至齋月吉辰，鐘或自鳴，夜有神燈，盡有仙人來往，遠近共知焉。（205 頁，卷五，《唐興縣天尊現驗》）

　　按：「盡」，十五卷 10／819b 及《雲笈》六卷本原文作「晝」，「盡」與「晝」形體近似而訛。「晝」即白天。《說文·畫部》：「晝，日之出入，與夜為介。」

《廣雅·釋詁四》:「晝,明也。」《詩·豳風·七月》:「晝爾于茅,宵爾索綯。」唐韓愈《叉魚招張功曹》詩:「大炬然如晝,長船縛似橋。」《靈驗記》本例當作「夜有神燈,晝有仙人來往」,「夜」與「晝」為對文。

17. 光啟年,大駕還京,光庭奏置玄元觀,寵詔褒允。至今郡中水旱祈柷,靈驗益彰矣。(210 頁,卷六,《閬州石壁成紋自然老君驗》)

按:「祈柷」難解。柷為木製的一種打擊樂器。《說文·木部》:「柷,樂,木空也。所以止音為節。從木,祝省聲。」《爾雅·釋樂》:「所以鼓柷謂之止。」郭璞注:「柷如漆桶,方二尺四寸,深一尺八寸,中有椎柄,連底挏之,令左右擊。止者,其椎名。」該義於文中不適。該字於十五卷 10／821a 與《雲笈》六卷本原文中作「祝」,當據正。

祈祝,祈求祝禱。本書用例如:「此疾既作,親戚鄰里不相往來。靜真聞之,於其家靜堂之內焚香祈祝,以求保護。」(201 頁,卷五,《孫靜真救苦天尊驗》)亦常見於其他文獻。如北宋李昉《太平廣記》卷七十引《墉城集仙錄》:「裴與劉於洞靈觀修齋祈福,是日稍愈,亦同詣洞靈佛像前,焚香祈祝。」明沈德符《野獲編·著述·獻異書》:「方士趙天壽者進獻符法三十六本……已乞留靜虛觀,為上祈祝,不許。」《續資治通鑑·宋理宗淳佑十年》:「六月,丁酉,龍翔宮奉安感生帝及從祀聖像,仍備祭器,比附太一宮禮例祈祝。」

18. 此後宗社不寧,天下荒亂,干戈競起,祚曆甚危。太上老君自降王宮作幼主,以扶上難,社稷可以存耳。(215 頁,卷六,《賴處士說老君降生事驗》)

按:「以扶上難」之「上」,《道藏》十五卷 10／823a 與《雲笈》六卷原文同作「此」,當改。此,代詞,相當於這、這個。《詩·唐風·綢繆》:「今夕何夕,見此良人!」唐韓愈《黃家賊事宜狀》:「此兩人者,本無遠慮深謀,意在邀功求賞。」在《靈驗記》本例中,「此難」就是前文所說「宗社不寧,天下荒亂,干戈競起,祚曆甚危」之難。

「此」誤錄為「上」,該書還有一處原文:「泊樓屬參謀太保李公師泰,欲毀樓遷去,余因請得上壁,移置北帝院中矣。」(228 頁,卷八,《龍家樓上孫處士畫天師驗》)《雲笈》未收該篇,「上」字當據十五卷本原文 10／827b 改作「此」。

19. 夷人見之，驚懼而退。乃大茸觀舍，累年修崇，齋醮禱祈，迨無虛月。（218 頁，卷七，《龍鶴山老君驗》）

按：此篇《雲笈》未收。「醮」字，十五卷本原文 10／824a 作「醮」。《說文新附》：「醮，以物沒水也。此蓋俗語。」《正字通・酉部》：「醮，凡僧道設壇祈禱曰醮。」當以「醮」字為是。

「齋醮」為道教設壇祭禱的一種儀式。道教與世俗文獻均見用例。如《太上洞淵神咒經》卷十四：「諸天玉女降，真仙下與俱。若其病不瘥，魔王等自屠。今日齋醮畢，福降如雲雨。」唐王建《同于汝錫遊降聖觀》詩：「聞說開元齋醮日，曉移行漏帝親過。」《資治通鑒・後梁均王貞明六年》：「鎔晚年好事佛及求仙，專講佛經，受符籙，廣齋醮。」明凌蒙初《初刻拍案驚奇》卷十七：「因念亡夫恩義，思量做些齋醮功果超度他。」

20. 頃以夏旱逾旬，將欲害稼，漢州刺史王宗蘷憂物疚心，誠明感動，與群僚馳往禱祈，炷香虔拜。（219 頁，卷七，《龍瑞觀老君驗》）

按：《雲笈》本未收此篇。「疼」，十五卷本原文 10／824b 作「疚」，「疼」與「疚」形近而誤，當據改。疚心，負疚、憂心之義。常見於文獻中。如晉潘岳《秋興賦》：「彼四戚之疚心兮，遭一塗之難忍。」北宋蘇軾《再論積欠六事四事劄子》：「《書》曰：『制治於未亂，保邦於未危。』浙西災患，若於一二年前，上下疚心，同力拯濟，其勞費殘弊，必不至若今之甚也。」清龔自珍《己亥雜詩》之八十：「夜思師友淚滂沱，光影猶存急網羅。言行較詳官閥略，報恩如此疚心多。」

21. 鵠塑老君像，而山中土石相渾，求訪極難。夢青童告之曰：「殿東文所，有土如堊，可以用之。」（223 頁，卷七，《天台觀老君驗》）

按：「文」，十五卷 10／826a 及《雲笈》六卷本原文均作「丈」，二字形體近似，「文」為「丈」之誤。「丈」為長度單位。《說文》：「丈，十尺也。從又從十。」《左傳・哀公元年》：「裏而栽，廣丈，高倍。」《國語・周語下》：「夫目之察度也，不過步武尺寸之間；其察色也，不過墨丈尋常之間。」韋昭注：「五尺為墨，倍墨為丈。」

「所」用在數量值後面，表示大概的數目。《史記・李將軍列傳》：「廣令諸騎曰：『前！』前未到匈奴陳二里所，止，令曰：『皆下馬解鞍！』」《靈驗記》本例中「殿東丈所」義為大殿東側一丈遠左右的地點。

22. 忽夢一道流，長八九尺，來至其前，以大神布衣拂其面目之上，頓覺清涼，謂之曰：「自此較矣，勿復憂也。」（226 頁，卷八，《昭成觀天師驗》）

按：「神」，《道藏》十五卷本 10／826c、《雲笈》六卷本原文均作「袖」，「神」與「袖」當為形近而訛。又或因整理者考慮到《靈驗記》為道教典籍，多見「神」「仙」等詞，以致混訛。

「大袖」指寬大的衣袖。本書另有所見，如：「一人在前，長丈餘，著大袖衣，平冠。一人居後，著青衣，大袖，捧一帙書。」（239 頁，卷九，《青城丈人真君示現驗》）

該詞作為服飾常用語，屢見於道經。《中國道教》言：「『長裙大袖』是道教法服的一大特點，其道袍、戒衣等，袖口寬一尺八寸，或二尺四寸，故舊時有民謠云：『二可怪，兩隻衣袖像口袋。』」〔註12〕用例如南宋寧全真《靈寶領教濟度金書》卷二八二：「三十二人，五帝功曹亦各三十二人，並幀弁玄冠，朱履，大帶，五色大袖，方心曲領。」明《道法會元》卷一八一：「前部效功一人，通天冠，黃衣大袖，大眼，面紫黑色，執九節旄，乘黃雲。」

世俗典籍亦多見。如《隋書・東夷・高麗傳》：「人皆皮冠，使人加插鳥羽。貴者冠用紫羅，飾以金銀，服大袖衫，大口袴，素皮革，黃革履。」南宋周密《癸辛雜識・續集》卷下：「倭婦人……雖暑月亦服至數重，其衣大袖而短，不用帶。」

23. 況素無骨肉，惟夫婦而已，既免支離，沒志林谷，不復有名宦之望。野麇山鹿，性已成矣。（227 頁，卷八，《劉存希天師幀驗》）

按：查《道藏》十五卷原文 10／827a 與《雲笈》六卷本原文，「沒」為「決」之訛字，當改。

決志，拿定主意；決心。亦有其他用例，如《易・乾》「或躍在淵」三國魏王弼注：「持疑猶豫，未敢決志。」南宋趙汝愚《宋名臣奏議》卷一百三十五：

〔註12〕丁貽莊等撰《中國道教》，知識出版社，1994 年，第 94 頁。

「夫高麗累年貢奉朝廷，朝廷終不許，遂決志事契丹，所以為契丹用也。契丹所使，無令不從。今朝廷能許高麗進貢，正遂其久志，則必反為我之用矣。」清錢澄之《田園雜詩》：「從此誡子孫，決志耕不惑。」清紀昀《閱微草堂筆記‧灤陽消夏錄六》：「孤城將破，巡決志捐生。」

24. 入有疾苦，取水服之多效，瘡癬以井水洗之即愈。相傳靈驗，遠近所知。(229 頁，卷八，《蜀州天師井驗》)

按：此篇《雲笈》未收。「入」字，十五卷本原文 10／827c 作「人」，「入」與「人」字形相近而誤，當據正。《說文》：「人，天地之性最貴者也。此籀文，象臂脛之形。」唐劉禹錫《天論》上：「人之所能者，治萬物也。」

25. 乃以俸金修天師之堂，加以丹朦，立為銘碼。(232 頁，《李瓛夢天師驗》)

按：「朦」字形訛誤，《道藏》十五卷 10／829a 與《雲笈》六卷原文皆為「膜」，「月」「丹」作為構字部件形近易混。膜，赤石脂之類，古人以為上等的紅顏料。「丹膜」常見於古籍，義為可供塗飾的紅色顏料。如《書‧梓材》：「若作梓材，既勤樸斲，惟其塗丹膜。」南宋周必大《二老堂雜志‧記恭請聖語》：「(上)從至翠寒堂，棟宇顯敞，不加丹膜。」明楊慎《藝林伐山‧印色》：「今之紫粉，古謂之芝泥；今之錦砂，古謂之丹膜，皆濡印染籀之具也。」故文中「加以丹朦」當作「加以丹膜」，為「用紅色顏料塗飾」之義。

26. 如是徑歸，才及其家，雷雨大作，三日不絕。齋乃移日，至所定之日，兩復如前。五度改日，及期皆雨。(233 頁，卷八，《卭州趙可言事天師驗》)

按：本篇《雲笈》本未收。「兩復如前」之「兩」，十五卷本原文 10／829b 作「雨」。「兩」乃「雨」之誤，當改。

曾良研究指出，古籍中「雨」「兩」形近往往相訛[註13]。舉例甚多，現摘錄兩例。如斯 4277《王梵志詩》：「日常三頓飯，年恒雨覆衣。」(冊六，頁 18)「雨」就是「兩」字。中華書局標點本《斷髮記》第四齣：「我蹋腳低低叫，他掩口微微笑。嗏，兩暮雲朝，難分正小。」(頁 10)「兩暮雲朝」當作「雨暮雲朝」。《靈驗記》本文中說的是，因大雨齋醮改期，到了所定的日子，又像先前

[註13] 曾良《俗字及古籍文字通例研究》，百花洲文藝出版社，2006 年，第 156～157 頁。

一樣下雨。五次改期,到了約定的日子都在下雨。如按「兩復如前」,則與後面「五度改日」亦相悖。

《靈驗記》另有一處二字相訛例。原文:「一人偶曰:『某監齋常能排斥罪善,不信報對,量其積過,莫在群牛中否?』眾方言笑,一牛直詣〔註14〕眾前,驅之不去。試以某監齋呼之,跪而兩淚。每呼名,必隨應焉。」(330頁,卷十七,《衢州東華觀監齋隱欺〔註15〕常住驗》)「兩淚」,《道藏》本《雲笈》原文22／844b作「雨淚」,其餘三本同。羅本訛誤,當改。「雨淚」謂淚如雨下,常見於文獻。如晉陸雲《弔陳永長書》之四:「東望貴舍,雨淚沾襟。」唐李白《秋浦歌》之二:「何年是歸日,雨淚下孤舟。」元無名氏《凍蘇秦》第二折:「不由我哭哭啼啼,思量起雨淚沾衣。」

27. 公曰:「張說是紫微令,復是太廟使,臣客宰相,不合首坐。」
上曰:「可。」紫微令、大清宮使遂居首坐。(252頁,卷十,《姚元崇女九天生神章經驗》)

按:本篇《雲笈》卷一一九收,題「姚元崇女精志焚修老君授經驗」,全文僅錄有本篇開頭幾句,後文皆無。「大清宮」之「大」,十五卷本原文 10／835b作「太」,應是。太清宮,又名老子廟。建於東漢延熹年間,在今河南鹿邑縣東十里。《水經·陰溝水注》:「渦水又北徑老子廟東,廟前有二碑,在南門外。漢桓帝遣中官管霸祠老子,命陳相邊韶撰碑。北有雙石闕。」《新唐書·地理志·亳州真源縣》:「有老子祠,天寶二年曰太清宮。」北宋范仲淹《太清宮九詠序》:「譙有老子廟,唐為太清宮。」「太清」有神仙居處、仙境義。用例如《文昌大洞仙經》:「金闕上景氣,其文乙卯成地八之木為太清。」故可用作宮觀名。

28. 我知非白馬明神,必是狐狸精怪傍附神祠,幻惑生靈。今日我決定於此止泊,特呪為民除害。(253 頁,卷十,《王道珂天蓬呪驗》)

按:「特呪」,查《道藏》十五卷本 10／835c與《雲笈》六卷本原文,皆作「持呪」。「特」乃「持」之訛,二字偏旁相似而誤。

〔註14〕「詣」十五卷本原作「諸」,據《叢刊》本、《四庫》本《雲笈》原文改。
〔註15〕「欺」字原無,據《四庫》本《雲笈》標題與文中內容補。

「持呪」義為念誦咒語，乃中古時產生的口語詞。宗教類文獻多見。《太上洞淵神呪經》卷十五：「東南梵寶宮，巽域青雲阿。神兵一持呪，三界摧邪魔。功德已巍巍，碧海無風波。」唐跋馱木阿譯《佛說施餓鬼甘露味大陀羅尼經》第一：「善男子！我今分明語汝：是持呪者於彌勒佛前，若不得授決定阿耨多羅三藐三菩提記，於此賢劫次第成佛者，我則墮於欺誑眾生。」（21／486b）

世俗文獻亦見。如唐盧綸《送恒操上人觀省》詩：「持呪過龍廟，翻經化海人。」清俞正燮《癸巳類稿・駐紮大臣原始》：「二弟子達賴、班禪，轉世行教，持呪至驗。」

　　29. 王清遠世居北印山下。（253 頁，卷十，《王清遠神呪經驗》）

　　按：典籍中無「北印山」之說。「印」，《道藏》十五卷 10／836a 與《雲笈》六卷本原文作「邙」。「印」為形近之訛。北邙山，在河南省洛陽市東北。唐王建《北邙行》詩：「北邙山頭少閒土，盡是洛陽人舊墓。」《元和志》卷五《偃師縣》：「北邙山，在縣北二里，西自洛陽縣界，東入鞏縣界。舊說云，北邙山是隴山之尾，乃眾山總名，連嶺修亙四百餘里。」明曹學佺《石倉歷代詩選》卷三八四：「洛陽城北往來道，北邙山下迷煙草。喪車前頭唱輓歌，丹旐素幡高嵯峨。洛城日日喪車出，城中車馬依然多。豪家墓碑百餘尺，鑿遍北邙山下石。累累古墓多無主，清明誰與增新土？」

　　30. 會昌中，賜紫道士郭重光、晏玄壽復齎詔醮山，取經石函之中，經復如舊。至今鎮觀者，猶是此經，不知何年歸還耳。（256 頁，卷十一，《仙都觀石函經驗》）

　　按：「齎」，《道藏》十五卷本 10／837a 與《雲笈》六卷本原文作「賷」，「齎」為「賷」之訛字。「賷」有攜、持義。《廣雅・釋詁三》：「賷，持也。」《史記・秦始皇本紀》：「乃令入海者賷捕巨魚具。」北宋司馬光《論屈野河西修堡狀》：「但賷酒食，不為戰備，以此逢敵，如何不敗！」

　　「賷詔」乃持詔書之義。本書尚有其他用例：「長慶四年，中使張士謙、王元宥、刺史尉遲銳修之。寶曆元年三月，內使閻文清又賷詔祈醮。」（334 頁，卷十七，《李賞斫龍州牛心山古觀松柏驗》）可見這一組合在書中並非孤例。

　　31. 及奇章公在鎮之年，江波泛溢，壞堤犯城，此角摧剝，方見鐵像及所刻符文，下有隸書云：「元始五老敕直符尹豐奉靈寶真文，

以禳水害，如赤書符命。」（257 頁，卷十一，《襄州城角鐵篆真文驗》）

按：本篇《雲笈》無，據十五卷本原文 10／837b，「壤」乃「壞」之誤，當據改，作「壞堤犯城」。「壞」有毀義。《字彙‧土部》：「凡物不自敗而毀之則音怪。魯恭王壞孔子宅，《孟子》壞宮室以為污池之類是也。」《左傳‧成公十年》：「（大厲）壞大門及寢門而入，公懼，入於室，又壞戶。」《史記‧秦始皇本紀》：「墮壞城郭，決通川防，夷去險阻。」《靈驗記》本例中「壞堤犯城」，「壞」與「犯」相對成文。

32. 忽有一石橫在其前，截流斜渡，出水二三寸，長可丈餘。舍真尋石之上，越水而過。（257 頁，卷十一，《陸含真水星石符文驗》）

按：此篇《雲笈》本未收。「舍真」，十五卷本原文 10／837b 作「含真」。該篇題目與上下文亦作「含真」，是文中人名，當據正。

33. 數年復過天姥，開嶺上溪水之側，訪其石符，不復見矣。（258 頁，卷十一，《陸含真水星石符文驗》）

按：《雲笈》未錄本篇。「開」，十五卷本原文 10／837c 作「關」，是也。此二字古書中常混訛，管錫華於《形近易訛字表》中羅列了《漢書》中「關」誤作「開」例〔註16〕，可參。

關嶺在今浙江天台縣西北。《天台山方外志‧山源考》：「天姥為石城之胚胎，自萬年藤公嶺發脈，已為仙人浪、黃渡溪截斷，是天台西北幹也。關嶺過脈處，北以黃杜，南以左溪，界水極分明。」關嶺為新昌縣與天台縣的界嶺，南為天台，北為新昌。明徐霞客在《遊天台山日記（後）》中記述道：「出會墅，大道自南來，望天姥山在內，已越而過之，以為會墅乃平地耳。」「天台之溪，余所見者：……又正西有關嶺、王渡諸溪，餘屐亦未經；自此再北有會墅嶺諸流，亦正西之水，西北注於新昌。」

《靈驗記》本例中「天姥」即天姥山，在今浙江新昌縣南部。天姥山乃道教名勝。徐躍龍指出：「隋唐至北宋，是道教發展的興盛期，尤其是唐王朝，尊道教為國教，道教洞天福地學說盛行，據唐司馬承禎《上清天地宮府圖經》、杜光庭《洞天福地嶽瀆名山記》等著名道家經典，均將天姥岑（嶺）列為第十六

〔註16〕管錫華《校勘學》，安徽教育出版社，1991 年，第 388 頁。

福地，影響甚廣。」〔註17〕本例改「開嶺」為「關嶺」也正與「天姥山」之地理
實際相符。

　　34. 因詣十九世天師，傳受都功。脆信豐贍，致齋嚴潔，愈於眾

人。（259 頁，卷十一，《劉遷都功籙驗》）

　　按：《雲笈》本無此篇。「脆」字十五卷本原文 10／838a 作「賻」，當改。
《玉篇·貝部》：「賮，同賵。」《集韻·馬韻》：「賵，財也。或從危。」南朝梁
陶弘景《周氏冥通記》卷三：「卿姨屢有賵請。」清黃生《義府》卷下：「賵，
古胃切，與賮同。賭也，資也。此云『賵請』，當是以財物事神求福之義。」

　　如第三章所述，「賵」或作「詭」，是道教文獻中常見的概念，指受道祈神
時奉送神仙或經師的信物。道經用例多見。如《洞真太上太霄琅書》卷六：「或
假道作妖，謀圖不軌，幻術惑眾，雜糅真經，改易前後，空中妄造，乖理失宗，
苟以為是，託真傳行，多取信賵；或修而不受，授而不精；或抑絕賢明，附從
愚瞽。」

　　35. 忽山下有人請齋，兼欲求匄紙筆，借觀奴一人同去。（266 頁，

卷十二，《僧法成改經驗》）

　　按：「匄」字在《道藏》十五卷原文 10／840c 中為「匄」，在諸版本《雲笈》
中皆作「丐」。「匄」為「丐」之異體。《龍龕手鑒·勹部》：「匃，今；匄，正。
古太反。乞也，求也。」《玉篇·勹部》：「匄，乞也，行請也，取也。丐，同上。」
「求匄」即「求丐」，義為乞求、乞討。用例如《新唐書·南蠻傳上·南詔上》：
「南詔嘗與妻子謁都督，過雲南，太守張虔陀私之，多所求丐。」南宋洪邁《夷
堅丁志·鄧城巫》：「（鄧城巫）每歲春秋，必遍謁諸坊求丐。」故羅本《靈驗記》
文中「匄」為「匄」之形誤，當據正。

　　36. 崔公輔明經及第，歷官至雅州刺史。至官一年，忽覺精神恍

惚，多悲恚狷急，往往忽忌，舉家異之。（270 頁，卷十二，《崔公輔

仙都經驗》）

　　按：「忽忌」之「忌」為「忘」之訛字。此「忘」字在《道藏》十五卷原文
10／842a 中寫作忞，於諸版本《雲笈》原文中皆作「忘」。「忞」為「忘」之異

〔註17〕徐躍龍《天姥山考論》，《浙江社會科學》，2017 年第 4 期，第 142 頁。

體。敦煌文獻中,「忘」作「忞」〔註18〕,如《御注金剛般若波羅蜜經宣演卷上》:「處座之辰,詎忞詞費?」碑刻文字中「忘」的異體字亦有此寫法〔註19〕。「忘」之該字形與「忌」相似,故易混淆。

「忽忘」義為忘記,古代文獻多見。如漢劉熙《釋名·釋書契》:「笏,忽也。君有教命及所啟白,則書其上,備忽忘也。」漢王符《潛夫論·敘錄》:「中心時有感,援筆紀數文,字以綴愚情,財令不忽忘。」《隋書·禮儀志七》:「凡有指畫於君前,受命書於笏,笏畢用也。《五經要義》曰:『所以記事,防忽忘。』」北宋蘇洵《蘇氏族譜》:「幸其未至於塗人也,使之無至於忽忘焉可也。」本書中另見用例:「相國嘗話斯夢,以為洞天者,羅川之洞也;群仙者,二十七真也。驚其忽忘,懋此巨功,信大道之明徵矣。」(185頁,卷三,《鄭畋相國修通聖觀驗》)校「忽忌」為「忽忘」,於此則文通理順。

37. 至誠闕,入門數重,追者引到曹署之門,立於屏外。(270頁,卷十二,《崔公輔仙都經驗》)

按:「誠闕」之「誠」屬轉錄訛誤,《道藏》十五卷10/842a與《雲笈》六卷原文本作「城」,可據改。「城闕」義為宮闕。如晉陸機《謝平原內史表》:「不得束身奔走,稽顙城闕。」唐白居易《長恨歌》:「九重城闕煙塵生,千乘萬騎西南行。」北宋何薳《春渚紀聞·后土詞瀆慢》:「即令黃衣人復引余過數城闕,止一殿庭。」

38. 施州清江郡開元觀有鐘焉,其形絕古,用麟為鼻,以繫于簴,狀若玄瓟。(283頁,卷十三,《施州開元觀鐘驗》)

按:「干」,《道藏》十五卷10/846b與《雲笈》六卷原文作「于」。于,介詞,在。《爾雅·釋詁上》:「于,於也。」《詩·召南·采蘩》:「于沼于沚。」鄭玄箋:「于,於。」《儀禮·士昏禮》:「婿乘其車,先俟於門外。」鄭玄注:「婿車在大門外,乘之。」「干」與「于」相似而訛。

「簴」為古代掛鐘磬的架子中的立柱。《玉篇·竹部》:「簴,篪簴。」《廣雅·語韻》:「虡,《說文》曰:『鐘鼓之柎也,飾為猛獸。』《釋名》曰:『橫曰栒,縱曰虡。』虡,上同。俗作簴。」《楚辭·九歌·東君》:「緪瑟兮交鼓,簫

〔註18〕黃征《敦煌俗字典》,上海教育出版社,2005年,第420頁。
〔註19〕毛遠明《漢魏六朝碑刻異體字典》,中華書局,2014年,第911~912頁。

鐘兮瑤簴。」唐李邕《越州華嚴寺鐘銘》序:「於是曾臺大起,雕簴懸列。」「以繫於簴」即把鐘繫結在用來懸掛鐘磬的立柱上。羅本訛誤,當據正。

39. 余奉敕與高品賜紫郭尊泰奏於丈人觀,修周天大醮。(294頁,卷十四,《僖宗青城齋醮驗》)

按:《雲笈》無此篇,「尊」當依《道藏》十五卷原文10/850b改為「遵」。羅本誤錄。「遵」在該例中為人名用字,雖無詞彙意義,也應遵照事實,不可擅自改字。

40. 竟不敢犯邕南封郡者,乃軌與聽希神呪之功也。(300頁,卷十五,《李軌神呪齋驗》)

按:《雲笈》未收本篇。「郡」在十五卷本原文10/852b中作「部」,「郡」乃「部」之誤字。

「部」,古代地方行政區劃名。《管子·乘馬》:「方六里命之曰暴,五暴命之曰部,五部命之曰聚。」《漢書·尹翁歸傳》:「河東二十八縣,分為兩部。」唐韓愈《司徒兼侍中中書令贈太尉許國公神道碑銘》:「鄆部既平,公曰:『吾無事於此,其朝京師。』」「封」為領地,邦國義。如《書·蔡仲之命》:「肆予命爾侯於東土,往即乃封。」孔傳:「往就汝所封之國。」漢王符《潛夫論·夢列》:「是以武丁夢獲聖而得傅說,二世夢白虎而滅其封。」汪繼培箋:「封,猶邦也。」《說文·土部》:「封,爵諸侯之土也……公、侯百里,伯七十里,子、男五十里。」「封」「部」近義複用。

《靈驗記》該例中「邕」為古州名,在今廣西南寧一帶。「邕南封部」為邕州南部之領地。

41. 成都張郃妻死三年,忽還家下語曰:「聖駕在蜀之時,西川進軍,在興平定國寨以討黃巢。其時鄰家馮老人父子二人差赴軍前,去時留寄物,直三十千,在其處。馮父子歿陣不回,物已尋破用卻。」(300頁,卷十五,《張郃奏天曹錢驗》)

按:「在其處」之「其」,《道藏》十五卷10/852b與《雲笈》六卷本原文作「某」,「其」為形近之誤。《靈驗記》文中這幾句話為張郃妻所言,故稱「在某處」。「某」為自稱之詞,指代「我」或本名。《正字通·木部》:「某,今書傳凡自稱不書名亦曰某。」《禮記·曲禮下》:「君使士射,不能,則辭以疾,言曰:

『某有負薪之憂。』」《史記・高祖本紀》:「始大人常以臣無賴,不能治產業,不如仲力。今某之業所就孰與仲多?」唐韓愈《送石處士序》:「大夫曰:『先生有以自老,無求於人,其肯為某來邪?』」

42. 方來大帝、太一乘七寶車,對行前引,侍衛儀杖,如人間帝王。(302頁,卷十五,《王招商神呪齋驗》)

按:「儀杖」,《道藏》原文10╱853b及《雲笈》各本作「儀仗」。「杖」與「仗」形近而誤。「仗」本義為兵器。《玉篇・人部》:「仗,器仗也。」後引申為儀仗隊,保衛部隊。如《北齊書・平秦王歸彥傳》:「及武成即位,進位太傅,領司徒,常聽將私部曲三人帶刀入仗。」《舊唐書・李密傳》:「密以父蔭為左親侍,嘗在仗下。」《新唐書・儀衛志上》:「凡朝會之仗,三衛番上,分為五仗,號衙內五衛。」

「儀仗」指用於儀衛或賽會的武器、旗幟、傘、扇等,常見於古代文獻。如《晉書・五行志上》:「王敦在武昌,鈴下儀仗生華如蓮華,五六日而萎落。」北宋孟元老《東京夢華錄・皇太子納妃》:「皇太子納妃,鹵部儀仗,宴樂儀衛。妃乘厭翟車,車上設紫色團蓋……四馬駕之。」《三國演義》第八回:「(董卓)自此愈加驕橫,自號為『尚父』,出入僭天子儀仗。」清昭槤《嘯亭雜錄・馬彪》:「少無賴,嘗衝突固原提督儀仗,提督命杖於轅門。」

43. 水之南岸,人逾萬尸,廊開樓閣,連屬宏麗,為一時之盛。(305頁,卷十五,《韋臯令公黃籙醮驗》)

按:「尸」,查《道藏》十五卷10╱854b與《雲笈》六卷本原文作「戶」,可知為訛字。「戶」為住戶、人家。《易・訟》:「人三百戶,无眚。」《史記・秦始皇本紀》:「徙天下豪富於咸陽十二萬戶。」晉袁宏《後漢紀・安帝紀上》:「三州屯兵二十萬,民棄農桑,戶無聊生。」

「萬戶」即萬家,萬室。萬,極言其多。例如漢班固《西都賦》:「張千門而立萬戶,順陰陽以開合。」唐李白《子夜吳歌》之三:「長安一片月,萬戶搗衣聲。」

44. 承嗣遂與小妻為計,夜飲之次,以毒藥殺其醜妻及兒,葬後旬日以來,每至午時,即見二鳥來啄承嗣心,痛不可忍,驅之不去,

迷悶於地，久而方定。如此一年，萬法不能救〔註20〕。（314 頁，卷
十六，《李承嗣解妻兒冤修黃籙齋驗》）

按：查「二鳥」之「鳥」《道藏》本《雲笈》原文 22／835c 作「烏」，其他
三本同，故「鳥」當為「烏」之訛。「烏」即烏鴉。後文「二日之後，烏鳥不復
來」亦為佐證。「烏」訛作「鳥」，該書另有一處：「咸通初，道士王芳芝聞洞中
聲如群鳥飛，異香紛鬱，遍於山頂。鄉人常占於歲，鶴翔必致於年豐，鹿鳴必
致於歲歉。不棲凡鳥，每有二鳥。」（342 頁，卷十七，《仙都山陰君洞驗》）據
《道藏》本《雲笈七籤》22／848b 與其他三本原文，「每有二鳥」之「鳥」當改
為「烏」。若依羅本，「二鳥」與前文「凡鳥」亦有重複之嫌。

45. 年四十餘，況湎酒肉，荒淫財色，常令家童漁釣弋獵，恣殺
物命，甘其口腹。（316 頁，卷十六，《公孫璞修黃籙齋懺悔宿冤驗》）

按：據《道藏》本《雲笈》22／836b 及其他三本原文，「況湎」乃「沉湎」
之訛，當據正。「口」與「一」、「儿」與「几」形近而訛。「沉」同「沈」，為迷
戀，沉溺義。《釋名・釋言語》：「沈，澹也，澹然安著之言也。」《集韻・侵韻》：
「沈，溺也。」如《墨子・非命中》：「外之驅騁田獵畢弋，內沈於酒樂，而不
顧其國家百姓之政。」《戰國策・趙策二》：「常民溺於習俗，學者沈於所聞。」

「沉湎」即「沈湎」，為沉迷、沉溺之義。文獻中用例頗多。如漢邊讓《章
華臺賦》：「將超世而作理，焉沈湎於此歡。」唐房玄齡《晉書》卷五十五：「耽
樂逸遊，荒淫沈湎。不式古訓，而好是佞辯；不遵王路，而覆車是踐。」清蒲
松齡《聊齋誌異・八大王》：「老夫為令尹時，沉湎尤過於今日。」

46. 到第五日，璞夢青童二人引至一處，門闕宏麗，有如府署。
（316 頁，卷十六，《公孫璞修黃籙齋懺悔宿冤驗》）

按：查《道藏》本《雲笈》22／836b 及其他三版本原文，「到第五日」中「到」
為「至」增旁之誤，當改。「到」與「至」雖意義相近，然此處應照錄原文。

47. 馬敬宣者，懷州武陵人也。開元六年春，授司農寺丞，移家
入京。（326 頁，卷十六，《馬敬宣為妻修黃籙道場驗》）

按：「武陵」，《道藏》本《雲笈》22／842c 與其他三本原文作「武陟」，當
據正。武陟縣，隋開皇十六年（596）析修武縣置，屬懷州。治所在武德故城（今

〔註20〕「救」羅本作「教」，據《道藏》原文改。

河南武陟縣東南）。大業初廢。唐武德四年（621）復置，屬殷州。治所在今武陟縣西南二里。貞觀元年（627）屬懷州。〔註21〕改「武陵」作「武陟」，則正屬《靈驗記》前文所言「懷州」。而武陵治今湖南常德市〔註22〕，可知其誤。

48. 衢州東華觀物產殷贍，財用豐美，主持綱領，多恣隱欺。（330頁，卷十七，《衢州東華觀監齋隱欺〔註23〕常住驗》）

按：「瞻」為訛字，《道藏》本《雲笈》22／844b 與其他三本原文作「贍」。「贍」即充足。《小爾雅·廣言》：「贍，足也。」「殷贍」為富足之義。唐封演《封氏聞見記·道祭》：「玄宗朝海內殷贍，送葬者或當衢設祭，張施帷幕，有假花、假果、粉人、麵糗之屬。」北宋李昉《太平廣記》卷四零四引北宋徐鉉《稽神錄·岑氏》：「（岑氏）以錢為生資，遂致殷贍。」該詞本書亦見：「高平徐翥，漣水人也。因官遷於青州，貨殖殷贍。」（320頁，卷十六，《徐翥為父修黃籙齋驗》）

49. 明日刺史忽入觀行腳，登尊殿上顧望，問道流：「此觀形勢布署，不合隘窄如此，何得側近便有戶人居住？」道流逡巡未敢祗對。（331頁，卷十七，《婺州開元觀蒙刺史復常住驗》）

按：「布署」，《道藏》本《雲笈》22／844c 與其他三本原文作「布置」，「署」為形近之訛，當據改。「布置」，分布安置義，中古已見。《北史·宇文深傳》：「年數歲，便累石為營，折草作旌旗，布置行伍，皆有軍陣之勢。」《左傳·昭公元年》「為五陳以相離」唐孔穎達疏：「相離者，布置使相遠也。」明馮夢龍《古今小說·木綿庵鄭虎臣報冤》：「凡門客都布置顯要，或為大郡，掌握兵權。」

50. 明皇異其言，即命內使，齎御衣國信，祭山修築。刺史蘇邈準詔，以近山四鄰百姓，放明年租稅，並功修塓，還使如舊。（333頁，卷十七，《李賞研龍州牛心山古觀松柏驗》）

按：在《道藏》本《雲笈》22／845c 與其他三本原文中，「四鄰」作「四鄉」，「修塓」作「修填」，「鄰」與「鄉」、「塓」與「填」形近而訛，當據正。

「四鄉」即四方。《國語·越語下》：「皇天后土，四鄉地主正之。」韋昭注：

〔註21〕史為樂主編《中國歷史地名大辭典》，中國社會科學出版社，2005年，第 1437 頁。
〔註22〕華林甫，賴青壽，薛亞玲編著《隋書地理志匯釋》，安徽教育出版社，2019年，第 496 頁。
〔註23〕「欺」原無。據《四庫》本《雲笈》與其他篇目補。

「鄉，方也。」《莊子‧說劍》：「中和民意，以安四鄉。」成玄英疏：「四鄉，猶四方也。」《史記‧天官書》：「斗為帝車，運於中央，臨制四鄉。」

「填」即填塞。《說文‧土部》：「填，塞也。」《國語‧吳語》：「王遂出，夫人送王，不出屏，乃闔左闔，填之以土，去笄側席而坐，不掃。」晉張華《博物志‧異鳥》：「精衛常取西山之木石，以填東海。」「修填」為修補、填補之義。

51. 一旦川境亢旱，有一健步者，恃酒臥於龍前井欄之上，慢罵曰：「天旱如此，用汝何為？」以大石擊，盡龍之腳，其痕尚在。（339 頁，卷十七，《玉局化九海神龍驗》）

按：「盡龍」當依《道藏》本《雲笈》22／847b 與其他三本原文作「畫龍」。本篇文中曰「因夢神龍降於玉局，遂畫其像」，故為「畫龍」。曾良曾論及「畫」與「盡」相訛例。舉例如《大正藏》第五十一冊唐慧詳《弘贊法華傳》卷五：「形極鮮白，唇如丹盡。」（頁 26／a）校記曰：「盡」字，日本續藏經作「畫」。按：「畫」字是。《藝文類聚》卷五十八《雜文部》四「書」條引梁簡文帝《答新渝侯和詩書》曰：「復有影裏細腰，今與真類；鏡中好面，還將盡等。」（頁 1042）校記曰：盡，「《全梁文》十一作畫」。按：「畫」字是。〔註24〕可供參考。

（二）因音近而誤

羅本中還存在因音同或音近而整理訛誤的現象。其錯錄的同音字，多是本字基礎上增加或改換了偏旁。在音同音近的條件下，字形相似依然是致誤的重要因素。

1.《李蔚相修卞州玉芝觀驗》（184 頁，卷三）

按：該標題中「卞」字十五卷本原文 10／811c 作「汴」，《雲笈》卷一一七收此篇，題「李蔚相國應夢天尊修觀驗」。經查閱，並無「卞州」這一地名。「卞」誤，當改。「汴州」即開封。此為音同致誤。

《中國歷史地名辭典》：「汴州，北周宣帝改梁州置，治所在濬儀縣（今河南開封市西北）。隋大業初廢，義寧元年（617 年）復置。唐治濬儀、開封二縣（今開封市），天寶初改置陳留郡，乾元初復改汴州。」〔註25〕

〔註24〕曾良《俗字及古籍文字通例研究》，百花洲文藝出版社，2006 年，第 96 頁。
〔註25〕復旦大學歷史地理研究所《中國歷史地名辭典》編委會編《中國歷史地名辭典》，江西教育出版社，1986 年，第 436 頁。

此外，標題整理訛誤的尚有《雲霄葉尊師符驗》（260頁，卷十一），「雲」十五卷本原文10／838b作「玉」，《雲笈》卷一一九收，題為「天台玉霄宮葉尊師符治狂邪驗」，「雲」誤，當據正。此是音近致誤。

玉霄宮是道教史上比較重要的古蹟，位於在玉霄峰之上。葉貴良指出：「玉霄峰在天台縣北30里。明謝肇淛《五雜組》卷一引道書云：『九霄謂神霄、青霄、碧霄、丹霄、景霄、玉霄、琅霄、紫霄、太霄。』『九霄』即九天。『玉霄』為九天之一，這也是一個道教色彩非常濃厚的語詞。……需要說明的是，唐初玉霄峰的道觀還不稱玉霄宮，玉霄宮之稱始於葉藏質。」〔註26〕

2. 上天降祉，厚地呈祥。爰有白籥之靈書，出於玄元之寶殿，告

國祚延洪之兆，示坤珍啟迪之符。（223頁，卷七，《天台觀老君驗》）

按：「白籥」，《道藏》十五卷原文10／826a與《雲笈》六卷本皆作「白簡」，當據正。「白簡」猶玉簡，是對道教文書的美稱。馮利華指出，道教用詞多蘊含其獨特的文化色彩，「在道教語言中就常用『玉』參與構詞，這是對玉所蘊含的潔淨、高貴、端雅等人文傳統的精神取向。」〔註27〕舉例如玉漿（指口液）、玉門（印堂義）、玉柱（即鼻涕）等詞。《靈驗記》中「白簡」之「白」是以顏色代指玉，這一稱呼同樣包含了道教對清雅、高潔的崇尚。

該詞主要見於道教典籍。如東晉《上清玉帝七聖玄紀回天九霄經》：「高聖帝君曰：太極白簡青文，有知者飛昇太極宮，騰景金闕之中。佩之者太極刻書於簡文，注名於神仙，四極營衛，九年飛行。青書白繒。」北宋陳景元《元始無量度人上品妙經四注》：「黃籙白簡者，以黃金為書，以白玉為簡也，黃籙白簡，記仙之籍也。」北宋王契真《上清靈寶大法》卷二十四：「七月長齋，誦詠是經，身得神仙，諸天書名，黃籙白簡，削死上生。七月者，中元地官會天、水二官於中元陽臺宮，校勘功過，名慶生中會之月。黃籙者，天之金籙，上生名也。白簡者，死籙也。所謂金簡籙書生籍，白簡削死字是也。」

3. 既覺，召驛吏問之，時公不預半月〔註28〕矣。官高年長者，

首冠眾人，疑其必有薨變。是夕四更，果去世矣。（303頁，卷十五，

《杜邠公黃籙醮驗》）

〔註26〕葉貴良《天台玉霄宮葉尊師道跡考》，《宗教學研究》，2006年第2期，第33頁。
〔註27〕馮利華《中古道書語言研究》，巴蜀書社，2010年，第201～202頁。
〔註28〕「月」羅本原作「日」，現據《雲笈》原文改。

按：「預」，《道藏》十五卷原文 10／853c 作「豫」，《雲笈》六卷本作「愈」。「預」與「豫」音同而誤。「豫」有安樂、順適義。《爾雅·釋詁上》：「豫，樂也。」《書·金縢》：「王有疾，弗豫。」晉葛洪《抱朴子·守塉》：「體瘁而神豫，亦何病於居約。」「豫」可組成雙音詞「不豫」，最初指天子有病。《逸周書·五權》：「維王不豫，於五日召周公旦。」朱右曾校釋：「天子有疾稱不豫。」亦可泛稱尊長有疾。如《逸周書·祭公》：「我聞祖不豫有加。」朱右曾校釋曰：「今言不豫，尊之也。」

「預」亦有安樂義。如唐白居易《和微之詩·和三月三十日四十韻》：「仙亭日登眺，虎丘時遊預。」但一般不表健康。且古書中亦難見「不預」表身體欠安之用法。

《雲笈》異文「愈」為病情痊癒義。《玉篇·心部》：「愈，差也。」《孟子·滕文公上》：「今吾尚病，病癒，我且往見。」與「豫」為近義替換關係。羅本既言《靈驗記》是以道藏十五卷本為底本，則此處改為「豫」更佳。

4. 承嗣遂與小妻為計，夜飲之次，以毒藥殺其醜妻及兒，葬後旬日以來，每至午時，即見二烏〔註29〕來啄承嗣心，痛不可忍，驅之不去，迷悶於地，久而方定。如此一年，萬法不能教。（314 頁，卷十六，《李承嗣解妻兒冤修黃籙齋驗》）

按：據六卷本 22／835c 與其他三本原文，本例「不能教」之「教」應為「救」之訛。二字雙聲音近而致誤。

「救」即醫治之義。《呂氏春秋·勸學》：「夫弗能兌而反說，是拯溺而硾之以石也，是救病而飲之以堇也。」高誘注：「救，治也。」南朝梁沈約《宋書·隱逸傳·宗炳》：「宗居士不救所病，其清履肥素，終始可嘉。」唐韓愈《又寄周隨州員外》詩：「金丹別後知傳得，乞取刀圭救病身。」《靈驗記》文中是指李承嗣的病情持續一年，多種方法都不能救治。

5. 燕國公劉景瑄因夢神龍降於玉局，遂畫其像。（339 頁，卷十七，《玉局化九海神龍驗》）

按：「瑄」，《道藏》本《雲笈》22／847a 與其他三本原文作「宣」，「瑄」為「宣」之訛。在晚唐歷史中可見劉景宣事蹟，如《隋唐五代史》：「守信擁其眾，

〔註29〕「烏」羅本作「鳥」，據《道藏》原文改，前文已述。

以復恭走興元。十二月，兩軍中尉劉景宣、西門君遂傳詔召李順節入，令部將斫殺之……迫上殺杜讓能，而以駱全瓘、劉景宣為左右軍中尉。茂貞遂以鳳翔兼山南，行瑜賜號尚父，賜鐵券。朝廷動息，皆為兩鎮所制矣。」〔註30〕

　　6. 崔觀畢，謂道士曰：「吾向者謂函中有奇寶，故開而閱之，今得符籙而已。」（343頁，卷十七，《嘉州東觀尹真人石函驗》）

　　按：「得」《道藏》本《雲笈》22／848c與其他三本原文均作「但」，當據改。「但」義為只、僅。《正字通·人部》：「但，語辭。猶言特也，第也。」《史記·李斯列傳》：「天子所以貴者，但以聞聲，群臣莫得見其面，故號曰『朕』。」唐杜甫《無家別》詩：「寂寞天寶後，園廬但蒿藜。」在《靈驗記》本例中，崔某以為石函中有奇寶，所以強行打開，但裏面僅僅是符籙而已。

（三）因臆改而誤

　　臆改而誤的情況是，既非形近致誤，又非音近致誤，而更多是整理者擅自將原文改為自認為對的文字。以下詳細論之。

　　1. 其弟全瓘為東川監軍，全瓘為會軍都監。兄弟之中，皆荷聖力所護，立功榮盛，況其一家乎！（214頁，卷六，《駱全嗣遇老君驗》）

　　按：「瓘」，各字書未收，不得其義。十五卷本原文10／822b作「瓘」，《雲笈》未收無此篇。曾良指出：「在隸碑中『艸』旁往往寫作『一』。」〔註31〕並舉《隸釋》卷一《孟郁修堯廟碑》例：「貧富相扶，會計欣懽，不謀同辭，錢應時即具。」「懽」即「歡」字。故本文「瓘」或為「瓘」之俗字寫法，然羅本未用原文字形而改用「瓘」，反顯迂曲，況《靈驗記》亦非隸碑。

　　整理古籍應儘量保留原書字形。張舜徽《校書方法論六篇》有言：「校勘書籍，義貴謹言，至仲尼而其法已備……舜徽案：千載下言校勘者，皆當以仲尼為法，必能絕於意、必、固、我之見，而後可以從事校勘。仲尼非特不改字也，且能存故書之闕文，不逞私意妄為增補。」〔註32〕秉持這樣的校勘原則，此處用本字更勝。

　　2. 自詣龍瑞觀祈乞保護，精意燃香，泣拜以請。主還家，道逢老人，授以呪訣及禁水噴灑之法。（219頁，卷七，《龍瑞觀老君驗》）

〔註30〕呂思勉《隋唐五代史》（第2版），北京理工大學出版社，2018年，第506～509頁。
〔註31〕曾良《俗字及古籍文字通例研究》，百花洲文藝出版社，2006年，第141頁。
〔註32〕張舜徽《廣校讎略》，上海古籍出版社，2013年，第58頁。

按：該篇《雲笈》未收。「主」字，十五卷本原文 10／824b 作「及」，當改。及，待、等到之義。《說文》：「及，逮也。」如《論語·季氏》：「君子有三戒：少之時，血氣未定，戒之在色；及其壯也，血氣方剛，戒之在鬥；及其老也，血氣既衰，戒之在得。」唐韓愈《劉公墓誌銘》：「及壯，自試以開吐蕃說幹邊將，不售。」明凌濛初《二刻拍案驚奇》卷十二：「及後來事體明白，才知悔悟。」

3. 拜禮數四，乃召善夾紵塑人劉處士塑天師真，必葺堂宇，旦
　夕供養。人所祈禱，福祥立應。（226 頁，卷八，《昭成觀天師驗》）

按：「必」字，十五卷 10／826c 及《雲笈》六卷本原文作「改」，當據正。「改葺」或義同於「修葺」。

「改葺」可見文獻用例。如明胡應麟《少室山房集》卷六十：「杜舊有五言律，見集中後人因為亭館植荷芰池上，歲久頹廢。龔公子勤至，改葺塗繢，煥然復新，且以濟寥寥一水乃兩拾遺，並有藻翰，揭之千秋。因建祠城東，合奠太白少陵實。」清于敏中《欽定日下舊聞考》卷三十八：「初京城因元之舊，永樂中雖略加改葺，然月城樓鋪之制，多未備至，是始命修之。」清毛奇齡《西河集》卷五十：「予就醫會城，往往造其室。見所居穹如，即敗椽改葺，楮柱歲月，依然廓落無四壁，安見所為一塢白雲、三間茆屋者，而奕公處之泰然。」

4. 因本命日齋潔焚香，念三十餘遍，忽了憶前生之事：姓張名
　處厚，在延壽坊居，家有巨業，兒女皆存。記其小字年歲，一一明
　瞭。（263 頁，卷十一，《尹言陰符經驗》）

按：「歲」，《道藏》十五卷本原文 10／839c 與《道藏輯要》本、《道藏》本、《四部叢刊》本《雲笈》原文均作「幾」，《四庫全書》本《雲笈》作「紀」。

《大詞典》釋「幾」通「紀」，年歲義。舉南朝梁武帝《東飛伯勞歌》：「女兒年幾十五六，窈窕無雙顏如玉。」釋雙音節詞「年幾」為歲數。舉例如南朝梁劉孝威《擬古應教》詩：「美人年幾可十餘，含羞轉笑斂風裾。」北宋王讜《唐語林》卷五引黃幡綽奏曰：「大家年幾不為小，聖體又重，倘馬力既極，以至顛躓，天下何望？」明馮夢龍《醒世恒言·吳衙內鄰舟赴約》：「適來這美貌女子，必定是了。看來年幾與我相仿。若求得為婦，平生足矣。」

該詞《靈驗記》亦有所見，原文為：「我弟出外多年，不知存歿，尋常祭饗，

未欲與其列位,恐其在耳。今既知之,所說形狀、年幾、第行、小字,果不虛矣。」(269頁,卷十二,《杜簡州九幽拔罪經驗》)

劉祖國綜合各家觀點對「年幾」進行了詳細的論述〔註33〕。指出王雲路(1997)認為「年紀」由音近而寫作了「年幾」,可備一說。主要傾向於周俊勳(2009)詞彙化的觀點。周氏認為該詞年紀義的理據本為「年齡多少」,詢問「年是幾何」。因經常用於疑問句,言語中增加了一個表示詢問的動詞「問」,如「問其年幾何」。表示數目的「幾何」可以省略為「幾」,形成「問××年幾」的言語形式。漢語中可以不要形式標記,詢問動詞可以取消,又形成「××年幾」的問句格式,最後促成「年幾」的形成和詞義轉變。劉祖國將這一詞彙化的歷程描寫為:「年是幾何」→「問×年幾何」→「問××年幾」→「××年幾」→「年幾××」。頗具啟發意義。

劉氏舉出該用法在魏晉南北朝道經中的用例。如《真誥》卷二十:「黃民長子榮第,一名預之,宋元嘉十二年亡,不知年幾。有女名道育,隆安元年丁酉生。」又:「黃民小子名慶,宋泰始五年乙酉歲,亦於剡任埭山亡,不知年幾。有女名神兒,一名瓊輝,元嘉六年乙巳生,齊永明四年丙寅歲亡。」可知該詞同樣使用於道經。

羅本「歲」字應為「幾」之訛。「年幾」為中古常用詞。潘牧天指出:「考『年紀』『年幾』皆表年齡、歲數義,皆產生於東漢魏晉間,而『年紀』逐漸成為常用詞,今『年幾』不用。」〔註34〕整理者或是因形致誤,更可能是不知此詞,揣測此處文意當為年齡,故改「幾」為「歲」。這類現象在古書整理中比較常見。清王念孫《讀淮南雜誌敘》云:「凡所訂正,共九百餘條。推其致誤之由,則傳寫訛脫者半,憑意妄改者亦半也。」可見一斑。

5. 因有衲僧與不逞輩十餘人,夜入玉霄宮,伏於版閣之下,中夜踰欄干而上。〔註35〕於道場中,取香鴨、香龜、金龍道具實於囊中,縻鐘於背,出門群和善而去。(282頁,卷十三,《玉霄宮鐘驗》)

〔註33〕劉祖國《魏晉南北朝道教文獻詞彙研究》,山東大學出版社,2018年,第205~206頁。

〔註34〕潘牧天《論宋本〈晦庵先生朱文公語錄〉的學術價值》,《經學文獻研究集刊》第十二輯,上海書店出版社,2014年,第141頁。

〔註35〕羅本原未斷,現據上下文意點斷。

按：「和善」二字於《道藏》十五卷原文 10／846a 與《雲笈》原文中皆作一字「呼」，不知校理者據何而改。「呼」即大聲喊叫。如《詩‧大雅‧蕩》：「式號式呼，俾晝作夜。」孔穎達疏：「及其醉也，用是叫號，用是歡呼。」《荀子‧勸學》：「順風而呼，聲非加疾也，而聞者彰。」唐韓愈《鄭君墓誌銘》：「吹笙彈箏，飲酒舞歌，詠調醉呼，連日夜不厭。」

　　6. 魯周馬句騎所倦，尋亦成寐。夢上衢之內，師旅充斥，不通人
　　行。（303 頁，卷十五，《杜邠公黃籙醮驗》）

按：「上」，《道藏》十五卷 10／853c 與《雲笈》六卷原文皆作「四」，當據改。「四衢」即四通八達的大路。用例多見。如《後漢書‧李固傳》：「冀乃封廣、戒而露固屍於四衢。」南朝梁沈約《宋書‧夷蠻》：「城郭莊嚴。清淨無穢。四衢交通。廣博平坦。」北宋李昉《文苑英華》卷二百三十三《再遊棲霞寺言志》：「濯流濟八水，開襟入四衢。茲山靈妙合，當與天地俱。」

　　7. 童子引言坐至階下，老君謂曰：「適得李言所奏，為疾苦未平，
　　但好將息，勿為憂也。」（308 頁，卷十五，《李言黃籙齋驗》）

按：本篇《雲笈》未收。「坐」字十五卷本原文 10／855c 作「妻」，當改。「言妻」，即文中李言的妻子。

　　8. 寶曆初，作湖州刺史。（318 頁，卷十六，《崔玄亮修黃籙齋
　　驗》）

按：「作」，在《道藏》本《雲笈》22／837b 與其他三本原文中作「除」，當據改。「除」為拜官，授職。《漢書‧景帝紀》：「列侯薨及諸侯太傅初除之官，大行奏諡、誄、策。」顏師古注引如淳曰：「凡言除者，除故官就新官也。」唐韓愈《舉張正甫自代狀》：「右臣蒙恩除尚書兵部侍郎。」清錢泳《履園叢話‧耆舊‧安安先生》：「以國子生薦舉引見，授戶部雲南司主事，除廣西司員外。」

二、脫文

　　1. 此仙官所居，道家靈跡，僧雖護持，且非類，若不移去，當
　　有虎狼為災，遭其啖食矣。（170 頁，卷二，《廣州菖蒲觀驗》）

按：《雲笈》無此篇，「且非」下十五卷本原文 10／806a 有「其」字，當據補。「其」表指示作用。

　　2. 頃之，天尊與侍從千餘人現其前矣。仁表禮謁悲咽，叩搏顙，

述平生之過，願乞懺悔。（198 頁，卷五，《張仁表太一天尊驗》）

按：《道藏》十五卷本 10／816c 與《雲笈》六卷本原文作「叩搏稽顙」，羅本脫「稽」字，當補。「叩搏」與「稽顙」均為道教常用詞。「叩搏」即叩頭自搏，是道教中表示謝罪自首的儀式，第三章論述較詳。「稽顙」乃古代一種跪拜禮，屈膝下拜，以額觸地，表示極度的虔誠。

「稽顙」在世俗文獻較為常見。如《儀禮·士喪禮》：「弔者致命，主人哭拜，稽顙成踊。」《梁書·韋叡傳》：「其餘釋甲稽顙，乞為囚奴，猶數十萬。」唐裴鉶《傳奇·裴航》：「盧顥稽顙曰：『兄既得道，如何乞一言而教授？』」

跪拜是道教中必不可少的儀式，該詞在道經中頻見。如《九天應元雷聲普化天尊玉樞寶經》：「天尊言：亢陽為虐，雨澤愆期，稽顙此經，應時甘澍。積陰為厲，雨水浸淫，稽顙此經，應時朗霽。」南宋蔣叔輿編撰《無上黃籙大齋立成儀》卷三十五：「十，進止俯仰，每盡閒雅。更相開導，言止於道，不得離法。覺有闕誤，便即輸失，稽顙懺悔。」

3. 然此去過秋，方得回，回上京，已非舊主矣。（214 頁，卷六，《崔齊之遇老君驗》）

按：此篇《雲笈》未收，查十五卷本原文 10／822c，「上京」上脫一「及」字，當據補。作「回及上京」。

4. 又一大鬼，坐舍脊上，腳垂至簷，天師皆令擒送青城山囚之。

（231 頁，卷八，《皇甫洽事天師驗》）

按：《雲笈》未收此篇，「青城山」下十五卷本原文 10／828b 有「中」字，當據補。

5. 因言其報應神異，遠近大駭。亦香致謝，自首其過。婦足雖爛，尋亦自愈。（245 頁，卷九，《襄州龍興觀神王驗》）

按：《雲笈》本無此篇，十五卷本原文 10／833a 作「亦焚香致謝」，此錄文「香」上脫「焚」字，當補。「焚香」即燒香。早在上古就有祭祀焚香的傳統，道教承之。張澤洪有言：「道教認為仙經難通，以香為信，塵凡混濁，非水弗清。當代道教的齋醮儀式上，上香仍是重要的科儀。」〔註36〕杜光庭《太上黃籙齋儀》卷五十六曰：「凡修齋行道，以燒香然燈，最為急務。香者，傳心達信，上

〔註36〕張澤洪《道教焚香漫談》，《世界宗教文化》，1991 年第 1 期，第 47 頁。

感真靈。燈者，破暗燭幽，下開泉夜。所以科云燒香然燈，上照諸天福堂，下照長夜地獄。」

本經多見，如：「文銖焚羅網之具，披道士衣，於其處立殿，制所見之像，晝夜精勤，焚香懺罪。」（162 頁，卷一，《城南文銖臺驗》）又：「刺史潘稠望宮焚香，以希神力救援。」（165 頁，卷一，《亳州太清宮驗》）

亦見於其他古書。如唐杜甫《冬到金華山觀》詩：「焚香玉女跪，霧裏仙人來。」明王玉峰《焚香記》第九齣：「此處有個海神祠，其神最稱靈應，我欲與你明早同到祠中，焚香設誓，各不負心。」

6. 忽晝寢，夢見老君有二侍童二神將夾侍。左侍童語長壽曰：「爾之焚修精志，隨口授汝九天生神經一章。」（249 頁，卷十，《姚元崇女九天生神章經驗》）

按：據《道藏》十五卷原文 10／834b 及《雲笈》六卷本原文，「隨口」上脫一「可」字，當補。

7. 時天下承平，兵甲不用久矣，人心危懼，遠近震驚，雖驛騎乞師，飛章上奏，鄰救未至，莫知所圖。（299 頁，卷十五，《李玭神呪齋驗》）

按：本篇《雲笈》未收。「鄰救」之上十五卷本原文 10／852a 中有「而」字，表示轉折，當據補。

8. 成都玉局化洞門石室，昔老君降現之時，玉座局腳，從地而湧，老君升座傳道。既去之後，座隱地中，陷而成，遂為深洞，與青城第五洞天相連。（337 頁，卷十七，《成都玉局化洞門石室驗》）

按：查《道藏》本《雲笈》22／846c 與其他三本原文，「陷而成」後脫「穴」字，當補。「穴」即洞孔、洞窟。《易·需》：「需於血，出自穴。」高亨注：「出自穴，由穴竇中逃出。」《文選·宋玉〈高唐賦〉》：「阪互橫牾，背穴偃跖。」李善注：「穴，孔也。」清蒲松齡《聊齋誌異·促織》：「遽撲之，入石穴中……以筒水灌之，始出。」

9.《仙都山陰君洞》（342 頁，卷十七）

按：查《道藏》本《雲笈》22／848a 與其他三本原文，該標題「洞」後皆有「驗」字。《靈驗記》書中所有篇名都作「某某驗」。洪誠（1979）曾對古書

中的慣例現象作出過總結，認為古人著書，行文用字，每每自有其例，貫穿全書。只有掌握了行文的慣例，才能更好地理解文意，勘正訛誤。標題「某某驗」的格式便是《靈驗記》的文例，且原文中本有「驗」字，綜合考慮，應是羅本不慎脫去。當補，作「仙都山陰君洞驗」。

三、衍文

1. 其所後道流既少，廊廡摧損，唯上清閣大殿齋堂三門皆在。

（157頁，卷一，《饒州開元觀驗》）

按：《道藏》十五卷本 10／802a 與《雲笈》六卷本原文均無「所」字，當係衍文。「所」後常接及物動詞或介詞，組成名詞性的所字短語。「其所後」不辭，「所」為誤增。

「其後」即此後，以後。本經亦有其他用例：「晉代高先生首為崇構。太元中，姚泓再加繕飾。其後梁、隋共葺，國朝繼修。」（186頁，卷三，《段相國修仙都觀驗》）古籍常見。如《史記·孟嘗君列傳》：「嘗君因謝病，歸老於薛，愍王許之。其後，秦亡將呂禮相齊，欲困蘇代。」西漢劉向《新序·節士》：「匈奴詭言武死，其後漢聞武在，使使者求武。」

2. 忽前有金橋如梯，層級寬博，遂攀梯而上。中路三四級，板閾欄摧，躋攀不得，即見巨手金黃色，引指而接之。（182頁，卷三，《安邑崔相夢潛丘臺觀驗》）

按：「金黃色」中「黃」字，《道藏》十五卷 10／811a 與各版本《雲笈》原文無，羅本不慎誤增。校理者或是順從語感而誤加。

3. 飲食都忘，夕不暇寢，孜孜焉企踵翹足，延頸望風，汗流浹背，不敢為倦。如此二日三夕，延頸望風，汗流浹背，不敢為倦。如此二日三夕，使者持符而至入門迎拜歡呼，踊躍前導……（260頁，卷十一，《玉〔註37〕霄葉尊師符驗》）

按：「如此二日三夕」後「延頸望風，汗流浹背，不敢為倦。如此二日三夕」幾句話《道藏》十五卷原文 10／838c 與《雲笈》原文中皆無，當為校理者涉上誤增之衍文。

〔註37〕羅本原作「雲」，據《道藏》原文改。

四、倒文

1. 道教靈驗記卷之三四卷同（179 頁）

按：該頁卷數標題中「四卷同」難解，「卷」與「同」當互乙，為「四同卷」。意即此為卷之三，卷四亦同在此卷。《道藏》十五卷本原文 10／809c 如下圖：

古書中雙行小字注釋當從右到左、自上而下讀。故圖片中卷名「道教靈驗記卷之三」下小字當讀為「四同卷」，意思是卷之四與卷之三均在此卷（即常三卷）。二卷何以同卷？這與《道藏》在編纂中對《千字文》的利用有關。據朱越利對《道藏》編纂史的整理，宋真宗大中祥符初年，命王若欽領校《道藏》，相較前代，其特點與進步之處就在於以《千字文》為函目。明朝兩次纂校《道藏》，仍以《千字文》為函目，自天字至英字，係梵夾本，名曰《正統道藏》。明神宗萬曆三十五年，50 代天師張國祥刊續《道藏》，自杜字至纓字，名曰《萬曆續道藏》。我們平時所說的《正統道藏》，即包括《萬曆續道藏》在內。〔註 38〕

以《千字文》為函目，即《道藏》編目時按照《千字文》中的文字順序排列，「常」即其一。「常」卷中包含了兩卷。校理者不明其義而致誤。

〔註 38〕朱越利《〈道藏〉的編纂、研究和整理》，《中國道教》，1990 年第 2 期，第 28 頁。

本書尚有其他兩卷同屬《千字文》「某」字卷的情況。可參看卷五。原文 10／816b 如下圖：

此即卷五與卷六同屬「常四」卷。

第二節　點校訂補

本節點校訂補包括羅本《靈驗記》在標點句讀與校改兩大方面的問題。其中校改問題又包括失校與誤校兩種類型。以下分別加以闡述。

一、句讀訂誤

羅本《靈驗記》在句讀點斷時，或因對文意的理解不夠充分，或因上下文的影響，存在些許可商之處。以下列舉數例，加以討論。

1. 太尉平陽公既克東川，創為節制，焚爐之後，公府闕然，不欲力役疲人，修飾廨署。昌明鎮將竇生申狀云：「孟津觀去縣隔江，道流數少，俯臨水路，船筏皆通。請拆觀舍及瓦，作筏般載，便於

事機。」太尉持疑未決，修造使亦言：「事急，且借公府，力辦可以，起造卻還。」乃許之。竇生領工巧人力就觀，毀拆房廊屋舍已一十八閒，般於江上，縛筏載送。（166頁，卷一，《昌明縣孟津觀驗》）

按：「力辦可以」不辭。竊以為「力辦」當連上讀，「可以」當連下讀，此句改為「事急，且借公府力辦，可以起造卻還」。意即修造廨署的事很緊急，姑且借助官府的力量去置辦（即拆觀取材），可以建造後再歸還。

此處「卻」為回轉，返回義。古籍用例如晉陳壽《益部耆舊雜記》：「福往，具宣聖旨，聽亮所言，至別去數日，忽馳思未盡其意，遂卻馳騎還見亮。」前蜀韋莊《自孟津舟西上雨中作》詩：「卻到故園翻似客，歸心迢遞秣陵東。」北宋歐陽修《減字木蘭花》詞：「說似殘春，一老應無卻少人。」北宋張君房《雲笈七籤》卷七五：「五年，白髮卻黑，形體輕強。」

2. 明日到玄元觀，果如所夢，及回顧鐘樓，亦似傾朽。因命工修之，撤瓦毀垣，損者多矣。唯棟桁一條，周回純漆，外無所傷，觸之則中已空矣。工人亦請別換，不欲更用舊材。（175頁，卷二，《李福相公修玄元觀驗》）

按：既言「命工修之」，「撤瓦毀垣，損者多矣」似與情理不合。「撤瓦」尚能理解，為何「毀垣」？此句中間不應點斷。「撤」與「瓦毀垣損者」為述賓關係。「瓦毀」與「垣損」對舉。本文意思是，工人在重修之前，先將原有破損的材料清理出去，而僅有棟桁一條保存完整。後文「唯棟桁一條……外無所傷」亦與前文「毀」「損」呼應。「撤瓦毀垣損者多矣」義為撤掉的損毀的瓦牆很多。

3. 中和年駐蹕全蜀，尋剋上京。東川節度使楊師立稱兵，內侮封壤，咫尺密邇。行朝有軫於聖念，命成都大將高仁厚帥土客諸軍討平之。（181頁，卷三，《東川置太一觀驗》）

按：此例有多處句讀失誤，當改為：「東川節度使楊師立稱兵內侮，封壤咫尺，密邇行朝。有軫於聖念，命成都大將高仁厚帥土客諸軍討平之。」

「稱兵」即舉兵，「內侮」指一國之內以武力相侵。兩詞連用例頗多。如漢潘勗《冊魏公九錫文》：「袁紹逆常，謀危社稷，憑恃其眾，稱兵內侮。」《晉書·張軌傳》：「適得雍州檄，雲卿稱兵內侮。」南朝梁沈約《宋書·鄧琬》：「休仁版為司徒參軍督護，使還鄉里招集，為胡所禽，以火炙之，問臺軍消息，一無

所言，瞋目謂胡曰：『君稱兵內侮，窺覦神器，未聞奇謀遠略，而為炮烙之刑。』」

「封壤」指疆域、疆界，文中具體指楊師立所據地界。用例如南朝齊謝朓《與江水曹至干濱戲》詩：「別後能相思，何嗟異封壤。」「咫尺」形容距離近，如唐牟融《寄范使君》詩：「未秋為別已終秋，咫尺婁江路阻修。」《靈驗記》文中「封壤咫尺」意即楊師立所據地盤距離很近。「密邇」即貼近、靠近。北宋蘇轍《西掖告詞・蕭士元石州》：「河東諸郡，犬牙相錯，皆密邇鄰國，有兵有民。」「行朝」猶行在，天子所在的地方。《舊唐書・崔胤傳》：「伏乞詔赴行朝，以備還駕。」「密邇行朝」義為緊鄰天子所在。

《靈驗記》這一句原文可解釋為：東川節度使楊師立於國內舉兵叛亂，其所據疆土近在咫尺，逼近天子所在。

4. 時三蜀久安，公私豐贍，糗糧山積，雖城壘之小，可以力抗
王師。累月而後，<u>拔</u>其有為醜孽驅迫，朋惡吠堯，不能捨亡圖存、
轉禍為福者，或交鋒剿戮，或乘勝誅鋤，殺傷眾矣。委屍草莽，棄
骨溝隍，固亦多矣。（181 頁，卷三，《東川置太一觀驗》）

按：「拔」字當屬上讀，「累月而後拔」亦當連上句，作「時三蜀久安，公私豐贍，糗糧山積，雖城壘之小，可以力抗王師，累月而後拔」。「拔」為攻取義。南宋毛晃增注《增修互注禮部韻略・黠韻》：「拔，攻而舉之也。」《韓非子・初見秦》：「大王以詔破之，拔武安。」《漢書・高帝紀》：「二月，攻碭，三日拔之。」顏師古注：「拔者，破城邑而取之，言若拔樹木，並得其根本也。」唐韓愈、孟郊《征蜀聯句》：「日王忿違懒，有命事誅拔。」本文言朝廷出軍攻打三蜀，而三蜀實力雄厚，可與王師抗衡，故累月之後才得以攻取。

5.（鄭畋相國）一夕夢遊洞府之中……既覺，<u>醒</u>憶真寧修觀之事，
乃輟鼎食之資，為締構之費。邠帥李尚書侃命都校以董其事，十旬
而靈觀鼎新矣。（185 頁，卷三，《鄭畋相國修通聖觀驗》）

按：「醒」當連上，與「覺」同義連言。意即鄭畋相國醒來之後，回憶起真寧修觀之事。「覺」有睡醒義。《說文・見部》：「覺，寤也。」唐玄應《一切經音義》卷九：「覺，寤也。謂眠後覺也。」《詩・王風・兔爰》：「尚寐無覺。」「醒」本義為酒醒。《說文新附・酉部》：「醒，醉解也。」《廣韻・青韻》：「醒，酒醒。」後也可表示醒來。《古今韻會舉要・青韻》：「醒，《增韻》：夢覺也。」

唐代已見該用法。如杜甫《早發》詩:「頹倚睡未醒,僕夫問盥櫛。」

「覺醒」為從睡夢或醉酒狀態中清醒,本例中具體指睡醒。近代漢語用例多見。如北宋劉敞《和鄰幾八月十五日夜對月》:「向晦專寢然,覺醒忽天明。」明謝遷《歸田稿》卷六:「雪窗坐對一燈青,遠道懷人倍覺醒。想見歸舟夜乘興,忍寒直過浙江亭。悠悠世路眼誰青?可是群酣對獨醒。」明謝遷《杏莊春遊次簾山韻》:「醉夢經春乍覺醒,無邊春色送春聲。」清汪琬《倚仗》:「倚仗斜陽外,炎蒸頓覺醒。」後引申為醒悟,現代漢語還在使用。

「醒」於《雲笈》六卷本原文 22/813c 作「省」。六卷本原文也可通,斷作「既覺,省憶真寧修觀之事」,「省憶」為並列複合詞。標點略異,於文意無害。

「省憶」即記憶,為晚唐五代新詞。「省」有記得、記憶義。如唐韓愈《祭十二郎文》:「吾少孤,及長,不省所怙,惟兄嫂是依。」清獨逸窩退士《笑笑錄・嘴尖》:「堅老代端初為淮南轉運,相見各敘平生,端初已忘前事,而頗省其面目。」「憶」同義。如北周庾信《奉和永豐殿下言志》之八:「還思建鄴水,終憶武昌魚。」

「省憶」多見於古籍。如北宋蘇軾《辨題詩箚子》:「趙君錫買易,言臣於元豐八年五月一日題詩揚州僧寺,有欣幸先帝上仙之意。臣今省憶此詩,自有因依,合具陳述。」北宋秦觀《次韻朱李二君見寄》之一:「尚賴故人遙省憶,發揮春色有新詩。」明沈德符《萬曆野獲編》卷二二:「奴明日返鄉居,先大父始知之,出見謝過,阮亦茫然,已不省憶有此事矣。」

羅本《靈驗記》是以《道藏》十五卷本原文為底本。那麼此處遵照十五卷原文,改其句讀,作「既覺醒,憶真寧修觀之事」。

6. 其側有市城觀,在縣西南八里,有石像天尊一十三,身各高一丈三尺。(205 頁,卷五,《益州唐隆縣大通觀驗》)

按:「身」當連上,作「有石像天尊一十三身,各高一丈三尺」。「身」作量詞,該用法中古已見。古籍用例如晉法顯《佛國記》:「夾道兩邊作菩薩五百身。」唐段成式《酉陽雜俎續集・寺塔記上》:「大同坊雲華寺……佛殿西廊立高僧一十六身。」此二例「身」用於計量塑像。元明施耐庵《水滸傳》二六回:「開了鎖,去房裏換了一身素淨衣服。」明《朴通事諺解》卷中:「來到家裏害熱時,

把一身衣服都脫了。」清曹雪芹《紅樓夢》七十回：「麝月是紅綾抹胸，披著一身舊衣。」這三例「身」用於計量衣服。

《靈驗記》書中尚有其他用例。原文如：「此處鄰里有受苦者，畫太一天尊一身，便得免罪。知之數月，無託人處，今得君來，將有離苦之望矣。」（200頁，卷五，《李邵太一天尊驗》）又：「左右侍立有玉童玉女十二人，真人八身，金剛、力士、神王各四身。」（208頁，卷六，《京光天觀黑髭老君驗》）

7. 頃之，被盜之人，相次皆至云路中。有報云：「群賊盡已散去，速於老君堂中收認財帛。」相率而來，亦不知所報者何人也。（212頁，卷六，《三泉黑水老君驗》）

按：「相次皆至雲路中」費解，「云路中」當連下，斷為：「頃之，被盜之人，相次皆至，云路中有報云……亦不知所報者何人也。」「云」即說，如《書・微子》：「我舊云刻子，王子弗出，我乃顛隮。」陸德明《釋文》引馬融云：「云，言也。」「路中」，道路中。「報」，告知義。如《呂氏春秋・樂成》：「魏攻中山，樂羊將，已得中山，還反報文侯，有貴功之色。」高誘注：「報，白也。」本例意即被盜的人相繼到達，說路上有人告知他們群賊已散。

8. 崔齊之，咸通十四年春，奉使山南東川。以其私便，取駱谷洋州路，行及洛陽公廟南五六里路，側石上有一老人。齊之訝其不起，目之再三。（214頁，卷六，《崔齊之遇老君驗》）

按：檢閱古籍，並無「側石」一詞。「洛陽公廟南五六里路」中「路」字當屬下讀，改為：「行及洛陽公廟南五六里，路側石上有一老人。」「路側」中間不應割裂，義為道路旁邊。「側」為方位詞，多位於名詞之後。《說文・人部》：「側，旁也。」古書多見用例。如《詩・召南・殷其靁》：「殷其靁，在南山之側。」《孟子・公孫丑上》：「爾為爾，我為我，雖袒裼裸裎於我側，爾焉能浼我哉！」前蜀毛文錫《臨江仙》詞：「暮蟬聲盡落斜陽，銀蟾影桂瀟湘，黃陵廟側水茫茫。」

9. 老人以手招齊之。齊之心異之，下馬徑往老人揖之。令坐曰：「大夫此行，頗有重厄，疾色成矣。」（214頁，卷六，《崔齊之遇老君驗》）

按：「老人揖之」當連下句，改作「老人揖之令坐曰」。由後文可推知，「令

坐」與對話的動作發出者均為「老人」。「老人」應為該句的主語。書內相似的
語境另有一例：「賊帥見之，下階迎拜曰：『此人誰教領來？』揖之與坐，玄禮
驚怖，未即上階，延請載三，乃與之坐。」（262 頁，卷十一，《李玄禮護命經
驗》）「下階迎拜曰」與「揖之與坐」的發出者均為「賊帥」，可參。

10.「大夫此行，頗有重厄，疾色成矣。」石邊有一瓢，取之傾
酒與飲，曰：「得此酒，可解其半性命，無所虞也。然此去過秋，方
得回，回及〔註39〕上京，已非舊主矣。」聆其異說，加敬而問之，老
人曰：「今秋聖上晏駕，幼主將立。此後四海沸騰，兵戈相接，社稷
危於綴旒……」（214 頁，卷六，《崔齊之遇老君驗》）

按：「其半性命」不通，「性命」當連下，作「得此酒，可解其半，性命無所
虞也」。揆之上下文，老人所言「重厄」分兩方面，一是疾病，一是幼主即位，
社稷動盪。「得此酒」病災可免，性命無憂，故曰「解其半（重厄）」。另「然此
去過秋」中「過秋」連下似更勝。

11. 斸見之後，唯石機缺前面六七寸及腳，於土中訪求不獲。有
湘湖老人水上見一物，凌波而去，謂其蛇也。以杖引之，及岸乃石，
如獸，腳上有橫石……聞異而閱之，果老君之機。（222 頁，卷七，
《蕭山白鶴觀石像老君驗》）

按：「腳上有橫石」之「腳」當連上，作「如獸腳，上有橫石」。由上下文意
可知，此石乃石機所缺「前面六七寸及腳」，狀如獸則不恰。修改後，狀如「獸
腳」則怡然理順。

12. 其前臨官街，有槐樹……烏程縣令使人伐之。夜夢青龍君
曰：「我之庭樹，方今再生，旬月間枝葉當茂，何得創意告之？」令
以為偶然爾，明日使工伐樹。（238 頁，卷九，《湖州青龍君驗》）

按：根據文意，「告之」應為伐樹人將夢中之語告訴縣令。青龍君責問之事，
是烏程縣令何以將再生之樹伐去，並不包括「告」這一行為。故「之」指縣令。
「告之」當置引語之外，作「告之，令以為偶然爾」，如此則文理通順。

13. 元崇謂所親曰：「吾必為權臣所擠，若何為計？」參軍李景
初曰：「某有兒母者，其父即教坊長，倘致厚賂，使其冒法，進狀可

〔註39〕「及」字羅本原脫，據《道藏》原文補。

達。」公然之，輒效燕公說，果使姜皎入奏曰：「陛下久思河東，總
管重難。其人，臣所見得，何以見賞？」上曰：「誰耶？如愜〔註40〕
有萬金之賜。」乃曰：「馮翊太守姚元崇，文武全材，即其人也。」
上曰：「此張說意也，卿罔上當誅。」（250頁，卷十，《姚元崇女九
天生神章經驗》）

按：此例有多處標點錯誤，宜改為「公然之，輒效。燕公說果使姜皎入奏
曰：『陛下久思河東總管，重難其人。臣所見得，何以見賞？』」

「公然之，輒效」指姚崇（姚元崇）贊同參軍李景初之言，便照他說的做
了。「燕公說」即燕國公張說，素與姚崇不和，故使姜皎入奏，向皇帝薦舉姚崇
出任河東總管一職，從而阻止皇帝任姚崇為相，中間不應斷開。「河東總管」為
一官職，當連言。後文皇帝言「此張說意也」，亦可佐證。「重難其人」意即對
於該職位的人選感到十分為難。「難」即困難，不容易。《玉篇·隹部》：「難，
不易之稱。」引申出感到困難的意思。如《史記·樗里子甘茂列傳》：「應侯欲
攻趙，武安君難之，去咸陽七里而立死於杜郵。」清文廷式《聞塵偶記》：「都
察院初難之，故遲遲不上。」如此則文意通順。

14. 自武氏諸親猥侵清切權要之地，繼以韋庶人、安樂、太平公
主用事，班序荒雜。臣請國親不任臺省，宣凡有斜封、待闕、員外
等官，悉請停罷，可乎？（251頁，卷十，《姚元崇女九天生神章經
驗》）

按：「官凡有斜封、待闕、員外等官」兩處「官」字重複，前一「官」當連
上。該句應作：「臣請國親不任臺省官，凡有斜封、待闕、員外等官，悉請停罷，
可乎？」「不任臺省官」意即不擔任中央機構的官職。

15. 道珂心中默持天蓬神呪，逡巡卻蘇。蓋緣其時與擘蒜人同行，
神兵遠其穢臭而不衛其身，遂被妖狐擒伏。泊擘蒜人去，道珂心中想
念神呪，即妖狐便致害不得。既蘇息之後，遂歸家沐浴清潔，卻來廟
內大詬而責曰：「我是太上弟子，不獨只解持天蓬呪，常讀道經，經
云『天得一以清，地得一以寧，神得一以靈』爾，若是神明，只合助
道行化，何以惡聞神呪？」（253頁，卷十，《王道珂天蓬呪驗》）

〔註40〕「愜」十五卷本原作「篋」，現據《資治通鑒考異》相關異文改。

按：「爾」當屬下句，改為「爾若是神明」。「爾」為代詞，你、你們。《小爾雅·廣詁》：「爾，汝也。」《書·盤庚》：「凡爾眾，其惟致告：自今至於後日，各恭爾事。」《詩·小雅·無羊》：「誰謂爾無羊？三百維群！」鄭玄箋：「爾，女也。」由《靈驗記》文意可知，後文為王道珂怒叱妖狐之語，「爾」稱妖狐。

16. 一家忻喜，爭問其故，笑而不答，但言天使即來。飲食都忘，夕不暇寢，孜孜焉企踵翹足，延頸望風，汗流浹背，不敢為倦。如此二日三夕〔註41〕，使者持符而至，入門迎拜歡呼，踊躍前導，得符服之，暝然食頃，疾已瘳矣。（260 頁，卷十一，《玉〔註42〕霄葉尊師符驗》）

按：「暝然」當連上，本例句讀似當改為：「得符服之暝然。食頃，疾已瘳矣。」可理解為（病人）得到神符服下後昏迷了，一頓飯的時間，病便好了。

「暝」同「冥」，「暝然」義同「冥然」。《集韻·青韻》：「冥，《說文》：『幽也。』或從日。」「冥然」為昏迷貌。如唐薛用弱《集異記補編·凌華》：「命酒與對酌別，飲數杯，冥然無所知。」清蒲松齡《聊齋誌異·王貨郎》：「二冥然而僵。既曉，第主出，見人死門外，大駭。」「暝然」本書另見用例：「道明於其家修神呪道場，疾方綿篤，不保旦夕，促以啟壇。當禁壇之際，疾士暝然，家眷親友相顧失色。」（302 頁，卷十五，《王招商神呪齋驗》）語境相似，同為昏迷義。

食頃，指吃一頓飯的時間。多形容時間很短。如《史記·孟嘗君列傳》：「孟嘗君至關……出如食頃，秦追果至關。」北宋葉適《鄭仲酉墓誌銘》：「且出治事，不過食頃，輒閒靜終日。」

17. 隨州道士張融，常修寫符籙，取其善價而圖畫之。時繕寫之際，或委於床榻之上，或致於杯盤之間，逼近葷腥，混雜眠睡，略無恭敬之心。同道有戒勸之者，即以他詞對之，亦甚不遜。（274 頁，卷十二，《張融法籙驗》）

按：「而圖畫之」當屬下句，作「而圖畫之時，繕寫之際」。「圖畫之時」與「繕寫之際」平列對舉。符籙為道士所使用的獨特的文字或圖形，故既要「圖

〔註41〕羅本此處有衍文，現據《道藏》原文刪去，前文已述。
〔註42〕「玉」羅本作「雲」，據《道藏》原文改。

畫」，又要「繕寫」。

18. 寶應中，鼇屋縣居人耕地，亦得古鐘百餘斤。上有伏虎形為鼻，自鼻以下頓大，數寸而小殺之，如是載殺，三成共高一尺八九寸。（280頁，卷十三，《爰赤木古鐘驗》）

按：「三成」當連上，作「如是載殺三成」。「殺」為勒、束義，第二章已詳述。用例如《聊齋俚曲·磨難曲》：「單三繩往肉裏殺。」「成」為十分之一。《老殘遊記》第三回：「冤枉一定是有的，自勿庸議；但不知有幾成不冤枉的？」

《靈驗記》例中所用「如是載殺三成」具體是指鐘的直徑按照先前的方式收束、縮小十分之三的程度。《靈驗記》該篇後文講述渝州南平縣道昌觀所藏古鐘言：「鐘形載殺三成，如鼇屋古鐘之狀。」亦可為證。

19. 天台山玉霄宮古鐘，高二尺，所重百餘斤，制度渾厚，形如鐸，上有三十六乳，隱起之文亦甚精妙。（281頁，卷十三，《玉霄宮鐘驗》）

按：「所重」不辭。「所」後多跟動詞，構成名詞性的短語，而「重」顯然是形容詞。此處「所」當連上讀，是用在數量值後面，表示大概的數目。先秦已見。如《書·君奭》：「率惟茲有陳，保乂有殷，故殷禮陟配天，多歷年所。」《漢書·郊祀志》：「建章、未央、長樂宮鐘虡銅人皆生毛，長一寸所。」清錢謙益《鎮遠侯勳衛顧君墓表》：「（顧承學）賜雲肩飛魚服，與春餅之宴。宴之不舉者，三十年所矣。」故該句當作「天台山玉霄宮古鐘，高二尺所，重百餘斤」。

20. 因有衲僧與不逞輩十餘人，夜入玉霄宮，伏於版閣之下，中夜踰欄干而上於道場中，取香鴨、香龜、金龍道具實於囊中，縻鐘於背，出門群呼〔註43〕而去。（282頁，卷十三，《玉霄宮鐘驗》）

按：「於道場中」應屬下句，作「取香鴨、香龜、金龍道具實於囊中」的地點狀語。句讀當改為：「伏於版閣之下，中夜踰欄干而上。於道場中，取香鴨、香龜、金龍道具。」

21. 內使投龍醮畢，有風雷起於潭中，沸湧良久，浮出水版，尺餘，廣八九寸，如古經。盤之，蓋上有朱漆書「大寶」二字，其下有「永昌」二字。（292頁，卷十四，《玄宗大寶觀投龍驗》）

〔註43〕「呼」羅本作「和善」，據《道藏》原文改。前文已述。

按：本例有多處標點錯誤，當改作：「內使投龍醮畢，有風雷起於潭中，沸湧良久，浮出水，版尺餘，廣八九寸，如古經盇之蓋。上有朱漆書『大寶』二字，其下有『永昌』二字。」「版」指木板或板狀物。「盇」，竹箱或小匣子。《正字通·皿部》：「盇，今以櫝匣小者為盇。」《新唐書·李德裕傳》：「敬宗立，侈用無度，詔浙西上脂盇妝具。」南宋吳自牧《夢粱錄·嫁娶》：「先三日，男家送催妝髻、銷金蓋頭、五男二女花扇、花粉盇、洗項畫彩錢果之類。」另，疑原文「版」應在「浮出水」之上。

《靈驗記》本例文意為，內使投龍儀式完畢後，潭中有風雷大作，沸湧良久有物浮出水面，是一塊版，約尺餘，廣八九寸，如同裝經籍的小箱的蓋子。

22. 風雨水旱，實繫上玄。山川百神，皆上帝之臣吏也，不能專其雨澤。自春徂亢，上軫聖情，所作禱求未彰。厥效臣愚，以為上奏玉皇，可以感降風雨，少安聖慮。請應天節日，殿上選兩街高行道士各七人，於內殿置金籙道場七日。（293 頁，卷十四，《僖宗金籙齋祈雨驗》）

按：此例有兩處句讀問題，「厥效」當連上，「臣愚」當連下，改作「自春徂亢，上軫聖情，所作禱求，未彰厥效。臣愚以為上奏玉皇，可以感降風雨，少安聖慮」。

「厥」，代詞，相當於「其」。《爾雅·釋言》：「厥，其也。」「效」，功效。《類篇·攴部》：「效，功也。」「未彰厥效」在文中具體指先前聖上祈雨，未見功效。

「愚」，自稱之謙詞。「愚以為」古籍中多見。如晉袁宏《後漢紀》第二十四：「臣愚以為宜止出攻之計，令諸郡修垣，屯守衝要，以堅牢不動為務。」唐沈亞之《沈下賢集》卷十：「周視聖旨，見陛下思天災之病也，臣愚以為皆由尚書六曹之本壞而致乎然也。」北宋蘇轍《欒城集》卷二十一：「然臣愚以為，苟三冗未去，要之十年之後，天下將益衰耗，難以復治。」

23. 又敕雅羽將圖上太清宮中，見三萬六千人著青衣，手執金簡……圖於是請還老君，告曰：「汝還下土，宣吾所告，示諸道俗，天下之人，罪福悉爾，勿令造過。汝回倉猝，略示數條耳。又告汝等道俗，並月月除罪解過，令當依而行之，我與汝共期子丑，同會

於白獸。」（297 頁，卷十四，《劉圖佩錄靈驗》）

按：「老君」當連下。「請還」即請求返回（人間），後文「汝還下土」亦為旁證，人間為「還」的目的地。且後文為老君之言，「告」的發出者為老君。故句讀當改為「圖於是請還，老君告曰」。

24. 及明，覘者馳報：「群蠻遁去矣。」翌日，境上擒得蠻酋一人，躭問其：「遠犯封疆，不俟鬥敵，而遁去何也？」（299 頁，卷十五，《李躭神呪齋驗》）

按：「何也」語義完備，可獨立成句。「何」為疑問代詞，指為什麼，什麼緣故。如《論語·先進》：「夫子何哂由也？」「而遁去」與上文關係密切，不應斷開，故本句當改為：「遠犯封疆，不俟鬥敵而遁去，何也？」

25. 水之南岸，人逾萬戶〔註44〕，鄽闤樓閣，連屬宏麗，為一時之盛。然每至昏暝，則人多驚悸，投礫擲瓦，鬼哭狐鳴。以其喪失墳隴，平剗墟墓，無所告訴故俗，謂之虛耗焉。（305 頁，卷十五，《韋皋令公黃錄醮驗》）

按：「故俗」當屬下讀，義為古俗、舊俗。《韓非子·姦劫弒臣》：「當此之時，秦民習故俗之有罪可以得免，無功可以得尊顯也，故輕犯新法。」《史記·衛將軍驃騎列傳》：「居頃之，乃分徙降者邊五郡故塞外，而皆在河南，因其故俗，為屬國。」南宋張世南《遊宦紀聞》卷八：「近緣久病，艱於動作，詘伸俯仰，皆不自由，遂不免遵用舊京故俗，輒以野服從事。」清昭槤《嘯亭雜錄·聖祖拏鼇拜》：「刀不離身，乃滿洲故俗，不足異也。」

「虛耗」道經常見，民俗中演變為不祥之鬼，第三章已論。如唐《太上老君說益算神符妙經》：「北斗破軍星君，主袪虛耗。」明《道法會元》卷一零七：「公茂公休，輔帝好生。妙凝旺炁，聚會黃寧。虛耗不祥，奉命掃清。扶衰正令，永保利貞。」

《靈驗記》本例文意為，有些鬼魂因喪失其墳墓，沒有了歸處，又無處可以申訴，便於昏暝之時，投礫擲瓦，鬼哭狐鳴，民間將這些鬼稱之為虛耗。

26. 約問曰：「佛家功德甚有福利，何得不言？」妻曰：「佛門功德，不從上帝，所命不得天符指揮，只似世間人情，請託囑致而已，

────────────

〔註44〕羅本原作「尸」，據《道藏》原文改。

鬼神無所遵稟，得力極遲，雖云來世他生，亦恐難得其效。」（307
頁，卷十五，《李約黃籙齋驗》）

按：「所命」應連上，「不從上帝所命」與「不得天符指揮」為對文。

27. 前二神人復見，謂之曰：「冤魂並已託生，諸方汝亦沾此餘
福，神兵密衛，必得大勝，慎勿殺人。夫天地生萬物，一草一葉，
尚欲其生長成遂，況人命至重，上應星辰，豈可非理致殺，恣汝胸
襟也？」（315 頁，卷十六，《吳韜修黃籙齋卻兵驗》）

按：「諸方」應屬上讀，「託生諸方」即託生於諸方。「諸方」，各地方。《晉
書·何劭傳》：「每諸方貢獻，帝輒賜之，而觀其占謝焉。」南朝梁元帝《庾先
生承先墓誌》：「諸方未遊，佳城已望。」《新唐書·百官志二》：「大朝會，諸方
起居，則受其表狀。」本書亦有用例，如：「上帝敕窮魂三萬餘輩，皆乘此福，
託生諸方，居人自此安矣。勿復為憂也。」（306 頁，卷十五，《韋皋令公黃籙醮
驗》）亦是託生與諸方連用。

28. 師曰：「器用不潔，神明惡之，況爾之心？乎心苟有疵，行
苟有玷，雖百牢陳於席，九韶奏於庭，適足以瀆神明，延大禍爾。」
（318 頁，卷十六，《胡尊師修清齋驗》）

按：「乎」當連上句，為語氣助詞，表反問，相當於「嗎」「呢」。如《易·
繫辭上》：「可不慎乎！」《史記·陳涉世家》：「王侯將相寧有種乎？」唐韓愈《師
說》：「吾師道也，夫庸知其年之先後生於吾乎？」「乎」後「心苟有疵」與「行
苟有玷」相對為文，亦可證之。

29. 蜀之田疇既廣，租賦是資，所修堤堰二百餘里，或少有怠廢，
則墊溺為災；歲苟不登，則飢寒總至，人或失所，神何依焉？況復
漂陷為憂淪，胥是懼，有一於此，則粢盛不供，椒漿莫給，春祈秋
報，何所望於疲民哉！（319 頁，卷十六，《武昌人醮水驗》）

按：「漂陷為憂淪」與「胥是懼」頗為費解，「淪」當連下。「淪胥」指淪陷、
淪喪。古書多見。如《晉書·涼武昭王李玄盛傳》：「淳風秒莽以永喪，縉紳淪
胥而覆溺。」唐張鷟《遊仙窟》：「下官堂構不紹，家業淪胥。」清顧炎武《酬
李子德二十四韻》：「一身長瓠落，四海竟淪胥。」

「漂」為沖走，沖毀。如《孫子·勢》：「激水之疾，至於漂石者，勢也。」

「陷」義為淹沒，埋沒。如《禮記·檀弓下》：「毋使其首陷焉。」鄭玄注：「陷，謂沒於土。」唐蘇頲《鼉上記·古冢銘》：「旁有石銘云，欲陷不陷被藤縛，欲落不落被沙閣。」「漂陷」即沖毀、淹沒。「漂陷為憂」與「淪胥是懼」為對言。

30. 肅還家，大修黃籙道場三日。第二日夜，時方向嚮中夜，聞門外車馬人物之聲甚眾。出門視之，則白光如晝，天兵千餘人，官吏數百，羅列門外，若有所候。（321 頁，卷十六，《徐肅為父修黃籙齋驗》）

按：「中夜」當連下讀，「嚮晦」義為傍黑，天將黑。如《易·隨》：「君子以嚮晦入宴息。」清捧花生《畫舫餘談》：「日間則別庋一箱，嚮晦乃合楠成之。」此句似當改為「時方向晦，中夜聞門外車馬人物之聲甚眾」。另外語素「向」還構成了一些其他的時間詞。如「嚮晚」為天色將晚、傍晚。如清阮元《小滄浪筆談》卷一：「殘霞雌霓，起於几席，斜日向晚，湖風生涼。」「嚮明」為天將亮時。如《易·說卦》：「聖人南面而聽天下，嚮明而治。」「嚮晨」義為天色將明。《金史·襄傳》：「嚮晨壓敵，突擊之。」可對比參照。

31.（監齋）常曰：「道士用常住物，如子孫用父母物耳！何罪之有？」以此故，教誨所不及矣。辯於飾非，給於應對，人有文過者，率引之以為語，端如俗中之說徐六、侯白耳。（330 頁，卷十七，《衢州東華觀監齋隱欺〔註45〕常住驗》）

按：典籍中無「端如」的說法，甚為費解。「端」當連上，作「率引之以為語端，如俗中之說徐六、侯白耳」。

「語端」即言語的理由。「端」即事由、原委。如《史記·魏公子列傳》：「今有難，無他端而欲赴秦軍，譬若以肉投餒虎，何功之有哉？」《漢書·王商傳》：「審有內亂、殺人、怨懟之端，宜窮竟考問。」唐韓愈《齪齪》詩：「天意固有屬，誰能詰其端？」與之結構與意義類似的詞有「話端」，《大詞典》釋為話柄，談論的資料。舉例為明沈德符《野獲編·列朝二·引祖訓》：「二公俱一代名臣，初不以此貶望，然授後生以話端，致其彈舌相譏，可是通今之難勝於博古。」可參照理解。

「徐六」「侯白」典籍可考，是歷史上聰敏善辯的人物。「徐六」即徐之才，

〔註45〕「欺」原無，據《四庫》本《雲笈》原文補。

因排行老六得名。《北齊書・徐之才傳》：「之才幼而雋發，五歲誦《考經》，八歲略通意旨……之才大善醫術，兼有機辯。」宋鄭樵《通志》卷一五八：「侯白，字君素，好學有捷才，性滑稽，尤辯俊。舉秀才，為儒林郎。通脫，不恃威儀，好為誹諧雜說，人多愛狎之，所在之處，觀者如市。」

故《靈驗記》本例文意為，監齋佔用常住物，又擅於文過飾非，凡有掩飾自身過錯的人，監齋即拿來作為辯解的理由，如同人們所說的徐六、侯白那種人。

32. 一旦川境亢旱，有一健步者，恃酒臥於龍前井欄之上，慢罵曰：「天旱如此，用汝何為？」以大石擊，畫〔註46〕龍之腳，其痕尚在。（339頁，卷十七，《玉局化九海神龍驗》）

按：「以大石擊」意未足，似不應單獨成句，當改為「以大石擊畫龍之腳，其痕尚在」。「畫龍之腳」為「擊」的受事。

33. 崔拜謝，即為吏所導還郡，廨中見其身臥於榻，妻子環而哭之。使者命崔俯視其屍，魂神翕然相合，即蘇焉，問其家，已三日矣。（344頁，卷十七，《嘉州東觀尹真人石函驗》）

按：「還郡」當連下，該句斷為「崔拜謝，即為吏所導，還郡廨中，見其身臥於榻，妻子環而哭之」。「郡廨」義為郡府，多見於古籍。如南朝梁沈約《宋書・周朗傳》：「火逸燒郡廨，朗悉以秩米起屋，償所燒之限。」唐司空圖《月下留丹竈》詩序：「詩題五字，乃真仙之詞也……熟視木文，則字皆隱起成列矣。某年中，廉帥上聞，且命鑱其逸跡，藏於郡廨。」原句讀將「郡廨」割裂，分屬兩句，失其本意，當改。

二、失校補正

羅本《道教靈驗記》中的失校問題主要分為兩類。一類是當改之處，羅本未予校正而照錄，一類是原文有誤，羅本徑改而未出校說明。本文判斷校改是否得宜時以對照《道藏》十五卷本與《雲笈》六卷本原文為主，必要時也參考了陶敏整理本的意見。以下分別論之。

（一）未予校改

1. 今訪諸耆舊，採之見聞，作《道教靈驗記》，凡二十卷。庶廣

〔註46〕「畫」羅本作「盡」，據《道藏》原文改。

慎徽之旨，以弘崇善之階，直而不文，聊記其事。（155頁，《道教靈驗記》序）

按：「慎徽」〔註47〕不辭，各版本《雲笈》均作「慎微」，當以《雲笈》本為是。「徽」為「微」之誤。「慎微」義為謹慎及於細微之處。文獻中常見。如漢劉安《淮南子·人間訓》：「聖人敬小慎微，動不失時。」《全唐文》卷六一五：「禮不與奢，慎微以從事，用過於儉，在貴而能貧。」清百一居士《壺天錄》卷上：「溺死三人，雖曰咎由自取，要皆風流自賞者有以致之，故君子貴慎微焉。」《靈驗記》編撰各類靈驗事蹟，旨在勸誡世人棄惡從善，事事當謹小慎微，不可妄行。羅本失校，當據改。

2. 果州開元觀接郡城，頗為爽塏，以形勝之美，選立觀額，雖州使旋具結奉，而制置之內猶闕大殿。州司差工匠及道流，將泝嘉陵江，於利州上游採賣材木。（177頁，卷二，《果州開元觀驗》）

按：「採賣」，《雲笈》六卷本原文作「採買」，據文意當以「採買」為是。《靈驗記》本例中言，果州開元觀猶闕大殿，故應是採購木材修殿。

「採買」即選購、購買。「採」同「采」。《廣韻·海韻》：「採，取也。俗。」「採」由選取、搜集義引申出選購義。「採買」用例常見。如北宋包拯《包孝肅奏議集》卷七《請權罷陝西州軍科率》：「今又准三司牒，採買上件材木九萬三千條有零，亦是分配永興等十四州收買。」明徐光啟《農政全書》卷四十五：「凡採買木植，俱要選擇圓長首尾相應乾燥老黃色者，毋將背山白色嫩木。」清蔣士銓《桂林霜·幕議》：「就是我管錢穀所辦的，省米價，停採買，蠲羡余，亦皆次第就理。」

3. 自是劉公南征至湖、嶺間，所在藩方，遺問相繼。旋得金帛，寓信於荊帥……於是再徵，入掌鈞軸，洎厭俗棄世，果符夢中之言，歲辰亦無爽矣。（183頁，卷三，《劉瞻相夢江陵真符玉芝觀驗》）

按：「釣」當依《雲笈》六卷本原文作「鈞」，羅本漏校。鈞以製陶，軸以轉車。「鈞軸」比喻國家政務重任。本書另見該詞用例。原文：「相國司空鄭公畋登庸之年，偶嘗遊禮，賦詩三十韻，以紀其故實，亦冥祝曰：『異日官達，必冀增修。』洎入掌絲綸，尊居鈞軸，萬幾少暇，前願都忘。」（185頁，卷三，《鄭

〔註47〕羅本以《道藏》十五卷本為底本，故本節討論的詞語若無特殊說明，即默認為十五卷本，在此作一說明，後不贅述。

畋相國修通聖觀驗》）其他文獻亦見。如唐韓愈《酒中留上襄陽李相公》詩：「知公不久歸鈞軸，應許間官寄病身。」元陳天祥《論盧世榮姦邪狀》：「往者阿合馬，以梟獍之資，處鈞軸之重。」清昭槤《嘯亭雜錄·于文襄之敏》：「當時傅文忠、劉文正諸公相繼謝事，秉鈞軸者唯公一人。」

4. 開元皇帝，尊祖奉先，躭玄味道，精誠上徹，禎貺下通。得真符於靈峰，產玉芝於內殿。因敕大鎮重地置觀，以真符玉芝為名，封太白山為靈應公，改華陽為真符縣。上瑞已彰於昔日，嘉徵復顯於茲辰。所以相國名臣，皆符吉夢，夷門諸宮之完葺，自非大道應靈，其孰能與於此乎？（184頁，卷三，《李蔚相修汴〔註48〕州玉芝觀驗》）

按：「諸宮」之「宮」字，《道藏》十五卷10／811c與《雲笈》六卷本原文作「宮」，「官」為羅本誤錄。此外「諸宮」一詞，四版本《雲笈》皆作「渚宮」，《雲笈》本應是。羅本僅列異文，仍用「諸」字，失察當改。

「夷門」是戰國魏都城的東門，址在今河南開封城內東北隅。因在夷山之上，故名。上古用例如《史記·魏公子列傳》：「魏有隱士曰侯嬴，年七十，家貧，為大梁夷門監者。」後又演變為開封的別稱。文獻用例多見。如唐唐堯客《大梁行》：「舊國多孤壘，夷門荊棘生。」南宋孫道絢《滴滴金》詞：「夢繞夷門舊家山，恨驚回難續。」金趙秉文《上清宮》詩：「暇日登臨近吹臺，夷門城下訪寒梅。」《靈驗記》本例中所講的玉芝觀就是在「汴州」，也就是開封，與「夷門」相契。

「渚宮」為春秋楚國的宮名，南朝梁元帝即位於此，擴建宮苑。該宮規模宏偉，在本文中用以喻指完成增飾修葺的玉芝觀，以示美稱。該詞常見於古代文獻。如《左傳·文公十年》：「（子西）沿漢泝江，將入郢。王在渚宮，下，見之。」唐李商隱《宋玉》詩：「落日渚宮供觀閣，開年雲夢送煙花。」南宋張孝祥《鵲橋仙·平國弟生日》詞：「渚宮風月，邊城鼓角，更好親庭一醉。」清趙翼《荊州詠古》：「拋盡山河剩渚宮，選樓遺澤未應終。」

5. 時因登洞，炷香稽首，祝於二真曰：「苟使宦達，粗脫棲遲，必有嚴飾之報。」自是不十歲，擁旄江陵。視事之夕，已注念及此。

〔註48〕「汴」羅本作「卞」，據《道藏》原文改。

（186 頁，卷三，《段相國修仙都觀驗》）

按：「夕」，十五卷本與《道藏》本、《輯要》本《雲笈七籤》同。《叢刊》本《雲笈》作「七」。《四庫》本《雲笈》作「初」。「夕」與「七」皆不適，「初」字當是。「初」即起始，開端。《爾雅·釋詁上》：「初，始也。」《史記·樂書》：「佚能思初，安能惟始。」唐柳宗元《貞符序》：「惟人之初，總總而生，林林而群。」文中意思是，段相國任職之初，便考慮修觀之事了。

6. 木文天尊者，開元十七年，蜀州新津縣新興居寺，四月八日設大齋。聚食之次，有一道流後至，就眾中坐。眾人輕侮之，不與設食。齋畢，道流起入佛殿中，良久不出。（191 頁，卷四，《木文天尊驗》）

按：「居寺」之「居」字，各版本《雲笈》均作「尼」。根據文意，可知文中所述「寺」當為佛寺。又本文所記事，杜光庭《歷代崇道記》亦載。關於《靈驗記》與《崇道記》的關係，李劍國有言：「光庭中和四年（884）撰成《歷代崇道記》，始於周穆王，記歷代帝王崇道之事，與《道教靈驗記》堪可匹配，一言崇道，一言靈驗而已。二書記事有重見處，《道教靈驗記》中《上都昭成觀驗》《亳州太清宮驗》《青羊肆驗》《木文天尊驗》《京光天觀黑髭老君驗》《終南山玉像老君驗》《天台觀老君驗》七則均見於《歷代崇道記》，唯詳略有別，各有側重，有的情事亦有差異，蓋所聞時地不同耳。」[註49]

《崇道記》中《木文天尊驗》的相關表述為：「開元十七年，夏四月五日，益州大都督府長史張敬忠奏，大聖祖混元皇帝應現於當管蜀州新津縣津興佛殿柱上，自然隱起木文，為太上老君聖像。」從「佛殿」可知此處是佛寺，十五卷本「居」當為「尼」之誤。羅本僅列《雲笈》異文，仍用「居」，當改。

7. 是時，太白山又獲瑞符，因宣示百官，大赦天下，改函陽縣為真符縣，諸節度大鎮置真符、玉芝二觀，封太白山為靈應山，金星洞為嘉祥洞。（209 頁，卷六，《終南山玉像老君驗》）

按：該篇《雲笈》未收，十五卷本作「函陽縣」，當改為「華陽縣」。《靈驗記》中《李蔚相修汴[註50]州玉芝觀驗》亦記此事：「因敕大鎮重地置觀，以真

〔註49〕李劍國《〈杜光庭小說六種校證〉前言》，劉懷榮編《中國傳統文化研究》，中國海洋大學出版社，2020 年第 2 輯，第 100 頁。

〔註50〕「汴」羅本原作「卞」，據《道藏》原文改。

符玉芝為名，封太白山為靈應公，改華陽為真符縣。」（184 頁，卷三）。此外《中國歷史地名大辭典》對「真符縣」的解釋是：「唐天寶八年（749）改華陽縣置，屬京兆府。」〔註51〕可知羅本漏校，當據改。

8. 《玉局化玉像老君驗》（209 頁，卷六）

按：本篇《雲笈》卷一一八亦載，題「玉局化玉像老君應夢驗」，羅本未標注。按照羅本的體例，凡是與《雲笈七籤》六卷本重合的篇目，都要於標題下注出六卷本的相應題名。同樣遺漏《雲笈》本相應篇名的尚有：《劉方瀛天師靈驗》（234 頁，卷八），《雲笈》卷一一九載，題「道士劉方瀛依天師劍法治疾驗」；《襄州北帝堂驗》（245 頁，卷九），《雲笈》卷一一九載，題「楚王趙匡凝北帝祥應」；《姚元崇女九天生神章經驗》（249 頁，卷十），《雲笈》卷一一九載，題「姚元崇女精志焚修老君授經驗」；《尹言陰符經驗》（262 頁，卷十一），《雲笈》卷一一九載，題作「尹言念陰符經驗」。羅本當補。

9. 喬木之下，有石壁奇文自然老君之狀。前有玉童，褒袖捧爐，雙髻高束。後有神王之形，恭若聽命。（210 頁，卷六，《閬州石壁成紋自然老君驗》）

按：「高束」費解，《雲笈》六卷本作「高竦」，當以《雲笈》本為是。「高竦」即高聳、矗立。如晉葛洪《抱朴子·任命》：「運屯則沈淪於勿用，時行則高竦乎天庭。」南朝梁劉孝標《辨命論》：「璉（劉璉）則志烈秋霜，心貞昆玉，亭亭高竦，不雜風塵。」清談遷《談氏筆乘·榮植》：「御史鄧鏈論滇茶十德：色之豔而不妖，一也。樹之壽經二三百年者猶如新植，二也。枝幹高竦有四五丈者，大可合抱，三也。」本文中「高竦」用以形容玉童髮型。

10. 此後宗社不寧，天下荒亂，干戈競起，祚曆甚危。太上老君自降王宮作幼主，以扶此〔註52〕難，社稷可以存耳。梁大夫主機務，吾子領藩方，皆在幼主之手，可自寶愛耳。（215 頁，卷六，《賴處士說老君降生事驗》）

按：「寶」，諸版本《雲笈》均作「保」。

「寶愛」義為珍愛。如《後漢書·杜林傳》：「林前於西州得漆書《古文尚書》一卷，常寶愛之。」南宋劉子翬《兼道攜古墨來》詩：「汗青得失更誰論，

〔註51〕史為樂主編《中國歷史地名大辭典》，中國社會科學出版社，2005 年，第 2079 頁。
〔註52〕「此」，羅本誤作「上」，據《道藏》原文改。

尤物競為人寶愛。」「保愛」為保重自珍之義。如北宋曾鞏《回傅權書》:「荒隅之中,孤拙寡偶,欽企欽企。春暄。余保愛保愛。不宣。」明劉基《送胡生之定遠教諭任》詩:「努力慎保愛,勳名以為期。」

揆之文意,「保愛」似更勝。《靈驗記》文中說道,「此後宗社不寧,天下荒亂,干戈競起,祚曆甚危」,在此種形勢下,應當保全自身為上。竊以為「寶」或為音同之誤,當改作「保」。

　　11. 自是成持節滄州,皆如賴處士之說。中原紛擾,<u>胎禍</u>積年,

社稷晏安,宮城再復。駐蹕數年,聖德如一,僖皇中興之力也。(216

頁,卷六,《賴處士說老君降生事驗》)

按:「胎禍」甚難索解,《雲笈》作「禍亂」。疑「胎禍」為「貽禍」之訛。「月」與「貝」字形相近致誤。「貽禍」亦作「貽禍」,義為留下禍害。古籍多有所見。如《新唐書·高宗紀贊》:「高宗溺愛袵席,不戒履霜之漸,而毒流天下,貽禍邦家。」《古今小說·羊角哀捨命全交》:「此乃一村香火,若觸犯之,恐貽禍於百姓。」明劉元卿《賢奕編》卷四:「唯漢和、唐玄,古今至愚,乃首假以權,貽禍至毒。」改「胎禍」為「貽禍」則怡然理順。「貽禍」與《雲笈》本異文「禍患」為近義關係,亦為旁證。羅本漏校。

　　12. 黃巢既陷長安,大駕西幸。湘捷金帛,挈骨肉,自東渭橋出。

道<u>則</u>剝掠之人,不知紀極。(217頁,卷七,《賈湘事老君驗》)

按:「則」當據《雲笈》本原文改作「路」。「道路」即地面上供人或車馬通行的部分。《周禮·夏官·司險》:「司險掌九州島之圖,以周知其山林川澤之阻,而達其道路。」明凌濛初《二刻拍案驚奇》卷十三:「直生道:『小生有箇舊友劉念嗣,家事盡也溫飽,身死不多時,其妻房氏席捲家資,改嫁後夫,致九歲一子,流離道路。』」本書亦見用例。如:「逃難之人,衣冠士庶,攜老挈幼,或憩林野之中,或聚<u>道路</u>之畔,如此者不知其數。」(213頁,卷六,《駱全嗣遇老君驗》)又:「俄而楊公罷權位,王有罪竄於南方,死於<u>道路</u>,其言愈驗。」(215頁,卷六,《賴處士說老君降生事驗》)。

　　13. 彌年鎮龍瑞觀老君,開元中所制。觀在洄流,上下控澄。潭

有龍神所處,老君靈應,鄉里共傳⋯⋯每<u>植札</u>瘥為疫,水旱致災,

凡有誠祈,必獲昭應矣。(219頁,卷七,《龍瑞觀老君驗》)

按：十五卷本作「植」，《雲笈》六卷本無此篇，陶敏整理本疑當作「值」，其說是。羅本未加校改。「值」，遇、逢義。《莊子·知北遊》：「明見無值。」成玄英疏：「值，會遇也。」五代徐鍇《說文繫傳·人部》：「值，一曰逢遇。」南宋辛棄疾《賀新郎·和吳明可給事安撫》：「正值春光二三月。」

「札瘥」為因疫癘、疾病而死。《左傳·昭公十九年》：「鄭國不天，寡君之二三臣札瘥夭昏，今又喪我先大夫偃。」杜預注：「大死曰札，小疫曰瘥。」孔穎達疏：「（札、瘥、夭、昏）揔說諸死，連言之耳。」《晉書·簡文三子傳贊》：「帝子分封，嬰此鞠凶。札瘥繼及，禍難仍鍾。」《舊唐書·文宗紀下》：「如聞諸道水旱害人，疾疫相繼，宵旰罪己，興寢疚懷。今長吏奏申，札瘥尤甚。」

《靈驗記》本例意即每次遇到疫病、水旱災害等情況時，只要誠心向龍瑞觀老君像祈禱，必有靈應。

14. 昔有綿州居人，年運既長，而無嗣續。因賈鬻經過，知老君累有靈應，鄉里所傳，乃齎香火詣觀，禱祈曰：「欲得一子，必令入道。」（219 頁，卷七，《龍瑞觀老君驗》）

按：十五卷本作「齋」，《雲笈》無此篇，而陶本認為當作「齎」，甚確。「齎」有攜、持義。《廣雅·釋詁三》：「齎，持也。」如南朝宋劉義慶《世說新語·讒險》：「後丁艱，服除還都，惟齎《戰國策》而已。」清顧炎武《錢糧論下》：「錢重而難運，銀輕而易齎。」十五卷本應是形近而誤，羅本失校。

15. 頃年井屬東川，有張填常侍主其監務，於事稍怠，鹽課不登，欠數千斤。交替之後，縻留填納，未得解去。（230 頁，卷八，《陵州天師井驗》）

按：十五卷本作「監務」，《雲笈》六卷本作「鹽務」。由後面「鹽課」一詞及本篇下文「自是每日所煎水數四十五函如常，而鹽數羨益，五六日內填之課足」可知，張填所經管的是食鹽相關的事務。竊以為「鹽務」更勝，「監」當為「鹽」之形訛，羅本漏校。

「鹽務」亦見於其他文獻。如唐韓愈《論變鹽法事宜狀》：「平叔稱停減鹽務所由，收其糧課，一歲尚得十萬貫文。」北宋曾鞏《曾鞏集》卷四十三《誌銘八首》：「復為尚書比部郎中，監沂州承縣鹽酒稅。未逾月，自罷歸。又監陝州集津垛鹽務，不行，以本官致仕。」清魏源《籌海篇四》：「漕務、鹽務、邊

務皆日困一日矣。」

16. 瓛再拜稽首，受其言而覺。是冬頻訴於宰執，復希入用，乃
授陵州刺史。之任時經歷山川、郡邑，神思敝悗，皆如常所經行。
素未入蜀，莫可知其由也。（232頁，卷八，《李瓛夢天師驗》）

按：「敝悗」頗難索解。《道藏》本、《叢刊》本、《輯要》本《雲笈》作「憫
悗」。四庫本《雲笈》作「惱悗」。《正字通·心部》：「憫，同惱。」故「憫悗」
也即「惱悗」，《雲笈》四本無異。又「敝」可通「惱」，《大詞典》「敝悗」釋義
言通「惱悗」。由此，則疑十五卷本原應作「敝悗」，「敝」乃「敝」之訛字，字
形相似而誤，羅本失校。

「敝」與「敝」相訛例，曾良有所論及，舉例如：「斯4474《慶蘭若》：『今
日大院虛敝，宿淨道場，千花月面之尊廣坐，烈珍羞之供，盛會若此，誰人當
之？』（冊六，頁100）『敝』明顯是『敝』之訛。」〔註53〕

「敝悗」即「惱悗」，心神不安貌。「惱悗」古代文獻屢見。如北宋曾鞏《泰
山謝雨文》：「言丁寧而上訴，心惱悗而潛驚。」北宋王安石《與望之至八功德
水》詩：「念方與子違，惱悗夜不眠。」清戴名世《與劉言潔書》：「頃者遊於渤
海之濱，見夫天水渾淪，波濤洶湧，惱悗四顧，不復有人間。」

17. 鵠鳴化，天師修道、老君感降之所，上頂有上清古宮，相傳
云天師時所制。（234頁，卷八，《謝貞見天師授符驗》）

按：十五卷本與《雲笈》六卷本均作「鵠」，誤矣，當作「鶴」。第三章詳細
闡述過《雲笈》卷二八對於「二十四治」的介紹，其中第三個便是鶴鳴治。所
以稱「鶴鳴化」，是避唐高宗李治諱而改。羅本失察。

18. 燕公說果使姜皎入奏曰：「陛下久思河東總管，重難其人。
臣所見得，何以見賞？」〔註54〕上曰：「誰耶？如篋有萬金之賜。」
乃曰：「馮翊太守姚元崇，文武全材，即其人也。」（250頁，卷十，
《姚元崇女九天生神章經驗》）

按：本篇《雲笈》卷一一九收，題作「姚元崇女精志焚修老君授經驗」，然
全文僅有本篇篇首幾句，後文皆無。本篇所記姚崇諫玄宗事，《資治通鑒考異》

〔註53〕曾良《俗字及古籍文字通例研究》，百花洲文藝出版社，2006年，第133頁。
〔註54〕羅本原作「燕公說，果使姜皎入奏曰：『陛下久思河東，總管重難。其人，臣所見
　　　　得，何以見賞？』」據文意改。

卷一二所引《升平源》亦載，二者文字表述幾近相同，可作參考。「篋」字意不可通，《考異》作「愜」，是，當改。「愜」為恰當、合適義。南朝梁任昉《為齊明帝讓宣城郡公第一表》：「臣知不愜，物誰謂宜。」《晉書‧李重傳論》：「李重言因革之利，駁田產之制，詞愜事當。」唐張九齡《請御注道德經及疏施行狀》：「詞約而理豐，文省而事愜。」金王若虛《史記辨惑七》：「不惟文勢重迭，意亦不愜也。」改「篋」為「愜」，則文理通順。羅本當校改。

19. 至頃，上命宰臣坐，公跪奏曰：「臣適奉行作弼之詔，不謝者，欲以十事上獻，有不行，臣不敢奉詔。」（250頁，卷十，《姚元崇女九天生神章經驗》）

按：「頃」難解，《資治通鑒考異》相關異文作「頓」，是。「頃」為「頓」之形誤。「頓」為宿食之所、館舍。本例前文言「皇帝講武於驪山」，「方獵於渭濱」，姚元崇去拜見聖上。後二人回返，「至頓」，即到達宿食之所。《古今韻會舉要‧願韻》引《增韻》：「頓，宿食所也。」他例如《隋書‧煬帝紀下》：「每之一所，輒數道置頓，四海珍羞殊味，水陸必備焉。」唐封演《封氏聞見記‧剛正》：「狄仁傑為度支員外郎，車駕將幸汾陽宮，仁傑奉使先修官頓。」《資治通鑒‧晉安帝隆安元年》：「十二月，調兵悉集，戒嚴在頓，遣將軍啟侖南視形勢。」胡三省注：「頓者，次舍之所。」羅本當改。

20. 每三五日一度下山，教化糧食。人聞其所說，施與甚多，糧鹽所須，計月不闕。乃故換道經題目，立佛經名字，改「天尊」為「佛」，言「真人」為「菩薩」「羅漢」，對答詞理，亦多換易。（266頁，卷十二，《僧法成改經驗》）

按：「故換」不可通，四版本《雲笈》均作「改換」，是。「故」與「改」字形相近致誤，羅本失校。「改換」義為變更，變換。文獻用例頗多。如唐白居易《曲江感秋》詩之一：「銷沉昔意氣，改換舊容質。」南宋黎靖德《朱子語類》卷一二二：「他日用動靜間，全是這個本子，卒乍改換不得。」元無名氏《舉案齊眉》第二折：「自今與你改換了衣服，則便了也。」

21. 行三二里，見軍吏隊仗訶道甚嚴，謂是刺史遊山。法成與奴下道於林中迴避。良久，見旗幟駐限，有大官立馬於道中，促喚地界，令捉僧法成來。（266頁，卷十二，《僧法成改經驗》）

按：「駐限」殊為費解，陶本校對此篇時，據諸版本《雲笈》原文改為「駐隊」。愚亦以為「駐隊」更勝。「隊」有行列義。如《漢書·司馬相如傳上》：「車案行，騎就隊。」唐韓愈《盆池》詩之三：「忽然分散無蹤影，惟有魚兒作隊行。」本例中「隊」即前文所言「軍吏隊仗」。《靈驗記》本文講的是神靈降現人間，捉拿僧人法成。神明多有隊仗伴隨。羅本失校，可據正。

22. 即於道中決杖百下，仆於地上，瘡血遍身。隊仗尋亦不見。

奴走報觀中，差人看驗，微有瑞息而已，扶舁入山，數日方校。（267頁，卷十二，《僧法成改經驗》）

按：「瑞息」殊不可解。四版本《雲笈》皆作「喘息」。「瑞息」當為「喘息」之訛誤。羅本漏校，當據改。本書中用例如：「每午後，自床上投身於地，踴高數尺而落。被撲之時，喘息不續，悶絕痛楚，號叫移時，夜半復如此。」（275頁，卷十二，《張融法籙驗》）其他文獻亦屢見。如《素問·陰陽應象大論》：「視喘息，聽音聲，而知所苦。」《後漢書·張綱傳》：「若魚游釜中，喘息須臾之間耳。」南宋吳曾《能改齋漫錄·神仙鬼怪》：「惟貫所臥室戶正開，猶奄奄然喘息。」

23. 法成本有衣缽，寄在江州寺中，取來貨賣，更來乞紙筆，經年修寫。經足送還本觀，燒香懇謝，欲願入道。（267頁，卷十二，《僧法成改經驗》）

按：「來乞」《雲笈》原文作「求乞」，當據正。「來」與「求」形近而誤，羅本失察。「求乞」即請求、乞求。本書尚有諸多用例，現試舉兩條：「汝於危亂之中，不能自逃性命，無故焚燒此閣。用功鉅萬，古蹟多年，汝一旦滅之，不懼神理所誅，更敢於此求乞？」（163頁，卷一，《蜀州紫微閣驗》）其他古籍亦見。如《後漢書·杜林傳》：「後皇太子強求乞自退，封東海王。」明沈德符《野獲編·禮部一·滁陽王奏祀官》：「至正德間，而琥求乞無已，且請印信，當事者厭之，遂革其職。」

24. 其所改經，至今往往傳行諸處，覽觀其義，自殊可曉焉。（268頁，卷十二，《僧行端改五廚經驗》）

按：「至令」不辭。查《雲笈》六卷本原文為「今」。「令」當為「今」之誤字，羅本失校。「至今」即直到現在。本書多有所見，試舉兩例：「至今負販之

徒，錐刀求利者，每以三日五日必詣聖像前焚香祈佑。」（178頁，卷三，《果州開元觀驗》）又：「至今鄉里相傳，永以為戒。眾像皆在，無敢犯者，里人不知，呼為佛子龕爾。」（188頁，卷四，《南平丹竈臺金銅像驗》）他書用例如《楚辭·九章·抽思》：「初吾所陳之耿著兮，豈至今其庸亡。」唐高適《燕歌行》：「君不見沙場征戰苦，至今猶憶李將軍。」

　　25. 天台山玉霄宮古鐘……頃年於空中夜夜飛鳴，人皆聞之。忽

　　墮於禹廟內，藏之府庫，綿歷七八十年。累有名僧求請，欲彰其異，

　　而皆廉問不與。（281頁，卷十三，《玉霄宮鐘驗》）

　　按：「廉問」為察訪查問，置文中不適。《道藏》本、《叢刊》本《雲笈》作「嫌問」，《四庫》本、《輯要》本《雲笈》作「嫌間」，是也。「嫌間」即因彼此猜疑而產生的惡感。杜光庭作為道教學者，作品中有明顯的抑佛揚道的傾向，在《靈驗記》中也常常醜化僧人形象。本文中講的是，天台山玉霄宮古鐘十分靈驗，經常有名僧求請，但道士都因與佛教有嫌隙而拒絕了請求。故此處當為「嫌間」，用作動詞。「廉問」「嫌問」皆為「嫌間」之形誤。「問」與「間」一筆之差。真大成在《中古史書校證》中論述了「嫌」誤作「廉」例〔註55〕，可知古籍整理中存在二字相訛的現象，可參。

　　「嫌間」文獻用例多見。如唐韓愈《昌黎先生集》卷二十六《唐故河東節度觀察使滎陽鄭公神道碑文》：「德宗晚節儲將於其軍，以公為河東軍司馬，能以無心處嫌間，卒用有就。」南宋周輝《清波別志》卷上：「童貫小內臣，蒙太史提挈，今官職至此，豈敢相忘，煩覆知太師，不可信人語言，遂成嫌間也。」明歸有光《俞楫甫妻傳》：「娣姒間絕無嫌間。」

　　26. 是夕上夢神人示以誅寇復城之兆。上大悅，授太常奉禮郎，

　　累遷主客員外衛尉少卿，錫以朱紱。黃巢捷至，果符聖夢之日，特

　　加寵異。（287頁，卷十三，《范希越天蓬印驗》）

　　按：「日」，《雲笈》六卷原文作「旨」，是。「旨」即意圖、宗旨。《三國志·吳志·魯肅傳》：「肅徑迎之，到當陽長阪，與備會，宣騰權旨。」《舊五代史·梁書·寇顏卿傳》：「好書史，復善伺太祖旨。」《資治通鑒·漢獻帝建安十三年》：「肅宣權旨，論天下事勢，致殷勤之意。」《靈驗記》本文道「上夢神人示以誅

〔註55〕真大成《中古史書校證》，中華書局，2013年，第85頁。

寇復城之兆」，並未言及日期，「日」字不妥。而「黃巢捷至」正符神人所示之旨。羅本未察「日」字之誤，當改。

27. 陳武帝禪位之初，江南大旱，稼穡皆傷，雖赦宥狴牢，減膳避殿，放宮人，解鳥獸，賑恤窮之，禱祝名山，二年亢旱，戶口凋減。（289 頁，卷十四，《陳武帝黃籙齋驗》）

按：十五卷本作「窮之」，義不可解，《雲笈》未收該篇。陶本據文意，認為「之」為「乏」之訛字，當改作「窮乏」，至洽。「之」與「乏」形近易訛。羅本漏校。「窮乏」指貧困的人。古書多見。如《漢書·食貨志上》：「又減關中卒五百人，轉穀振貸窮乏。」《南史·王珍國傳》：「（珍國）仕齊為南譙太守，有能名。時郡境苦饑，乃發米散財以振窮乏。」清紀昀《閱微草堂筆記·灤陽消夏錄一》：「維華之父雄於貲，喜周窮乏。」

28. 啟壇之夕，神鐘鳴於空中，殿上鐘不擊自響，各五十餘聲。聖燈遍山，作虹橋花木之狀。肉角金蛇見於壇上，收而得之。既而陰雲白雨，自辰及成雨，霽而失蛇所在。（294 頁，卷十四，《僖宗青城齋醮驗》）

按：「自辰及成雨」難以索解，《雲笈》無此篇。陶本疑「成」當作「戌」，甚是。「辰」指辰時（早上 7 點至 9 點），「戌」指戌時（晚上 7 點至 9 點），「自辰及戌雨」義為自辰時至戌時都在下雨。「成」為「戌」之誤，羅本漏校。

29. 其時鄰家馮老人父子二人差赴軍前，去時留寄物，直三十千，在某[註56]處。馮父子歿陣不回，物已尋破用卻。近忽於冥中論理，某被追魂魄對會，經今六年。近奉天曹斷下云：自是歿陣不歸，非關巨蠹，故用令陪錢三千貫，即得解免。（300 頁，卷十五，《張郃奏天曹錢驗》）

按：「三千貫」，各版本《雲笈》原文皆作「三十貫」，是。古代銅錢以繩穿連，千錢為一貫。文中言馮老父子「去時留寄物，直三十千」，相應則需還付三十貫。「三千貫」之「千」乃「十」之形誤。羅本失校，當據改。

30. 既覺，召驛吏問之，時公不豫[註57]半日矣。官高年長者，

[註56]「某」羅本作「其」，據《道藏》原文改。
[註57]「豫」羅本原作「預」，據《道藏》原文改。

首冠眾人，疑其必有薨變。是夕四更，果去世矣。（303 頁，卷十五，

《杜邠公黃籙醮驗》）

按：「日」，《雲笈》六卷本原文作「月」。「不豫」可稱尊長有疾。如唐楊炯《伯父東平楊德裔墓誌銘》：「因不豫，彌留遺命，以弟之子神毅為後。」本文既言「疑其必有薨變」「是夕四更，果去世矣」，則應為病重。如作「不豫半日」，似不合邏輯。故「日」當為「月」之形訛，羅本應行校正。

31. 天上地下，一切神明，無幽無隱，無小無大，皆屬道法所製，

如人間萬國遵奉帝王爾。（307 頁，卷十五，《李約黃籙齋驗》）

按：「隱」，《雲笈》六卷本原文作「顯」。該句出現了兩次「無 A 無 B」句式。關於這一句式，朱楚宏有所論述：「否定式是指『無 A 無 B』中常常嵌入兩個相同或相關意義的語素，表示否定，強調『沒有……』。這是現代漢語『無 A 無 B』的一般格式。（《現代漢語詞典》，2005）肯定式是指『無 A 無 B』中還可以嵌入兩個相反或相對意義的語素，表示『無條件』。這是一種條件總括，表示『在所有條件下都……』的意思。這種無條件用法實際上是一種肯定性用法。『無日無夜』即『無論白天與黑夜』『每日每夜』。這種用法在古代漢語中比較常用。如韓愈《師說》中的句子：『是故無貴無賤，無長無少（無論貴賤，無論老少），道之所存，師之所存也。』再如《詩經‧陳風‧宛丘》：『無冬無夏（無論冬夏），值其鷺羽。』」〔註58〕

《靈驗記》文中「無小無大」，「小」與「大」語義相反，此為肯定式的用法，義為「無論大的小的」。由此推知，另一句應同為肯定式，當作「無幽無顯」，義為「無論隱秘的還是顯露的」。羅本當據正。

32. 蔚媿謝而去，疾亦尋愈。其後策名金紫，亦享中年。除宿州

刺史、角橋都知兵馬指揮使，不到任死，以其瘞武器門旗故也。（310

頁，卷十六，《范陽盧蔚醮本命驗》）

按：各版本《雲笈》原文同作「角橋」，意不可通，陶本疑為「甬橋」之誤，甚是。《中國歷史地名大辭典》：「甬橋，又作埇橋。在今安徽宿州市南汴河上。唐時控扼汴運，為運道之咽喉。《資治通鑑》：唐建中二年（781），淄青節度使『李正己遣兵扼宿州甬橋、渦口……江淮進奉船千餘艘，泊渦口不敢進』。元和

〔註58〕朱楚宏《漢語規範化中介現象論》，清華大學出版社，2015 年，第 424 頁。

四年（809），於橋北置宿州。唐末汴河淤塞，橋東南悉為污澤。金以後汴河湮廢，此橋亦廢。」〔註59〕甬橋位於宿州，正與《靈驗記》本例中「宿州刺史」相合。「角」與「甬」形近而誤，羅本當改。

33. 崔圖者，坊州中都人，好遊獵。（311 頁，卷十六，《崔圖修黃籙齋救母生天驗》）

按：各版本《雲笈》原文均作「中都」。陶本據《元和郡縣圖志》卷三知坊州有中部縣，無中都縣，遂改「中都」為「中部」，其說是。《中國歷史地名大辭典》：「坊州，唐武德二年（619）分鄜州置，治所在中部縣（今陝西黃陵縣南）。因州界馬坊為名。轄境相當今陝西黃陵、宜君二縣地。天寶元年（742）改置中部郡，乾元元年（758）復為坊州。蒙古至元六年（1269）廢入鄜州。」〔註60〕可知「中部縣」為坊州所轄。「都」與「部」字形相近而訛，當據正。

34. 寶曆初，除湖州刺史，二年乙巳，於紫極宮修黃籙道場，有鶴三百六十五隻翔集壇所，紫雲蓬勃，祥風虛徐，與之俱自西北而至。（318 頁，卷十六，《崔玄亮修黃籙齋驗》）

按：「二年乙巳」，諸版本《雲笈》原文同。陶本認為是「元年乙巳」之誤，據《二十史朔閏表》，知寶曆元年為乙巳年。私以為，寶曆初年為乙巳年無誤，二年當為丙午年，然從本篇的行文邏輯上說，作者似欲分別講述「寶曆初」與「二年」所發生的事情。如按陶本所言，改「二年」為「元年」，則有重複之嫌。此處作者更可能是想表達「二年」，但將年份記錯，似可改為「二年丙午」。

《靈驗記》本文中記述了白居易目睹靈鶴翔集後寫下《吳興鶴贊》之事。該文亦收於白氏作品集中，箋曰：「作於寶曆二年（八二六），五十五歲。」〔註61〕亦為證。

35. 洎晚有十餘人將鷹犬弋獵之具，從空中而下，逕入堂內，殺其婦及女僕凡七八人，既死，皆化為狐矣。（323 頁，卷十六，《樊令

〔註59〕史為樂主編《中國歷史地名大辭典》，中國社會科學出版社，2005 年，第 1406 頁。

〔註60〕史為樂主編《中國歷史地名大辭典》，中國社會科學出版社，2005 年，第 1185～1186 頁。

〔註61〕（唐）白居易著，朱金城箋注《白居易集箋校》，上海古籍出版社，1988 年，第 3667 頁。

言修北帝道場誅狐魅驗》）

按：《道藏》本《雲笈》作「几」，《叢刊》本、《輯要》本《雲笈》作「凡」，《四庫》本為「凡」。「凡」為「凡」之異體。《字彙・幾部》：「凡，俗作凡。」據上下文意，此處當改為「凡」，「几」為「凡」脫筆之誤。

「凡」為總計、總共義。如《易・繫辭上》：「乾之策二百一十有六，神之策百四十有四，凡三百有六十。」《後漢書・皇甫規傳》：「所著賦、銘、碑、贊、禱文、弔、章表、教令、書、檄、箋記，凡二十七篇。」明陸深《春雨堂隨筆》：「北齊文宣天保七年，築長城，東至於海，前後所築，東西凡三千餘里。」《靈驗記》本例中講的是夜晚十餘人殺害婦女及女僕共七八人。

36. 一年之外，忽有青衣吏二人過憩其門，留連與語。吏曰：「主人每日常饌，亦設位致饗，何所求也？」（328頁，卷十六，《杜鵬舉父母修南斗延生醮驗》）

按：《道藏》本、《叢刊》本《雲笈》均作「致響」。《四庫》本、《輯要》本為「饗」，當是。「致饗」指以酒食等物祭祀鬼神。多見於古書。如南朝梁鍾嶸《詩品・總論》：「靈祇待之以致饗，幽微藉之以昭告，動天地，感鬼神，莫近於詩。」《新唐書・來瑱傳》：「既而為瑱立祠，四時致饗。」羅本漏校，當據改。

37.《衢州東華觀監齋隱常住驗》（330頁，卷十七）

按：該篇標題《道藏》本、《叢刊》本、《輯要》本《雲笈》均同，《四庫》本「隱」下有「欺」字，《四庫》本是。該篇正文云：「衢州東華觀物產殷贍，財用豐美，主持綱領，多恣隱欺。有監齋一人，其過尤重，不知禍福，不信神明，或聞罪福報應，謂之虛誕。常曰：『道士用常住物，如子孫用父母物耳！何罪之有？』」正文提及「隱欺」一詞。且同卷另有《杭州餘杭上清觀道流隱欺常住驗》（332頁）一篇。參考本書標題之行文習慣與正文內容，本篇標題「隱」後當補「欺」字，改作《衢州東華觀監齋隱欺常住驗》。

38. 一人偶曰：「某監齋常能排斥罪善，不信報對，量其積過，莫在群牛中否？」眾方言笑，一牛直諸眾前，驅之不去。（卷十七，330頁，《衢州東華觀監齋隱常住驗》）

按：《道藏》本《雲笈》作「直諸」，《叢刊》本、《四庫》本作「直詣」，《輯要》本作「忽詣」。「諸」當為「詣」形近之訛，可據改。「詣」即前往，到某地

去。《玉篇‧言部》:「詣,往也,到也。」《史記‧孝文本紀》:「乃命宋昌參乘,張武等六人乘傳詣長安。」唐賈島《送集文上人遊方》詩:「此遊詣幾嶽?嵩、華、衡、恒、泰。」清戴名世《〈天籟集〉序》:「余詣其家,殷勤訪謁,欲得而為雕刻流傳之。」羅本失校。

39. 婺州開元,卻倚小坡,形勢高爽。(331 頁,卷十七,《婺州開元觀蒙刺史復常住驗》)

按:四版本《雲笈》皆作「婺州開元」。陶本據本篇標題,於「開元」後補一「觀」字,至洽。據本卷文例,篇首句多為「某某觀」,如:「杭州餘杭上清觀,田畝沃壤,常住豐實。」(332 頁,卷十七,《杭州餘杭上清觀道流隱欺〔註62〕常住驗》)又:「龍州牛心山古觀,即大唐遠祖隴西李龍遷,梁武陵王蕭紀理益州,使遷築城於此所居。」(333 頁,卷十七,《李賞斫龍州牛心山古觀松柏驗》)再如:「嘉州開元觀在層崗之上,下眺城邑,俯視江山。」(336 頁,卷十七,《嘉州開元觀門扉為馬棧驗》)如作「開元」,則僅為唐玄宗年號而已。可見羅本當補「觀」字。

40. 廣明辛丑歲,刺史陳佹修置道場,有祥雲天樂之應,甘露泫於叢林,寵詔褒美。(342 頁,卷十七,《仙都山陰君洞驗》)

按:《道藏》本《雲笈》作「刺吏」,其他三本為「刺史」,當據三本改。「吏」與「史」易訛。刺史,古代官名。原為朝廷所派督察地方之官,後沿為地方官職名稱。《漢書‧百官公卿表上》:「武帝元封五年初置部刺史,掌奉詔條察州,秩六百石,員十三人。」唐韓愈《論變鹽法事宜狀》:「其餘觀察及諸州刺史、縣令、錄事、參軍多至每月五十千。」清顧炎武《日知錄‧隋以後刺史》:「漢之刺史猶今之巡按御史;魏晉以下之刺史,猶今之總督;隋以後之刺史,猶今之知府及直隸知州也。」

41. 公曰:「折壽削官,不可逃矣。吾為足下致一年假職,憂其祿廩,用副吾子之託耳。」(344 頁,卷十七,《嘉州東觀尹真人石函驗》)

按:《道藏》本《雲笈》作「一」,當據其他三本改作「二」。該篇下文說道:「崔即治裝,盡室之成都,具以事告節制崔寧,署攝副使,月給俸錢二十萬。

〔註62〕「欺」字原無,據文意補。

果二年而卒矣。」正與判詞相符，故當為「二年」。羅本失校。

（二）徑改而未說明

1.《亳州太清宮驗》（164 頁，卷一）

按：該標題中的「亳州」，《道藏》十五卷本原文 10／804b 作「毫州」，當據其正文及《雲笈》六卷本原文改作「亳」。羅本既言以《道藏》十五卷本為底本，在整理中不用該本字而改用他字，未加說明而徑改，應當補以校語。

2. 初攻城之時，有神雅無數，銜接箭投於地中，賊輩已加驚異。

既而城內朗晏，城外風雪，賊人懼此神力，解圍而去，尋亦散滅。

（165 頁，卷一，《亳州太清宮驗》）

按：「解圍」，《道藏》十五卷原文 10／804c 作「解圜」，不通，四版本《雲笈》皆作「解圍」，是。「圜」乃形近之誤。「解圍」即解除敵軍的包圍。多見於古籍中。如漢劉安《淮南子》卷十八：「其御欲驅，撫而止之曰：『今日為父報仇，以出死，非為生也。今事已成矣，又何去之。』追者曰：『此有節行之人，不可殺也。』解圍而去之。」唐李嘉祐《題靈臺縣東山村主人》詩：「貧妻白髮輸殘稅，餘寇黃河未解圍。」明李賢《明一統志》卷六十九《屈堅》：「建炎初，金人圍陝府，堅引兵救之，圍解。金人執堅，堅曰：『吾來為解圍也，城苟全，吾死何憾？』」羅本徑改，未出校。

3. 中和年駐蹕全蜀，尋剋上京。東川節度使楊師立稱兵內侮，

封壤咫尺，密邇行朝。[註63]（181 頁，卷三，《東川置太一觀驗》）

按：《雲笈》未收本篇。「壞」十五卷本原文 10／810b 作「壞」。「封壞」難以索解。揆之文意，「壞」當為「壤」之訛字。「封壤」即疆域、疆界。本書另有其他用例：「先是李皎持節邕南，溪洞蠻乘間伺隙，俘掠封壤，焚燒廬井，稱兵入寇。」（299 頁，卷十五，《李皎神呪齋驗》）古代典籍亦多見。如《舊唐書·德宗紀下》：「（吳少誠）凶狡成性，扇構多端，擅動甲兵，暴越封壤。」明羅洪先《念庵文集》卷十七《謁南嶽文》：「某今為田野之民，於分無所嚴。鄰南衡封壤，越八百有餘里，載跋涉，歷旬朔而後至，又不可為偶。」羅本未加以說明，徑改「壞」作「壤」。

〔註63〕羅本原作「東川節度使楊師立稱兵，內侮封壤，咫尺密邇」，據文意改。前文已有論述。

　　十五卷本尚有其他「壞」「壞」互訛例，羅本皆逕改，未出校。如：「唐興堰，村渠小堰也，在縣西南十里許。鄉人每冬修築，以備春耕。功用極至，而水至即壞，莫知其故也。」（189頁，卷四，《唐興堰石天尊驗》）「壞」，《道藏》十五卷原文10／813c作「壞」，《雲笈》無此篇。「壞」為「壞」之形誤。「壞」，有毀壞、衰敗義。《說文·土部》：「壞，敗也。」段玉裁注：「敗者，毀也。毀壞字皆謂自毀自壞。」《廣韻·破韻》：「壞，自破也。」《論語·陽貨》：「君子三年不為禮則禮壞，三年不為樂則樂崩。」羅本改「壞」作「壞」。

　　又如：「洪州閭井沃壤，戶口殷繁，多水居戶，以竹木作筏，結竹舍於其上。」（193頁，卷四，《洪州信果觀木天尊驗》）「壤」，《道藏》十五卷原文10／810b作「壞」，《雲笈》未收該篇。「沃壞」義不可解，「壞」當為形近之訛。羅逕改「壞」作「壤」。「沃壤」義為肥美的土地。本書可見該詞用例，如：「杭州餘杭上清觀，田畝沃壤，常住豐實。」（332頁，卷十七，《杭州餘杭上清觀道流隱欺常住驗》）古書亦常見。如漢禰衡《鸚鵡賦》：「羨西都之沃壤，識苦樂之異宜。」晉潘岳《秋興賦》：「耕東皋之沃壤兮，輸泰稷之餘稅。」明徐光啟《農政全書》卷三十八：「梅雨時，以沃壤一團，插嫩枝其中，置松畦內，常灌糞水。候生根移種亦可。」

　　4. 此外周身火焰，如太一天尊，眉髯鬢髮，細於圖畫。（191頁，卷四，《木文天尊驗》）

　　按：「畫」，《道藏》十五卷原文10／814a作「畫」，當據文意與《雲笈》原文作「畫」。羅本逕改，未出校記，當補。「圖畫」為用線條、色彩構成的形象或肖像。本書尚有用例。如：「曹嘉者，汾州西河縣人也。家富而好善，佛堂中像設、圖畫、經教甚多。」（269頁，卷十二，《曹嘉道德經不焚驗》）他書用例亦頗多。如《漢書·趙充國傳》：「乃召黃門郎揚雄即充國圖畫而頌之。」五代齊已《題畫鷺鷥兼簡孫郎中》詩：「曾向滄江看不真，卻因圖畫見精神。」明汪廣洋《鳳池吟稿》卷十《梅花圖》：「贛江去國數千里，曾對梅花憶故人。今日歸來看圖畫，一枝寒玉更精神。」

　　5. 黃巢犯闕，時在內署，倉惶之際，隨駕不及……同伍三十餘人，皆為虜捉，或被殺傷，獨於眾中得免。將入南山，夜深，村落行次遇避難人偶語，而聞妻在其間，乃同往洋州大嚴山深處，結草

寓居。（227 頁，卷八，《劉存希天師幀驗》）

按：「聞」，《道藏》十五卷原文 10／827a 作「問」。《雲笈》六卷本作「聞」。「問」與「聞」於告訴、音訊等義相通。然文中此處為「聽說」義，故當用「聞」字。羅本徑改十五卷本「問」作「聞」。《說文・耳部》：「聞，知聞也。」《左傳・隱公元年》：「公聞其期，曰：『可矣！』」唐魏徵《諫太宗十思疏》：「臣聞求木之長者，必固其根本。」

6. 黃巢入關，隨眾奔竄，因被俘虜，三五十人驅至昌化。賊帥見之，下階迎拜曰：「此人誰教領來？」揖之與坐，玄禮驚怖，未即上階，延請載三，乃與之坐。（262 頁，卷十一，《李玄禮護命經驗》）

按：「賊帥」，《道藏》十五卷原文 10／839b 作「賊師」，《雲笈》無此篇。據文意與下文「帥言」「帥命士卒十餘人衛送出城」等兩處「帥」字，「師」當為「帥」之訛字。羅本徑改，未出校語。

「賊帥」指叛軍首領。如《陳書・高祖紀上》：「嶺南叛渙，湘郢結連，賊帥既擒，兇渠傳首。」《隋書・刑法志》：「其獲賊帥及士人惡逆，免死付冶，聽將妻入役，不為年數。」

7. 即於道中決杖百下，仆於地上，瘡血遍身。隊仗尋亦不見。奴走報觀中，差人看驗，微有瑞息而已，扶昇入山，數日方校。（267 頁，卷十二，《僧法成改經驗》）

按：「昇」，《道藏》十五卷原文 10／841a 作「昇」。《道藏》本《雲笈》作「畀」，其他三版本作「昇」。下面一一加以辨析。「昇」有扶義。《玉篇・日部》：「昇，扶。」《字彙・日部》：「昇，扶也。」「畀」為賜予、給予義，顯然不符。「舁」即抬、扛。《說文・舁部》：「舁，共舉也。」如《三國志・魏志・鍾繇傳》：「時華歆亦以高年疾病，朝見皆使載輿車，虎賁舁上殿就坐。」

「扶昇」與「扶舁」似皆可。然相似語境下，本書另有兩處「扶舁」用例。原文：「尊師呪水灑之，良久，僧亦稍醒，群賊乃蘇。發願立誓，乞不聞於官，乃盡釋之，扶舁病僧而去。僧至山下乃卒。」（282 頁，卷十三，《玉霄宮鐘驗》）另一例：「其行更速，使人馬尋已不見，某墮在地下，困悶多時，尊師童子扶舁，方得歸耳。」（264 頁，卷十一，《張乾曜天蓬呪驗》）而「扶昇」僅此例。

竊以為「昇」或為「昇」之訛文，此處當為「扶昇」。羅本未予出校說明而逕改，當補。

8. 太帝是北斗之中紫微上宮玄鄉太帝君也。上理斗極，下統酆

都，陰境帝君乃太帝之所部。（271 頁，卷十二，《曹戣天蓬呪驗》）

按：「玄鄉」之「鄉」，於《道藏》十五卷本原文 10／842c 與《雲笈》六卷原文中作「卿」。「玄卿」義為仙子。如清曹寅《題馬湘蘭畫蘭長卷》詩：「月窟玄卿螺子筆，麝煤胡粉輕無跡。」「玄鄉」指陰間。如《全唐詩》卷八六四載冥吏《示韋泛祿命》詩：「前陽復後楊，後楊年年強，七月之節歸玄鄉。」在本例「太帝是北斗之中紫微上宮玄鄉太帝君也」中有「北斗」一詞。北斗在道教文化中主死。《太上洞玄靈寶無量度人上品妙經》言：「東斗主算，西斗記名，北斗落死，南斗上生，中斗大魁，總監眾靈。」此外「酆都」也是冥府所在。故本例是與死亡、陰間相關的，而非仙子。故文中當作「玄鄉」，「玄卿」義不符。羅本逕改作「玄鄉」，未出校記，當補。

9. 民大懼，及曉，與其子偕往鑿其地，深丈餘得此鐘，色青，

如所夢丈夫衣色也。遂載白郡守，郡守置於開元觀。（283 頁，卷十

三，《施州開元觀鐘驗》）

按：「元」，《道藏》十五卷原文 10／846c 作「无」。《雲笈》六卷本作「元」，是。曾良曾論及「元」「无」相訛例。舉例如斯 3901《韓朋賦》：「貞夫面如凝脂，腰如束素，有好文裏（理），宮人美女，元有及似。」（冊五，頁 197）斯 081《畜》：「惟願永捨元明，長辭瘖啞。斷傍生之惡趣，受勝果於人天。」（冊五，頁 248）「元」均是「无」之訛。〔註64〕可參。羅本逕作「元」，未作說明，當補。

開元觀在道教史中具有比較重要的地位。王仲奮記曰：「開元觀，坐落在湖北江陵縣城西門內，始建於唐開元年間，歷代均有修葺，觀坐北朝南，由山門（木構門樓式重簷歇山）、雷神殿（硬山頂）、三清殿、祖師殿等四部分組成。三清殿是主建築，面寬五間，進深三間，單簷歇山式，崇脊迭拱，玲瓏秀麗，其後為祖師殿，寬深各三間，重簷歇山，聳立於高 3.3 米的崇臺之上，翠瓦丹牆，雄渾壯觀。」〔註65〕可供參閱。

〔註64〕曾良《俗字及古籍文字通例研究》，百花洲文藝出版社，2006 年，第 132 頁。
〔註65〕王仲奮《中國名寺志典》，中國旅遊出版社，1991 年，第 492 頁。

10. 明日刺史忽入觀行腳，登尊殿上顧望。（331 頁，卷十七，

《婺州開元觀蒙刺史復常住驗》）

按：「日」，《道藏》本《雲笈》原文 22／844c 作「曰」，當據其他三本改作「日」。羅本徑改，未加說明。「明日」先秦已見。《左傳・文公十二年》：「兩君之士皆未慭也，明日請相見也。」後世用例如唐李復言《續幽怪錄・麒麟客》：「明日望之，蓮花峰上果有彩雲去。」《說岳全傳》第九回：「我們不如回寓，明日再來罷。」

三、誤校誤注補正

羅本《靈驗記》中出現的誤校問題，或是不當校而校，即校理了沒有必要討論的內容，或是欲改訛誤卻仍未得其實，又或是誤解文意，改對為錯。此外羅本還存在誤注問題，下面分別論述。

（一）誤校

1. 役鬼神運鐵數百萬斤，鑄於井中，溢於井外數尺，屹若柱焉。

於井之下，布巨索八條，以鎖地脈。自是鍾陵之境，無妖惑之事，

無墊溺之災。誓之曰：「後人壞我柱者，城池湮沒，江波泛溢。」人

皆知之，固不敢犯。（169 頁，卷二，《洪州鐵柱驗》）

按：《雲笈》原文同作「湮」字，《道藏》十五卷原文 10／806a 作「洤」，即「洤」字。「洤」同「涵」，沉沒義。《集韻・覃韻》：「洤，《方言》：『沉也』。」按《方言》卷十作「涵」。《六書故・地理三》：「涵，水函浸也。別作洤。」《字彙・水部》：「洤，船沒也。」古籍用例如晉王嘉《拾遺記・少昊》：「洤天蕩蕩望滄滄，乘桴輕漾著日傍。」唐樓穎《善慧大士錄》卷三《勸喻詩三首》：「破戒如船洤。沒溺大江海。臨窮方喚佛。志操不能改。」故「洤」字可通，不必依《雲笈》改作「湮」。

「湮」通「淹」，淹沒義。用例如《梁書・曹景宗傳》：「值暴風卒起，頗有湮溺。」二本之「湮」與「洤」乃同義異文關係，加之該義「洤」字古籍中少見，整理者或不識，又或以為是「湮」字之缺而徑改。羅本既表明是以《道藏》十五卷本為底本，此處當照錄。

本文中「洤沒」為同義複合詞，義為沉沒，浸沒。用例罕見，筆者僅檢得

一例，為漢葛玄《太上慈悲道場消災九幽懺》卷九：「若或大雨霪澍，洪水滔天，連陰不解，人民溘沒，即以河上玉女、九海北玄君、正炁君吏，為收水炁，開雲止雨，水即消退，無所損傷。」

「溘」誤校作「潝」，本書還有一例，原文為：「一旦隨船過海，將及縣步，忽揚風大起，船勢飄蕩，垂欲潝沒。此人心念『陶真人應賜救護』，船眾六七十人騰口念佛，風勢愈甚。」（236 頁，卷九，《明州象山縣門陶真人畫像驗》）《雲笈》六卷本無此篇，十五卷本原文 10／830a 作「溘」。「溘」字無誤，不煩改。「溘沒」一詞再現，觀察目前所得用例，全出自道教文獻，其中是否有規律可尋還需進一步研究。

> 2. 辛丑年，大駕到蜀。壬寅年八月，獲靈磚之瑞，九月十二日敕置青羊宮，賜錢二百千，收贖其地，一千八百貫製屋宇，聖駕三幸其中。丙申至此，七年耳，其驗昭然。時詔帝房宗室李特立、道士李無為見夜赤光如彈丸，跳於地上。於其沒處，掘獲古磚一口，有古篆六字云：「太上平中和災。」（171 頁，卷二，《青羊肆驗》）

按：「時詔帝房宗室李特立」，《道藏》十五卷原文 10／807a 作「時讓帝房李特立」，《雲笈》六卷本未收此篇。羅本據杜光庭《歷代崇道記》中的相關記述改原文中的「讓」作「詔」，並於「房」後補「宗室」二字，謬矣。

有關《靈驗記》與《崇道記》兩部著述的關係，前文已述。《靈驗記》本例出自《青羊肆驗》，《崇道記》正可與之互參。其相關原文為：「皇帝駐蹕西蜀，中和二年八月九日進到，帝令宣示內外……八月十二日敕亳州太清宮是混元降聖之里……其年八月二十九日夜，詔帝房宗室李特立與道士李無為，於成都府青羊肆玄中觀混元降生舊地設醮祈真。」由這段文字可知，《崇道記》是按時間順序記述帝王的崇道事蹟，「皇帝」一詞統領下文，是後文中「令」「敕」「詔」等多個動作的發出者。故句中「詔」字當為皇帝下達命令之義，命令的對象是李特立與李無為，令此二人設醮祈真。

《靈驗記》本例所記事亦見於《西川青羊宮碑銘》。吳曉豐言：「該碑文撰寫於僖宗中和三年（883），時值唐廷深陷黃巢農民起義的洪流，僖宗與一班朝臣避居蜀中，唐王朝的統治正面臨著嚴重危機。中和二年（882），僖宗命宗室李特立、道士李無為前往成都縣西南五里的青羊肆玄中觀設醮祈真，獲得鐫刻

有『太上平中和災』六字的古磚，在隨後唐廷君臣的連袂唱和中，該寶磚被視作老君助唐平亂、永耀中興的政治符瑞。」〔註66〕「詔」為命令義明矣。

「詔」之命令義多見於古籍。如漢高誘《〈淮南子注〉敘》：「孝文皇帝甚重之，詔使為《離騷》賦。」《新唐書·魏徵傳》：「帝痛自咎，即詔停冊。」

羅本只見《崇道記》相關異文作「詔帝」，卻不知「詔」字在《崇道記》中上承「皇帝」，為皇帝之動作行為，而《靈驗記》中後文為「見夜赤光如彈丸」，其主體必然是李特立與李無為，失察而誤改。

揣測校理者修改之意，又或是將「詔帝」視為諡號。然查閱歷代帝王廟號、諡號，不曾有「詔帝」。十五卷本原文中「讓」與「帝」當連讀，作「讓帝」，指李憲。《漢語典故大辭典》：「《舊唐書·讓皇帝憲傳》載：唐睿宗的太子李憲，因其弟李隆基有平韋氏之功，讓儲位於李隆基，後李隆基登帝位為玄宗。李憲死後，諡『讓皇帝』。後以『讓帝』指唐李憲。」〔註67〕原文「讓帝」乃諡號。校理者未審文意而錯改。

「房」有宗族分支單位之義。《新唐書·宗室世系表上》：「武德四年，追封長子曰南陽伯……與姑臧、絳郡、武陽公三房，號『四公子』房。」清吳敬梓《儒林外史》第四四回：「都是太夫人的地葬的不好，只發大房，不發二房。」原文「讓帝房」即表示「讓帝李憲之宗室」，文意已足，「房」後不必補「宗室」二字。

此處應按《道藏》十五卷本原文，作「時讓帝房李特立、道士李無為見夜赤光如彈丸，跳於地上」。

3. 如是，忽有赤光照其左右，牽頓者一時捨去，獨在光明之中。

顧盼四方，山川明媚，雲物閑暇。（198頁，卷五，《張仁表太一天尊驗》）

按：「顧盼」一詞，《道藏》十五卷本原文10／816c與《四庫全書》本《雲笈》同作「顧眄」，《雲笈》中《道藏》、《四部叢刊》兩版本作「顧眱」，《道藏輯要》本作「顧盼」。以下逐一辨析。

「盼」「眱」「眄」三字於《說文解字》中均有釋義：「盼，白黑分也。」

〔註66〕吳曉豐《僖宗入蜀與唐王朝的符命宣傳——〈西川青羊宮碑銘〉考釋》，《魏晉南北朝隋唐史資料》第三十六輯，上海古籍出版社，2017年，第164頁。
〔註67〕趙應鐸主編《漢語典故大辭典》，上海辭書出版社，2010年，第764頁。

「眄，目偏合也。從目、丏聲。一曰：邪視也。秦語。」「盻，恨視也。」可見《說文》是將之視作音義不同的三個詞。但在使用中三者又多有錯訛。段玉裁於「盼」字下注：「盼、眄、盻三字形近多互訛，不可不正。」可見三詞的區分是十分有必要的。

關於這個問題，郭在貽曾論述道：「按『盼』『眄』『盻』分明是三個詞，音義各別，絕不能混淆。而由於形體相近，以致往往訛亂。邵瑛《說文群經正字》云：『《說文》盼下引《詩》曰『美目盼也』，今《詩·碩人》、《論語·八佾》作『盻』，諸本皆同，此大謬也。』吾丘衍的《閒居錄》也說：『儒不識『顧眄』字，皆讀為『美目盼兮』之『盼』；又不識『盼』字，寫作『使民盻盻然』之『盻』；又不識此『盻』字，而讀為『盼』……』從邵、吳兩家所說情形看來，『盼』『眄』『盻』三字之訛是由來已久的，而按照訛亂了的形體解釋詞義，則必然造成訓詁上的大錯。」〔註68〕梳理上述訛誤的路徑，似可記作：「顧眄」誤讀為「顧盼」；「顧盼」又錯寫為「顧盻」；「顧盻」又被讀為「顧盼」。「顧眄」實為正確的寫法。

另曾良對此亦有辨析，並列舉了不少古籍用例。如《中國話本大系》本《型世言》第二十回：「試倚蓬窗漫流盻，卻如范蠡五湖遊。」認為「流盻」當作「流眄」。〔註69〕此例與《靈驗記》本例語境相似，可為對照，其所用詞當同為看、望義（「眄」），而非眼睛黑白分明（「盼」），亦非恨視義（「盻」）。故《靈驗記》例中「顧盼四方」當改為「顧眄四方」。羅本未區分三詞意義，雖知「顧盻」之非，卻改為「顧盼」，仍不得其實。

4. 其所塑夾紵真，於夾紵內畫羅隔布肉色，縫絳彩，為五臟腸胃，喉嚨十二結十二環，與舌本相應。藏內填五色香，各依五藏兩數。當心置水銀鏡，一一精至，與常塑不同。（226頁，卷八，《昭成觀天師驗》）

按：十五卷本與《雲笈》六卷本同作「舌本」。「舌本」即舌根，又可泛指舌頭。如《晉書·殷仲堪傳》：「每云三日不讀《道德經》，便覺舌本間強。」南宋陸游《貧甚賣常用酒杯作詩自戲》：「生時不肯澆舌本，死後空持酹墳土。」

〔註68〕郭在貽《訓詁叢稿》，見《郭在貽文集》，中華書局，2002，第312頁。
〔註69〕曾良《俗字及古籍文字通例研究》，百花洲文藝出版社，2006年，第147頁。

清趙翼《啖荔戲書》詩：「端陽才過初嘗新，酸澀猶教舌本縮。」

羅本在該詞下注曰「舌」或為「古」字之誤，愚以為不妥。「古本」指舊本、古老的版本。古書用例如《梁書·劉之遴傳》：「案，古本《漢書》稱『永平十六年五月二十一日己酉，郎班固上』，而今本無上書年月日字。」然《靈驗記》本段所描述的是夾紵真像的過程，未言及「古本」「今本」之事。且文中「五臟腸胃」「喉嚨」等皆為人體部位，是言其所塑真像之逼真與精細。故此處「舌本」當是，同為人體部位，與「喉嚨十二結十二環」相應，亦是合乎情理，不應改。羅本誤校。

5. 大和中，相國杜元穎鎮成都，疆場不修，關戍失守，為南詔侵軼。（242 頁，卷九，《嘉州飛天神驗》）

按：「大和」，十五卷本與《雲笈》六卷本原文作「太和」，羅本認為二版本均誤，言「太和」乃三國魏明帝年號，當改作唐文宗年號「大和」。然經查閱，魏明帝年號為「太和」無誤，然年號「大和」亦作「太和」。《中國歷史大辭典》釋「大和」：「唐文宗年號。即太和。」〔註70〕《中國歷代紀年手冊》：「大和，唐文宗年號，一作太和（827～835）。」〔註71〕由此可見，「太和」無誤，不煩改。

杜元穎事蹟見於史書。《舊唐書》卷一六三曰：「杜元穎，萊公如晦裔孫也……大和三年，南詔蠻攻陷戎、雋等州，徑犯成都。兵及城下，一無備擬，方率左右固牙城而已。蠻兵大掠蜀城玉帛、子女、工巧之具而去。」《靈驗記》本文所言正與之相符。由此可見，「太和」無誤，不煩改。

（二）誤注

1. 忽有衲僧十餘人，秉炬挾杖，夜至壇所，欲害緱仙姑。（168 頁，卷二，《南嶽魏夫人仙壇驗》）

按：羅本於「緱仙姑」下注云「緱」原作「侯」。查所據《道藏》十五卷原文 10／805c 作「候」，羅本誤錄，當據改。

2. 《劉將軍取東明觀土驗》（173 頁，卷二）

按：羅本於本標題下注曰：本條《雲笈》卷一一七亦載，題「劉將軍取東明觀土修齋驗」。「齋」字，《道藏》本《雲笈》原文 22／811b 為「宅」，其他各

〔註70〕鄭天挺、吳澤、楊志玖編《中國歷史大辭典》，上海辭書出版社，2000 年，第 108 頁。
〔註71〕顧靜《中國歷代紀年手冊》，上海古籍出版社，1995 年，第 38 頁。

版本亦同，當據正。

    3.《韋皋令公修萬嵗墳化驗》（176 頁，卷二）

    按：該篇下，羅本注：本篇《雲笈》卷一一七亦載，題為「南康王夢二神告以將富貴驗」。查《道藏》本《雲笈》22／811c 與其他三本原文，羅本「二神」下脫「人」字，當補。應作「南康王夢二神人告以將富貴驗」。

    4. 李相國蔚擁旄汴州，兼太清宮使。每翹心玄關，思真念道。
一夕，夢野步郊外叢薄間，見奇光五色，中有天尊像。（184 頁，卷三，《李蔚相修汴〔註72〕州玉芝觀驗》）

    按：羅本於「叢薄間」下注曰：「薄」，《雲笈》本作「泊」。查《道藏》本《雲笈》原文 22／813b 作「箔」，其餘各本相同。「泊」為「箔」之誤，當改。

    5.《嘉州飛天神驗》（242 頁，卷九）

    按：羅本言本條《雲笈》卷一一九亦載，題「嘉州開元觀飛天神王捍賊驗」。查《道藏》本《雲笈》22／823c 與其他三本原文，羅本「神王」下脫「像」字，當補。作「嘉州開元觀飛天神王像捍賊驗」。

    6.《僧法成改經驗》（266 頁，卷十二）

    按：羅本於本篇下注曰，本條《雲笈》卷一一九載，題「僧法成竄改道經驗」。經查《道藏》本《雲笈》原文 22／827b 與其餘三個版本，可知羅本「竄改」為「竊改」之訛，當據正。

    7. 父曰：「吾殺降兵，被他冤訟，於地獄下，受諸罪苦。汝何故更毀真人，令吾轉轉罪重？」（312 頁，卷十六，《赫連寵修黃籙齋解父冤驗》）

    按：羅本於「轉轉」下注曰《道藏輯要》本作「輾轉」，誤。查《輯要》本是作「轉輾」，當改。

    8. 梓之連帥皆賢相，重德慕下，盡皆時英碩才，如周相國、李義山，畢加敬致禮，其志亦泊如也。（317 頁，卷十六，《胡尊師修清齋驗》）

    按：羅本於「慕下」注曰：《道藏輯要》本作「幕下」，誤。然經查閱，《輯要》本同作「慕下」，作「幕下」者乃《四庫全書》本《雲笈七籤》，當據改。

〔註72〕「汴」羅本作「卞」，據《道藏》原文改。

文中此處當以「慕下」為是，「慕」為思慕義。

　　近年來，道教文獻語言研究有了可喜的進展，但研究的範圍相對來說還比較窄，數量也比較少。本文以《道教靈驗記》為研究對象，對其道教語詞、口語詞、新詞新義等展開探討，是在道教詞彙研究領域中邁出的一步嘗試，意在以點帶面，推動更多道教文獻的專書、專題語詞研究。要建立道經語言學，必須理清各本源流，整理出可靠的文本，才能有效地進行道教文獻詞彙的研究工作。在此基礎上，加強對道教文獻詞語的窮盡性分析，進一步在道經詞語的產生方式、演變途徑等方面多下工夫，探索道教用詞的特殊性和道經詞彙發展的規律，更是今後應該努力的方向。這是一項長遠而艱苦的工作，還需要更多的學者投身其中，上下求索。

參考文獻

一、專著

1. 〔美〕Fabrizio Pregadio.The Encyclopedia of Daoism〔M〕，倫敦：柯曾出版社，2000。

2. （後晉）劉昫等撰，陳煥良文華點校，舊唐書〔M〕，長沙：嶽麓書社，1997。

3. （明）徐霞客，朱樹人譯，徐霞客遊記〔M〕，武漢：崇文書局，2017。

4. （前蜀）杜光庭撰，羅爭鳴輯校，杜光庭記傳十種輯校〔M〕，北京：中華書局，2013。

5. （清）王念孫撰，徐煒君，樊波成，虞思徵校點，讀書雜志〔M〕，上海：上海古籍出版社，2014。

6. （唐）白居易，白居易集箋校〔M〕，上海：上海古籍出版社，1988。

7. 白維國，近代漢語詞典〔M〕，上海：上海教育出版社，2015。

8. 陳光，中國歷代帝王年號手冊〔M〕，北京：北京燕山出版社，2000。

9. 陳明娥，朱熹口語文獻詞彙研究〔M〕，廈門：廈門大學出版社，2011。

10. 程湘清，漢語史專書複音詞研究〔M〕，北京：商務印書館，2003。

11. 大日本續藏經〔M〕，臺北：新文豐出版公司影印，1977。

12. 大正一切經刊行會編，大正新修大藏經〔M〕，臺北：新文豐股份有限公司，1994～1996。

13. 道藏，北京：文物出版社，上海：上海書店，天津：天津古籍出版社，1988。

14. 丁培仁，增注新修道藏目錄〔M〕，成都：巴蜀書社，2008。

15. 丁喜霞，中古常用並列雙音詞的成詞和演變研究〔M〕，北京：語文出版社，2006。

16. 丁貽莊，中國道教〔M〕，北京：知識出版社，1994。

17. 董琨，魏晉南北朝文與漢文佛典語言比較研究·序一，載陳秀蘭，魏晉南北朝文與漢文佛典語言比較研究〔M〕，北京：中華書局，2008。

18. 董志翹，《入唐求法巡禮行記》詞彙研究〔M〕，北京：中國社會科學出版社，2000。

19. 馮利華，中古道書語言研究〔M〕，成都：巴蜀書社，2010。

20. 復旦大學歷史地理研究所《中國歷史地名辭典》編委會，中國歷史地名辭典〔M〕，南昌：江西教育出版社，1986。

21. 付鳳英，道教生命觀與道教養生，見詹石窗，百年道學精華集成·第4輯·大道修真〔M〕，上海：上海科學技術文獻出版社，2018。

22. 葛兆光，屈服史及其他：六朝隋唐道教的思想史研究〔M〕，北京：生活·讀書·新知三聯書店，2003。

23. 龔延明，中國歷代職官別名大辭典〔M〕，上海：上海辭書出版社，2006。

24. 顧靜，中國歷代紀年手冊〔M〕，上海：上海古籍出版社，1995。

25. 管錫華，校勘學〔M〕，合肥：安徽教育出版社，1991。

26. 郭建花，漢語音韻詞彙研究論集〔M〕，廈門：廈門大學出版社，2008。

27. 郭在貽，俗語詞研究與古籍整理，載於國務院古籍整理出版規劃小組，古籍點校疑誤匯錄〔M〕，國務院古籍整理出版規劃小組，1984。

28. 郭在貽，訓詁叢稿，見：郭在貽，郭在貽文集〔M〕，北京：中華書局，2002。

29. 郭志坤，陳雪良，成語裏的中國通史〔M〕，上海：上海人民出版社，2019。

30. 漢語大詞典編纂處，《漢語大詞典》訂補〔M〕，上海：上海辭書出版社，2010。

31. 胡孚琛，中華道教大辭典〔M〕，北京：中國社會科學出版社，1996。

32. 華林甫，賴青壽，薛亞玲，隋書地理志匯釋〔M〕，合肥：安徽教育出版社，2019。

33. 黃征，敦煌語言文字學研究〔M〕，蘭州：甘肅教育出版社，2002。

34. 黃征，敦煌俗字典〔M〕，上海：上海教育出版社，2005。

35. 江藍生，曹廣順，唐五代語言詞典〔M〕，上海：上海教育出版社，1997。

36. 蔣禮鴻，敦煌變文字義通釋〔M〕，杭州：浙江大學出版社，2016。

37. 蔣力生，雲笈七籤〔M〕，北京：華夏出版社，1996。

38. 蔣紹愚，近代漢語研究概況〔M〕，北京：北京大學出版社，1994。

39. 蔣紹愚，古漢語詞彙綱要〔M〕，北京：商務印書館，2005。

40. 蔣紹愚，近代漢語研究概要（修訂本）〔M〕，北京：北京大學出版社，2017。

41. 蔣宗福，四川方言詞源〔M〕，成都：巴蜀書社，2014。

42. 金春峰，漢代思想史〔M〕，北京：中國社會科學出版社，1997。

43. 李叔還，道教大辭典〔M〕，杭州：浙江古籍出版社，1987。

44. 李永晟，雲笈七籤〔M〕，北京：中華書局，2003。

45. 林西朗，唐代道教管理制度研究〔M〕，成都：巴蜀書社，2006。

46. 劉文正，《太平經》動詞及相關句法研究〔M〕，長沙：湖南大學出版社，2015。

47. 劉祖國，魏晉南北朝道教文獻詞彙研究〔M〕，濟南：山東大學出版社，2018。

48. 龍晦，太平經全譯〔M〕，貴陽：貴州人民出版社，1999。

49. 羅爭鳴，杜光庭道教小說研究〔M〕，成都：巴蜀書社，2005。

50. 羅竹風，漢語大詞典〔M〕，上海：上海辭書出版社，2008。

51. 呂叔湘，近代漢語指代詞〔M〕，上海：上海學林出版社，1985。

52. 呂思勉，隋唐五代史（第 2 版）〔M〕，北京：北京理工大學出版社，2018。

53. 毛遠明，漢魏六朝碑刻異體字典〔M〕，北京：中華書局，2014。

54. 閔智亭，李養正，中國道教大辭典〔M〕，臺中：東久企業（出版）有限公司，1999。

55. 卿希泰，中國道教史（修訂本）〔M〕，成都：四川人民出版社，1996。

56. 任繼愈，宗教大辭典〔M〕，上海：上海辭書出版社，1998。

57. 僧海霞，「行解」「行散」與「行藥」再議，見楊利民，范鵬，敦煌哲學第 3 輯，蘭州：甘肅人民出版社，2016。

58. 上海交通大學經學文獻研究中心編，虞萬里主編，經學文獻研究集刊第 12 輯〔M〕，上海：上海書店出版社，2014。

59. 史為樂，中國歷史地名大辭典〔M〕，北京：中國社會科學出版社，2005。

60. 宋文兵，《宋書》詞語研究〔M〕，北京：中華書局，2009。

61. 宋協周、郭榮光，中華古典詩詞辭典〔M〕，濟南：山東文藝出版社，1991。

62. 孫亦平，杜光庭思想與唐宋道教的轉型〔M〕，南京：南京大學出版社，2004。

63. 孫亦平，杜光庭評傳〔M〕，南京：南京大學出版社，2005。

64. 陶敏，全唐五代筆記〔M〕，西安：三秦出版社，2008。

65. 萬久富，《宋書》複音詞研究〔M〕，南京：鳳凰出版社，2006。

66. 王重民，敦煌變文集〔M〕，北京：人民文學出版社，1957。

67. 王力，新訓詁學，見：王力，龍蟲並雕齋文集〔M〕，北京：中華書局，1980。

68. 汪維輝，《周氏冥通記》詞彙研究，見：汪維輝，漢語詞彙史新探〔M〕，上海：上海人民出版社，2007。

69. 汪維輝，東漢—隋常用詞演變研究（修訂本）〔M〕，北京：商務印書館，2017。

70. 王天福，中醫養生新法〔M〕，北京：中國醫藥科技出版社，2013。

71. 王雲路，漢魏六朝詩歌語言論稿〔M〕，西安：陝西人民教育出版社，1997。

72. 王仲犖，中國名寺志典〔M〕，北京：中國旅遊出版社，1991。

73. 吳楓，宋一夫，中華道學通典〔M〕，海口：南海出版公司，1994。

74. 吳福祥，敦煌變文 12 種語法研究〔M〕，開封：河南大學出版社，2004。

75. 吳福祥，近代漢語語法〔M〕，北京：中國社會科學出版社，2015。

76. 吳曉豐，僖宗入蜀與唐王朝的符命宣傳——《西川青羊宮碑銘》考釋，載於武漢大學中國三至九世紀研究所，《魏晉南北朝隋唐史資料》第三十六輯〔M〕，上海：上海古籍出版社，2017。

77. 向熹，簡明漢語史（修訂本）〔M〕，北京：商務印書館，2010。

78. 徐中舒，漢語大字典〔M〕，武漢：湖北辭書出版社，2006。

79. 葉貴良，敦煌道經寫本與詞彙研究〔M〕，成都：巴蜀書社，2007。

80. 葉貴良，敦煌道經詞語考釋〔M〕，成都：巴蜀書社，2009。

81. 殷孟倫，子雲鄉人類稿〔M〕，濟南：齊魯書社，1985。

82. 俞理明，顧滿林，東漢佛道文獻詞彙新質研究〔M〕，北京：商務印書館，2013。

83. 曾良，俗字及古籍文字通例研究〔M〕，南昌：百花洲文藝出版社，2006。

84. 詹石窗，道教文學史〔M〕，上海：上海文藝出版社，1992。

85. 張岱年，中國哲學大辭典〔M〕，上海：上海辭書出版社，2010。

86. 張舜徽，廣校讎略，上海：上海古籍出版社，2013。

87. 張湧泉，敦煌俗字研究〔M〕，上海：上海教育出版社，1996。

88. 張振德、宋子然，《世說新語》語言研究〔M〕，成都：巴蜀書社，1995。

89. 趙亮，張鳳林，負信常，蘇州道教史略〔M〕，北京：華文出版社，1994。

90. 趙應鐸，漢語典故大辭典〔M〕，上海：上海辭書出版社，2010。

91. 真大成，中古史書校證〔M〕，北京：中華書局，2013。

92. 鄭天挺、吳澤、楊志玖，中國歷史大辭典〔M〕，上海：上海辭書出版社，2000。

93. 中嶋隆藏，雲笈七籤の基礎的研究〔M〕，非賣品，1998。

94. 中國科學院歷史研究所資料室，《敦煌資料》第一輯〔M〕，北京：中華書局，1961。

95. 周俊勳，中古漢語詞彙研究綱要〔M〕，成都：巴蜀書社，2009。

96. 周日健，王小莘主編《顏氏家訓》詞彙語法研究〔M〕，廣州：廣東人民出版社，1998。

97. 周西波，道教靈驗記考探——經法驗證與宣揚〔M〕，臺北：文津出版社有限公司，2009。

98. 周作明、俞理明，東晉南北朝道經名物詞新質研究〔M〕，北京：中國社會科學出版社，2015。

99. 朱楚宏，漢語規範化中介現象論〔M〕，北京：清華大學出版社，2015。

100. 朱越利，道教答問〔M〕，北京：華文出版社，1989。

101. 朱越利，道藏分類解題〔M〕，北京：華夏出版社，1996。

二、期刊論文

1. 〔法〕傅飛嵐（Franciscus Verellen），《道教靈驗記》——中國晚唐佛教護法傳統的轉換〔J〕，華學，2001（5）。

2. 〔日〕宮沢正順，《道教靈驗記》について〔J〕，三康文化研究所年報，1986（18）。

3. 〔日〕荒尾敏雄，杜光庭《道教靈驗記》の応報觀について〔J〕，東方宗教，2001（97）。

4. 〔日〕遊佐昇，《道教靈驗記》語彙索引稿〔J〕，中國學研究，1991（10）。

5. 〔日〕遊佐昇，《道教靈驗記》考1（1）〔J〕，明海大學外國語學部論集，1992（4）。

6. 〔日〕遊佐昇，《道教靈驗記》考1（2）〔J〕，明海大學外國語學部論集，1993（5）。

7. 〔日〕遊佐昇，《道教靈驗記》について〔J〕，明海大學外國語學部論集，1996（8）。

8. 〔日〕遊佐昇，《道教靈驗記》文獻檢討——および語彙索引〔J〕，中國中世における信仰意識の形成についての基礎的研究，1997（8）。

9. 〔日〕遊佐昇，《道教靈驗記》——中國社會と道教信仰〔J〕，月刊しにか，1999（12）。

10. 〔日〕遊佐昇,道觀と中國社會——《道教靈驗記》宮觀靈驗訳注(1)〔J〕,応用言語學研究,2007(9)。

11. 〔日〕遊佐昇,道觀と中國社會——《道教靈驗記》宮觀靈驗訳注(2)〔J〕,応用言語學研究,2008(10)。

12. 〔日〕遊佐昇,道觀と中國社會——《道教靈驗記》宮觀靈驗訳注卷二(1)〔J〕,応用言語學研究,2009(11)。

13. 〔日〕中嶋隆藏,雲笈七籤の基礎的研究,非賣品,1998。

14. 陳朝陽,胡建,「鬧」字產生的時代及相關詞義問題〔J〕黔西南民族師範高等專科學校學報,2004(2)。

15. 馮利華,中古道書詞語輯釋〔J〕,宗教學研究,2010(2)。

16. 馮玉濤,「以來」的時空轉化和漢語詞義引申規律〔J〕,寧夏師範學院學報,2007(1)。

17. 葛兆光,道教與唐代詩歌語言〔J〕,清華大學學報,1995(4)。

18. 郭芹納,關中方言「驗、畢、拕」疏證〔J〕,陝西師範大學學報(哲學社會科學版),1998(3)。

19. 洪誠,訓詁雜議〔J〕,中國語文,1979(5)。

20. 李劍國,《杜光庭小說六種校證》前言〔J〕,中國傳統文化研究,2020(2)。

21. 李小軍,試論總括向高程度的演變〔J〕,語言科學,2018(5)。

22. 林金泉,《道教靈驗記》今譯(一)〔J〕,道教學探索,1988(1)。

23. 林金泉,《道教靈驗記》今譯(二)〔J〕,道教學探索,1989(2)。

24. 劉紅運,隋唐五代傳世文獻中所見「莊」「莊田」「莊宅」「莊園」釋義〔J〕,中國社會經濟史研究,2002(4)。

25. 劉祖國,試論道經語言學〔J〕,船山學刊,2010(3)。

26. 劉祖國,新世紀以來道教文獻詞彙研究述評〔J〕,漢語史研究集刊,2017(2)。

27. 羅爭鳴,《道教靈驗記》之文學、文獻學考論〔J〕,中國典籍與文化,2006(2)。

28. 呂鵬志,法位與中古道教儀式的分類〔J〕,宗教學研究,2012(2)。

29. 潘牧天,論宋本《晦庵先生朱文公語錄》的學術價值〔J〕,經學文獻研究集刊,2014(12)。

30. 石娜娜,晚唐五代道士形象研究——以《道教靈驗記》為中心的考察〔J〕,老子學刊,2020(2)。

31. 譚敏,《道教靈驗記》宮觀靈驗故事探析〔J〕,中共成都市委黨校學報,2005(6)。

32. 譚敏,唐代道教祥瑞神話故事的政治主題〔J〕,學術論壇,2006(11)。

33. 譚敏,《道教靈驗記》經法符籙故事的主題〔J〕,西南民族大學學報(人文社科版),2006(12)。

34. 田啟濤,道經「摶頹」辨正〔J〕,漢語史學報,2020(2)。

35. 汪桂平,道教塗炭齋法初探〔J〕,世界宗教研究,2002(4)。

36. 王承文,漢晉道經所見「靜室」各種名稱及其與齋戒制度的關係〔J〕,魏晉南北朝隋唐史資料,2016(2)。

37. 王承文,論漢晉道教「靜室」的性質和來源〔J〕,學術研究,2017(2)。

38. 王棟樑，唐代文人寄居寺院習尚補說〔J〕，北京大學學報（哲學社會科學版），2009（2）。

39. 王瑛，杜光庭事蹟考辨〔J〕，宗教學研究，1992（1～2）。

40. 王雲路，《太平經》語詞詮釋〔J〕，語言研究，1995（1）。

41. 夏煥樂，「莫不」的歷時演化過程〔J〕，四川職業技術學院學報，2019（2）。

42. 忻麗麗，道教「摶頰」儀式考證〔J〕，宗教學研究，2016（3）。

43. 徐躍龍，天姥山考論，浙江社會科學，2017（4）。

44. 葉貴良，天台玉霄宮葉尊師道跡考〔J〕，宗教學研究，2006（2）。

45. 俞理明，周作明，論道教典籍語料在漢語詞彙歷史研究中的價值〔J〕，綿陽師範學院學報（社會科學版），2005（4）。

46. 負信常，道教齋醮略述〔J〕，中國道教，1991（1）。

47. 張澤洪，道教焚香漫談〔J〕，世界宗教文化，1991（1）。

48. 周作明，東晉南朝道典中的「睨」〔J〕，懷化學院學報，2009（3）。

49. 朱德軍，唐五代「土團」問題考論〔J〕，江漢論壇，2014（9）。

50. 朱越利，《道藏》的編纂、研究和整理〔J〕，中國道教，1990（2）。

三、學位論文

1. 陳敏，宋人筆記與漢語詞彙學〔D〕，杭州：浙江大學，2007。

2. 黃勇，道教筆記小說宗教思想研究〔D〕，成都：四川大學，2005。

3. 劉祖國，《太平經》詞彙研究〔D〕，上海：華東師範大學，2009。

4. 葉秋冶，《雲笈七籤》初探〔D〕，北京：中國社會科學院研究生院，2014。

後　記

　　本書是以本人碩士學位畢業論文（山東大學 2018 年）為基礎完善而成。時隔四年再次審讀，自查出許多疏誤，深感不足，實為汗顏。與碩士論文相比，此書作了較大幅度的增刪與訂正。在詞語的考釋中參考了更多學人的著述，論證更為詳備，例證更加豐富，力爭求得的結論更為可靠。另外在形式上，標明文中所要闡發的部分採用了視覺效果較為明顯的下劃曲線。下面按照章節順序詳細闡述。

　　第一章「緒論」，借鑒李劍國的最新研究確定《道教靈驗記》的成書年代。綜述中增添了 2018 年以來的成果，並將其按側重點分為版本著錄與點校注釋兩類，述評結合，力求行文更明晰。選題意義裏增加了「可促進道經語言學的建立與發展」的相關表述。

　　第二章「《道教靈驗記》口語詞研究」，吸收了第四章與第五章的一些詞條，提高了比重。將分類不恰的詞重新歸類。例如，「棹船」本來列於「來源於現實語言的口語詞」，經檢發現中古早已使用，便歸入「來源於前代典籍的口語詞」中。

　　第三章「《道教靈驗記》道教語詞研究」，將「符籙經書」分成「符籙圖讖」與「經書簡牘」兩類，新加「天堂仙境」與「五行術數」，取消第七節「其他」類，將之散至九類中，九大類下又各分小類。私以為這樣的劃分更細緻，可助百餘例詞各歸其位。說解時兼舉道教文獻與世俗文獻中的用例。將原來的小節

標題「有關 XX 類的詞語」均改為「XX 類」，表達更簡潔。

第四章「《道教靈驗記》新詞新義研究」，增置了「語義新詞」，舉例為「轉轉」與「稍稍」。故「新詞」一節變為「結構新詞」與「語義新詞」兩部分。因當時條件受限，有的詞誤入「新詞」之列，現利用多個語料庫核實，將這些詞剔除，其中屬唐五代口語詞的放入第二章。明確說明本文「新義」的判定主要是依據《近代漢語詞典》（2015），在解說新義時更加注重與前代意義的引申過程。在章末擴充了對《道教靈驗記》中新詞、新義的分析與歸納。

第五章「《道教靈驗記》詞彙對《漢語大詞典》的補充」，將《大詞典》漏收的且屬口語詞的內容劃給了第二章，有意降低了本章的比重，試圖將文章的重心更多放在詞彙研究上。在「釋義方面」，原論文定「摧毀」為「釋義不確」，經審已刪去，取而代之的是「對會」等詞。章末也添加了一個總結。

第六章「羅本《道教靈驗記》校理」，框架進一步細化。第一節「文本校正」，將「訛文」分為「因形近而誤」「因音近而誤」與「因臆改而誤」三類，改變了最初混沌一團的狀態。第二節「點校訂補」由「句讀訂誤」與「失校誤校補正」分化為「句讀訂誤」「失校補正」與「誤校誤注補正」三部分，析出第一節中有關內容歸進「誤注」。如此安排以求每一部分的界定更加精確，均有伸展的空間，解決了原本「失校」與「誤校」共處一條而不免臃腫的難題。

此外，對先前論述不充分或產生紕繆的諸多細節也予以增補、改正。

例如，本文分別稱《道教靈驗記》兩個版本為十五卷本與六卷本，較之以前的表述更加準確。同一個詞在不同章節出現，則在前一處重點論說，後面再現時只需稍加解釋，力避重複，有詳有略，所舉書證也不同。

在具體語詞的分析中，如第五章第二節「勝賞」由並列結構改為偏正結構。第六章中，原文視「醒憶」為「省憶」之誤，此次分兩種情況加以討論。「常」與「嘗」，「尊」與「遵」，「托」與「託」，「秖」與「祇」，「祗」與「祇」等數組，屬異體字問題，而非錯改。「點校訂補」中「元年乙巳」原是贊同陶敏整理本的看法，現有新解。「但可資家，給終身衣食」原以為「給」當連上，非也。「古檜」原作以為「枯檜」之訛，實則證據不足。「服之暝然」例中，原將「踊躍」與「歡呼」連言，現以為不妥。以上謬誤均已刪除或訂正。

這篇碩士論文實屬淺論，而今有機會付梓，首先要感謝我的碩士導師劉祖

國先生。劉先生是我學術上的引路人。2015 年我考入山東大學，在劉先生手把
手的指引與教導下，開啟了漢語史與道教文獻語言的研學之路。初學文章時，
先生逐字逐句修改，雖文句甚為稚嫩、粗疏，先生仍予肯定之辭，使學生深受
感動。在先生的指點下，我的第一篇小文在期刊上發表，信心大增。在碩士論
文寫作中，先生更是用力甚多，其諄諄教誨如今仍歷歷在目。畢業後，先生依
然關懷備至。承蒙先生惠賜學術資料與論壇網址，碩論的修訂才得以順利進行。
如今小書得先生撰序推薦，甚為榮幸。在此謹向先生表達最誠摯的謝意！

　　該書的完成也滲透著我的博士後合作導師錢宗武先生與博士導師華學誠先
生的關心與幫助，在此向恩師表示衷心的感謝！向北京語言大學游帥老師在內
的所有關切我的師友致以謝意，他們為該書的出版提出了寶貴意見。也十分感
謝花木蘭文化事業有限公司諸位編輯的認可，促成了該書的問世。文中錯謬，
概由本人負責。

　　與此同時，還要謝謝我的父母。2021 年夏，因疫情原因，我遲遲未能赴揚
州大學從事博士後工作。在家打磨書稿的日子，是父母給予了我莫大的支持，
家庭事務他們全部包攬，為我節省出很多時間。雙親始終是我堅強的後盾。尤
其我的父親，不厭其煩地與我討論文中的疑難點。開學之後，我們通過電話交
流，父親有時犧牲午休溝通探討，偶而甚至聊到深夜，也毫無怨言。這本書也
包含著他的心血。

　　限於學識，本書仍存在眾多疏漏。書名題為「《道教靈驗記》詞彙研究」，
而第六章「羅本《道教靈驗記》校理」所佔篇幅不小。文本的校理固然是研討
的重要前提，然這一章所涉及的「詞彙」本體研究則略顯單薄。同時，此書的
詞彙研究中考證較多，理論較少，所建立的詞彙系統相對簡單。以上都是問題
所在，也是今後改進的方向。

　　我深知這部十六萬餘字的小書還很不成熟，在此懇請各位專家學友不吝批
評指正，謹致謝忱！道教文獻語言研究方興未艾，前景廣闊。期待更多的學者
投身其中，我們共同努力，攜手共進。

張學瑾

2022 年 3 月

於廣陵瘦西湖畔師院